南方周末
虚构写作课

小说家的20堂课

南方周末
◎编著

花城出版社
中国·广州

图书在版编目（CIP）数据

南方周末虚构写作课：小说家的20堂课 / 南方周末编著. -- 广州：花城出版社，2025.1（2025.9重印）.
ISBN 978-7-5749-0117-9

Ⅰ. I054
中国国家版本馆CIP数据核字第2024K2M191号

南方周末虚构写作课：小说家的20堂课
NANFANG ZHOUMO XUGOU XIEZUO KE: XIAOSHUOJIA DE 20 TANG KE
南方周末/编著

出 版 人	张　懿
责任编辑	杜小烨　李嘉平　杨淳子
责任校对	汤　迪
技术编辑	凌春梅
封面设计	介　桑
出版发行	花城出版社
经　　销	全国新华书店
印　　刷	佛山市浩文彩色印刷有限公司
开　　本	880毫米×1230毫米　32开
印　　张	11.375　1插页
字　　数	240,000字
版　　次	2025年1月第1版　2025年9月第2次印刷
定　　价	48.00元

版权所有·侵权必究。如发现印装质量问题，请与出版社联系。
联系电话：020-37604658　37602954

编辑委员会

出　　品：王　巍

主　　编：肖　华

监　　制：徐秋生

执行主编：谢　晓

编　　辑：丁　健

目录

第一讲　任晓雯：怎样虚构一个世界　2

我认为人生是无数瞬间的总和。
小说家做的，就是从一生剥离瞬间、将瞬间放入一生。

01　从人性出发，找到小说的源头　2
02　用小说逻辑，处理好日常素材　9
03　营造氛围，让读者身临其境　21

第二讲　田耳：怎样搭建故事结构　34

我甚至不认为是自己在创作故事。
而是我当年得到的素材，本身包含了前因后果，我只不过慢慢地等待这结果自然而然地浮出脑海。

01　用结构吸引读者的四个要点　34
02　怎样熟练把握故事结构（上）　44
03　怎样熟练把握故事结构（下）　53
04　如何用素材构建故事　63
05　故事创作的三个法则　71

第三讲　石一枫：怎样用情节推动小说前进　82

往往是在灵机一动或者生活里的一个感触中，这个故事就蹦出来了。
你出门买菜的时候，坐公共汽车的时候跟谁聊天儿，聊得兴高采烈的永远是捡来的故事而不是编出来的故事。

    01　什么是好情节的判断标准　82

    02　设计情节冲突的三种方法　90

    03　怎样把平淡情节写得惊心动魄　97

    04　让情节更有意味的两个模型　107

第四讲　弋舟：怎样写出有质感的语言　116

一个初中生写作文的时候，都会自发地去认真交代笔下世界的具体面貌。
我们是从什么时候，开始习焉不察地省略了这个世界诸般的定语，只将一切抽象为"衬衫""小餐桌"和"桌面"？

    01　三种方法避免语言的陈词滥调　116

    02　以正反两面审视，找到适合自己的语言　125

    03　怎样以好的语言方式开头和结尾　135

    04　写好细节的不二法门　143

第五讲　张楚：怎样塑造人物形象　154

小说家应该是窥视者和记录者。
优秀的小说家要有第三只眼睛，窥视到事情的真相和人物真实的心灵世界。

  01　六个维度设定主要人物　154
  02　三种方法塑造人物鲜明性格　165
  03　四种方式展现人物复杂内心　178

嘉宾课　徐则臣：如何提高我们的写作能力　192

大水漫灌的结果是，假以时日它会在大地上找到自己的那一条通道。看看长江、黄河，从高原上一路下来，它有无数的支流，能走的地方它全走，最后还是慢慢形成了自己的通道。而这个通道，最后我们把它叫作长江和黄河。
在写作的过程中，我们一定要在开始时让自己写开了，写得百无禁忌。

讲师代表作

换肾记　任晓雯　226
金刚四拿　田耳　246
寻三哥而来　石一枫　272
平行　弋舟　295
良宵　张楚　316
莫尔道嘎　徐则臣　339

任晓雯

作家
十月文学奖获得者

代表作
《好人宋没用》
《浮生二十一章》
《朱三小姐的一生》
《阳台上》

阅读推荐：《安娜·卡列尼娜》《包法利夫人》《朱三小姐的一生》《换肾记》《大师与玛格丽特》《好人宋没用》《浮生二十一章》《在切瑟尔海滩上》

第一讲　任晓雯：怎样虚构一个世界

01　从人性出发，找到小说的源头

提起小说，我写作的类型——很多人说我是写"纯文学"的，我更喜欢的一个词叫"非典型小说"。我们很多人都知道类型小说，比如侦探小说、玄幻小说、言情小说、青春文学等，具有固定的模式。与之相对应的就是非类型小说或者说纯文学。我将其理解为超越类型和模式、超越写作者和读者的想象力、超越已有的文字语言惯性的小说。

我和大家分享的，就是关于非类型小说写作的心得。

大家在写作的时候，可能都会遇到这样的问题：怎么找到写作的主题？阅历不够怎么办？要经历过什么样的生活才能写作呢？怎么处理日常素材？

这些问题都涉及对虚构、对小说本质的理解。

不是所有的故事都是小说，有的小说也不追求讲一个完整的故事。所以故事和小说不是画等号的。我们有时说，某人写的不是小说、是故事会，这是什么意思呢？就是说故事的情节故意弄得跌宕起伏、看起来很刺激，仔细一读又会觉得文字粗糙、情节经不起推敲。

很多现代主义、后现代主义的小说，并不追求完整的故事。用变形的手法比如说意识流，把故事拆开，很多后现代主义小说完全地解构故事、解构情节。

这是不是说明小说就不需要故事了呢？我认为恰恰不是。用一个更准确的词说，小说是需要叙事性的。现代主义小说是反情节的、没有完整的故事，但是，它一定有叙事性的。在小说里，文字是推着叙事的元素动态地往前走，必然有时间的变化、必然有叙事元素的跳动。

了解了小说和故事的关系，当我们开始写小说，第一步就是要决定写什么，从哪里入手。

很多刚开始写小说的人，会想我要写一部很好的小说，好到什么程度呢？前无古人、后无来者，讲述一个从来没有人想到过的故事。我想说，实现的可能性非常小。因为小说的几大要素，比如爱恨情仇，家庭、人性、爱情这些最基本的叙事元素，在莎士比亚时代就已经搭建起来了。把一部小说的故事要素拆解开后，往往会发现一个非常古老的内核。从这个层面讲，我认为没有一部小说是独一无二的。

哪怕我们运用想象力幻化了许多外衣，哪怕是写些妖魔鬼怪，写一些机器人、外太空，最终的故事还原都是人性，这种东西从来不是独一无二的。我们了解人的本性，嫉妒、爱、恨、孤独，种种的情感，所有的故事都涉及这些因素，所有的小说最后都可以三言两语归结为一个核心——一个核心的故事、一个核心的结构。

举个例子，很多小说归结到最后就是句很庸俗的话：一个男人一辈子爱一个女人。但是如果在这个核心故事基础上，加上一些古墓、轻功、江湖，它就变成了《神雕侠侣》。这样的核心故事加上瘟疫、香蕉公司、南美的风土人情，它又变成了马尔克斯的《霍乱时期的爱情》。

再举个例子。经典名著托尔斯泰的《安娜·卡列尼娜》和福楼拜的《包法利夫人》，两本书看起来各有不同，但是如果概括成核心故事，几乎就是同一句话：一名已婚妇女出了轨，然后死了。事实上，文学史上确实有一些批评家和作家把这两本书拿出来比较，从核心故事上说，它们是平淡无奇的。但为什么这是两本不同的著作，又具有巨大的意义呢？

托尔斯泰和福楼拜对于人性的理解是完全不同的，都具有和普通人以及同时代作家不可比拟的深度，他们从看起来非常庸俗的香艳故事中提炼出了不同的主题：《安娜·卡列尼娜》探讨了人类道德整体的秩序，《包法利夫人》探讨了人性的幽暗性。

我们可以说太阳底下无新事，反之，也可以说太阳照着的我们的每一个人是独一无二的。同样是出轨妇女，安娜·卡列尼娜和包法利夫人就是独一无二的。人类的内心是不可穷尽的，对人类内心的探索也是不可穷尽的。

再举一个例子，就是我的短篇小说集《朱三小姐的一生》里面，压题的短篇《朱三小姐的一生》。讲的是上海的一个底层老年妇女的一生。她1949年以前是一个妓女，一辈子没有结婚、没有生孩子，度过了非常孤苦的一生。

我在这个作品里面埋了一些超现实的东西，她早年背叛了一个小姐妹、背叛了她们的友情，所以一生受了小姐妹的诅咒，这一生经受了很多苦难，但怎么都死不掉。最后她爱的人死了、亲人死了、姐妹死了、仇人死了，所有认识的人都死了。她早年认识的小孩，都在成长、衰老、死亡，但她还是在漫长的一生里无穷无尽地活着。

在这个作品里，我想探讨这样一个主题：人活着的意义是什么。当我们的人生有那么多苦难，我们为什么要承受、应该以怎样的态度面对？

我最早的构思来自哪里呢？来自偶然在网上读到的"横滨玛丽"的故事。日本横滨有一位老太太，年轻时是为驻日美军提供服务的慰安妇。老了以后，她提着仅有的两包家当游荡在横滨街头，受尽孤独和歧视，最后在敬老院里面默默死去。

我第一次读到这个故事的时候，流了眼泪，感触非常深刻，就把这个故事记了下来。过了几年，我写下《朱三小姐一生》，但肯定不是重复这个故事。小说单纯重复现实，那就是低于现实，是毫无意义的。我的小说的主题，最后并不是落到一个孤独的女人遭受孤独和歧视，而是落到苦难和生死。所以，也几乎没有读者在读小说时发现横滨玛丽这个故事原型。

我们的写作并不是从故事开始写到故事结束，当中还要遇到故事的主题，让这个主题推动小说走得更远。

要写作一部小说，我认为大致可以分为三个步骤：

第一步，找到写作题材，从核心故事、从探索人性出发，解决写什么的问题。

第二步，展开故事情节，把故事看成人物的一连串自由选择的情境。从而让人性通过具体情境的具体选择得以体现。

第三步，加入现实素材和历史细节。在情境骨架上添加血肉，使之成为完整的一部小说。

举个例子，前面提到的《安娜·卡列尼娜》。最早托尔斯泰怎么会想到写这个作品呢？他是听了一则已婚妇女出轨的风流韵事，就想写这样一个故事。在写作过程当中，他的一个儿子死了，这个事情带给他非常大的刺激，他已经人届中年，也想到了死亡，这进一步导致他人生中一场重大的信仰危机。

我有一篇论文，三万多字，发表在《山花》，叫《托尔斯泰的文学理想国》：他要在文学中找到这些问题的答案：我为什么活着？我怎么面对死亡？上帝存不存在？

托尔斯泰早年认为自己不是很虔诚的基督徒。但在创作这部作品时，他的信仰开始发生转变。通过《安娜·卡列尼娜》这部作品也可以看到他转变的影子。

以前语文老师喜欢说，《安娜·卡列尼娜》写的是一个妇女冲破了虚伪的资产阶级道德的束缚，去追求自己的幸福的故事。其实不是这样的。《安娜·卡列尼娜》构思的起源是一件风流韵事，重点是一个探讨人类道德秩序和整体的生命状态。

再举一个我自己创作的案例。短篇小说集《朱三小姐的一生》里，有一篇《换肾记》。小说讲的是一个儿子得了尿毒症，他母亲的肾和他匹配，但是母亲不愿意给儿子换肾，然后儿媳又介入其中，她当然很希望婆婆牺牲一点健康、把肾捐给自己的丈夫，一家三口陷入了人性的角力和焦灼状态。

我最初的构思来自电视新闻，一位母亲拒绝为她患了尿毒症的儿子换肾。在电视镜头前，一家子为这个事情吵得天翻地覆。当然，新闻结束的时候，那个母亲说，哎呀，经过记者同志的思想教育，我还是要给儿子换肾。

我当时觉得这件事有点意思，在网上找到电视新闻的文字版，保存在素材文档里，过了一些年，我把这个文档翻拣出来，写成《换肾记》。

我对于这种光明的尾巴不以为然，因为我认为人性有时比镜头面前体现得更复杂。我是不太相信一个母亲被人做一下思想工作，就能幡然醒悟、乐滋滋给儿子换肾。到底选择自己的健康和生命，还是儿子的健康和生命，她其实经过了无数现实的和情感的考量。这不是别人几句话能够轻易推翻的。我在写作过程中，查了下类似的新闻。确实是这样。有个新闻，女儿得了尿毒症要换肾，她的妈妈验下来是可以匹配的，但妈妈后来就突然失踪了，诸如此类，好几个这样的例子。

《换肾记》里的母亲，始终处在换还是不换的矛盾纠缠当中，她表现的其实是人性的中间值。我并不觉得，一个母亲因为爱就必须给儿子换肾，也不觉得儿子理所当然就享受母爱。道德绑架，就是强迫他人做牺牲。

我在小说中把这种很复杂的、难以取舍的、暧昧模糊的人性呈现出来。这部小说刚开始发表在《当代》杂志，就有读者找上门来问编辑，说我受不了，母亲不是都爱自己的孩子吗？怎么还有母亲甘愿让自己孩子受苦、不愿意牺牲呢？

我认为这种母爱都是要自我牺牲的，母爱是无私的、全然奉献的想象，是出于对人性的乌托邦想象。我所理解爱的付出，甚至是母亲对子女爱的付出，不是理所当然的，这个爱里面夹杂了人性的自私、阴暗和自我考量在里面。这是我对人性的理解。

现在看《换肾记》怎样由一个概念变为一部小说？

第一步，找到写作题材，找到换肾这样一个核心故事。我看到新闻，感觉有点意思，不管以后能不能用到，我都会先记下来，大家有兴趣的话可以尝试一下。

第二步，展开故事情节，把人物设置在自由选择的情境中。母亲的肾和儿子的肾非常匹配，换还是不换？

故事是人在特定情境上的选择来推动的。选择当中的摇摆，比如儿媳和婆婆的几次交锋、来回拉扯；母亲时而心软，时而又觉得自己一辈子不容易、是个寡妇，如果换肾，一辈子苦白吃了吗？可能就突然又强硬起来。在这种人性的反复当中，这个故事向前发展。

我选择了这个新闻，但并不止于这个新闻。而是从这个新闻开始，然后用我对人性的理解，把这个故事推下去。

第三步，加入现实素材。我去了解尿毒症患者如何换肾，把这些背景写得真实、具体，把尿毒症患者的自身症状、换肾的手续、他给家庭带来的负担呈现在小说中。

这三步走完了以后，核心故事才真正成为小说。

我有时候觉得，成为一名中国的作家是幸运的。我们的祖辈、父辈经历的波澜壮阔的历史、生活的变迁，我们当下社会中发生的日常与新闻，随手一捞可能就是很好的题材。

如果大家可以成为一个作家的话，请尽可能大胆思考、想象、观察和写作。

02　用小说逻辑，处理好日常素材

先来厘清一个概念，什么叫作小说。

很多人以为"小说"就是英文中的novel，其实不是这样，英文中novel的确切意思是长篇小说，短篇小说是short story，中篇小说是novella。在大多数情况下，小说应该是fiction，fiction的意思是"虚构"。很多人会觉得，虚构的就是主观的、想象的，是假的，非虚构则是客观真实的。其实这种想法根本经不起推敲。

为什么这么说呢？所有人说出来的话，写出来的字，都是主观的，都经过遴选和组织，都被情感、记忆、自我维护的本能洗刷过。事情一经说出就会被窄化和扭曲，在不同叙述人口中，在各个记录者笔下，呈现出真实各种各样的面目。

这是因为，现实和历史是由无穷无尽的细节和侧面组成的。每个人只能选取有限的素材，而且按照自己的观念筛选、组织和书写。写小说其实也是这样的。任何天马行空的想象都要由观念出发，选取现实素材，经过想象力的改装，成为最后的作品。

大家也能看到，同样是虚构的作品，为什么有的小说会让读者感慨："这个小说好假。"而有的小说，即使知道情节和人物都是虚构的，我们读起来还是会感同身受，感受到极大的真实？

我这么多年的写作经验告诉我，虚构的奥秘就是，相信自己写的东西是真实的。加西亚·马尔克斯被认为是魔幻现实主义的代表，他笔下的女人可以裹着毯子飞起来。但是马尔克斯坚持认为自己是现实主义作家，认为他的家乡每天都有如他笔下描绘的神奇事件发生。

我认为，对于一部小说来说，在种种真实之中，最重要的是人性的真实。人性是幽深的、摇曳不定的、难以概括的，作者需要选择他所相信的，书写他所认同的。选择和认同的标准源于作者对人性的体察与怜悯。一个作者要体察自己的内心，体察源于自己，怜悯及于他人。由此而生的想象，往往更趋近人性的真实。美国作家马克·吐温说："有时候真实比小说更加荒诞，因为虚构是在一定逻辑下进行的，而现实往往毫无逻辑可言。"

什么是虚构的逻辑呢？在我看来，虚构的逻辑就是人性的逻辑，是在人性的可能性之下的合情合理。爱尔兰作家科尔姆·托宾说："作家的真我隐匿在他的小说里。"必须是拥有作家真我的小说才是好的小说、真实的小说。这个真我，就是对自我人性的体察和衍生而来的对他人人性的怜悯。

如何在虚构与真实的辩证之中，写出真正的小说了？

第一个要点是，用沉思式写作找到文学逻辑。

我想先举两位经典作家的案例，来说明什么是文学逻辑。

第一位作家是诺贝尔文学奖得主、俄罗斯作家索尔仁尼琴。他曾经把作品《红轮》称为关于俄国战争与革命时代的"全景历史"。

美国著名华裔作家哈金曾这样评价这部作品："他（索尔仁尼琴）的早期小说……起码能在时间流逝中留下点什么。相比之下，他的后期作品并没有一个清晰的文学逻辑，而全部由历史串联。"这话往直白里说，就是：《红轮》作为文学作品，丧失了文学逻辑，经不起时间的考验。

什么是文学逻辑？是语言优美吗？是特定技法吗？我觉得哈金所说的"丧失了文学逻辑"，并不仅指形式粗糙。

看看另一位俄罗斯作家布尔加科夫。他的小说《大师与玛格丽特》，描写了一个魔鬼，并不那么可恶，有时还挺可爱的。这个魔鬼把1930年的莫斯科搅得底朝天。谎言被揭穿，贪欲遭戏弄，好戏一出接一出。这部作品是整个20世纪最独特的俄语长篇小说，也描述苦难，书写历史，但和索尔仁尼琴不同的是，其中没有愤怒，没有对现实的直接描摹，关于苦难和死亡的思考是形而上的。

小说荒诞中有真实，邪恶里有快意。魔鬼犹如一面镜子，照出莫斯科小市民的虚伪和猥琐。小说里有一处，魔鬼沃兰德对耶稣的门徒利未·马太说：

"假如世上不存在恶，你的善还能有什么作为？假如从地球上去掉阴暗，地球将会是个什么样子？要知道，阴影是由人和物而生的。"

在布尔加科夫笔下，善恶都在上帝的秩序里。有暗的存在，才能辨别光；有恶的存在，才能认识善。在更高远的意义上，恶的存在是为了成就善。

如果说索尔仁尼琴的《红轮》是反抗式写作，布尔加科夫的《大师与玛格丽特》就是沉思式写作。

反抗式的写作，反抗的是敌人。"敌人"是一个相对的、阶段性的概念。敌人会改变，也会消亡，所以并不是终极的目标。

布尔加科夫不同，沉思式写作，更多指向写作者自己。像布尔加科夫一样，相比控诉敌人，直视自己的人性更需要勇气。

你跟你的敌人截然不同吗？贪婪、嫉妒、竞争、谎言……这些人性的软弱，真的与你无关吗？如果控诉是一个人唯一的姿态，那么他对世界的黑暗，采取的是置身事外的态度。

历史的罪恶是人的罪恶；政治的黑暗是人的黑暗。我们常说要反思。如果一个人仅仅反思别人时，他是控诉。当一个人开始反思自己时，他才会有忏悔。

文学中的忏悔传统，使得文学超越了单纯反映现实的维度。

讲到这里，回到"什么是文学逻辑"，我们似乎能尽力给一个答案：文学作品，应该思考更为恒定和本质的事物，而并不仅仅在统计历史，对政治发表看法，或者控诉具体的敌人。

考察身处时空中的个人，探究人对苦难的回应，关于死亡的态度，以及人灵魂最幽深处的秘密。这是我所理解的"文学逻辑"的特征之一。

我对文学逻辑的认识，是我在写作过程中慢慢形成的，反过来对我的写作产生了深刻影响。

我最早的长篇小说《岛上》写于2002年，是一群疯子在一个岛上发生的故事。这是一部批评意识非常强烈的作品，探讨权力和反抗的问题，我个人的观点是非常鲜明的。但是到了最近几年的长篇小说《好人宋没用》这里，我就不再如此鲜明地表达我的观点了。

很多读者说，宋没用这样的人怎么能算好人呢？在这本书里，宋没用作为一个小人物，在浩大的历史当中完全是随波逐流的。她不是一呼百诺的英雄，不是观念独立的知识分子。小说里，她的救命恩人倪路得被批斗、被迫害，她没有完全的帮助和支持，有过退缩、怯懦、明哲自保。

但是我仍认为她是一个好人。

"怯懦才是人类缺陷中最最可怕的缺陷",我们往往会忘记布尔加科夫说的这句话,把一个普通人未泯的良心强行拔高到英雄的地步。

文学的逻辑恰恰是相反的,好的文学是把完美的英雄还原为普通人。在此意义上,文学更接近真实,因为更接近人性。

第二个要点,真实感受叠加虚构情节,找到小说写作的逻辑。

要让人觉得小说写得非常真实,小说有人性的逻辑,从真实的心理感受出发,去虚构事情,这是创作的本质,创作是自由的。

举个例子,我的短篇小说集《浮生二十一章》是一组人物素描:二十一个男女老少,不同年代、不同背景、不同生活经历的上海人。《浮生二十一章》的很多篇目都是从口述历史、网络文字、亲友自述中脱胎而来。

无论是亲自采访,还是借鉴别人的采访、自述或者回忆,我都会发现一个问题:每个人的叙述都是趋利避害的,都有美化自我的倾向。在写作中,我不仅仅要借鉴他人的叙述文字,更要在他们的叙述中,理解他们的为人和他们叙述背后掩盖的情绪和心理。这就需要我用自己的阅历去理解那种真实的心理感受了。

举个例子,比如其中一篇《高秋妹》,讲了一对养母女互相嫌弃,却又不得不相依为命的一生。故事的原型来自我阅读的一部养女口述史。虽然在明面的叙述上,养女摆出了一副母慈女孝的样子,讲述了母女俩如何一起克服种种生活困境,如何互相扶持和睦相处。但是她的语言，会有意无意透露出那种瞧不起。比如她会轻描淡写地说起，她的养父养母并没有举行婚礼，只是随随便便搬到一块儿住了而已。她也会提起养母曾经是咸水妹。咸水妹是在1949年以前曾靠向外国人卖淫为生的女人。这样的地方有好几处，也就一两句话带过。但是我立即开始联想起口述者可能试图隐藏着的情感。

最后，在写作《高秋妹》的过程中，我把这对母女处理成相爱相杀的关系。在我对人性的理解中，这种关系远比养女力图展现的和谐来得更真实，也更接近于人性的逻辑。

又比如《袁跟弟》一篇，我讲述了一个力求上进的女人，和一个拖了她一辈子后腿的男人之间的故事。故事的原型也是来自口述历史。

在女人原本的自述中，提到她丈夫的次数根本不多，主要是在讲她一辈子如何努力，又如何生不逢时：在外国人家里帮佣，迅速自学外语；她的先生有点不求上进——她没有直接说不求上进，只是说他没有学外语，因为学这个东西没用；如何想奔赴香港，在丈夫的阻止下没有去成；后来她又因为这层外国关系而受到牵连；她努力地帮丈夫经营牙科诊所，又因为丈夫的一些问题功亏一篑。她始终在讲述自己，提到丈夫几次都是轻描淡写地过去了。但是我们认真体会，就会在语言当中发现一个背景板似的男人，她对于这个男人有遗憾、懊悔和埋怨。那个男人懦弱、无能、胸无大志，却又自私地把妻子困在狭小的天地里。

所以我最终写这篇作品时，把夫妻的冲突摆在非常重要的位置上,通过想象写出丈夫的形象,写出两种不同价值观的矛盾,两种不同人生的矛盾。这个虚构的男人形象,在我看来是无比真实的,他理应出现在一个想要飞上天空,却被拖到地底下的女人的生活里。

还有一篇《张忠心》,讲述主人公的母亲被父亲从大城市骗到一穷二白的山区,参加所谓的支援三线。自此主人公的人生便彻底改变了,一个大城市的男孩被困在山沟沟里,饱尝贫穷和闭塞。这个故事的原型也是来自口述历史。在口述者的叙述中,他们一家三口的关系还是其乐融融的。他会讲一些温馨细节,比如父亲教他写字之类的。但是我本能地感觉,这个家庭成员之间的感情应该比叙述出来的更复杂。所以我把故事的情感线和结尾改变了,故事里的儿子对父亲充满仇恨。

故事发表之后,一个成都的女性朋友告诉我,她看这篇小说看哭了。她感觉这个故事就是写的她自己。她的母亲本来是个大城市女孩,美丽又文艺,也是被父亲骗去了山区。她告诉我,她恨自己的父亲,也替母亲恨她那个丈夫。她对我写出来的感情,非常感同身受。

在这里,我的想象与虚构,打赢了原本的"真实",因为我把我对人性的理解、对情感的理解,融入想象之中。我用我理解中的真实,替代了眼睛看到的所谓真实。

第三个要点,用历史的细节找到时代逻辑。

我们写跨越年代的长篇小说经常涉及社会变迁和历史,怎样使用好历史资料?怎样描述久远年代?

可能有人会说，我不写跨越年代的小说，只写当下，就不需要这些技巧了吧。恰恰不是，对于大多数以小说为终生志业的人来说，寻找和使用素材，是必须掌握的能力之一。

因为只要我们的写作超出了自己的经验范围，我们就必须使用资料才能把自己没有经历过的事情，写得像是自己经历过一样，把不熟悉的事情写得像是非常熟悉的。

资料的来源，可以归纳为这几种：

第一个是亲身体验和实地了解。

亲身的实地了解是不可替代的。用自己的眼睛去看，更直观、细致。我不建议短时间采风，那很容易导致游客心态，导致浮光掠影的印象，这样的体验是外在的。最好还是深入一个地方，待足一段时间，让它和你在情感上有更亲密的关系会比较好。

第二个来源，是他人口述。

我在写作《浮生二十一章》的时候，采访了好几位亲友，讲述自己的遭遇。我还经常询问我的母亲，她有强大的对生活细节的观察和记忆能力，我开玩笑，她像个行走的人肉资料库。比如，问她20世纪六七十年代的物价，她从面粉到被单，都能把价钱给我报出来。甚至一些偏门的细节，比如那个年代的寿衣分几种、不同数量的寿衣领子有啥区别，她都能清晰地讲出来。

我妈妈的讲述和书面资料不同，亲自听他人口述得到的东西是鲜活的，充满直接生活体验的，一些属于人情世故范畴的东西，就很难从书面资料里得来。

第三个来源是书面资料。这是我运用最多的手段。

我的长篇小说《好人宋没用》和《浮生二十一章》，都是历史跨度非常大的作品。《好人宋没用》里的主人公，生于1921年死于1995年。《浮生》里的人物时间跨度只大不小。写这两部作品时，我查阅了一百来本书。但书籍不是全部，还有网上找的资料。

我自己的习惯是，搜索关键词。关键词搜索，就能出现相关信息和文章。然后就是信息甄别。有的信息比较零碎，可能一大篇文章里，只有一句半句涉及相关信息。但是没关系，这一句半句里面，可能包含了其他关键词。继续用关键词搜索下去。很多时候我就是靠这个办法，反复搜索，得到自己需要的信息的。有时候很幸运，能够查阅到整篇文章，完整地包含了想要的信息。这种情况比较少。但有的时候，这些文章会涉及一些书目。这个时候，我会把涉及的书目里需要的那些买下来，然后去书里寻找。

小说要写出历史感，需要大量书面资料、书籍。大致可以分成两个方面：

一方面是关于历史大背景的脉络。

举个例子，《好人宋没用》里宋没用的童年遭遇，很大部分借鉴了一本学术著作《苏北人在上海1850—1980》。大家有兴趣也可以读读，非常有细节的历史著作。

我觉得还有一点很重要，我们对于中国和世界历史，要有总概性的理解。

中国作家的写作是躲不过历史的。因为我们的历史太跌宕起伏，影响了每个人生活的方方面面。我们和我们的父辈、祖辈，每个人身上都有太多的历史痕迹。

《好人宋没用》最初的灵感来源是福楼拜的《一颗单纯的心》。那本语言和细节臻于完美的中篇小说，讲了一个最平凡的法国乡下老太太的一生。我最初的构思，原本也是写一个最平凡的中国老太太的一生，结果我最终写了39万字，是一个非常大的篇幅。哪怕是最普通的中国老太，一生都会卷入历史和政治的旋涡，不可能有法国乡下老太太那种真正单纯和简单的一生。《好人宋没用》的篇幅是一个必然结果。哪怕我竭力淡化历史背景，这个普通的中国老太太，仍然是一个不落地从那么多历史事件里面活了下来。

另一个方面则是历史细节和风土人情。

我们对历史的还原是全方位的，衣食住行，风土人情，语言习惯，每个细节都需要推敲。描写历史中的故事时，想要不走形，不露马脚，唯一能做的就是：下死功夫。这样的考据和细节对于写实性的作品很重要，它们能够使得小说具备氛围，让读者感同身受。

在《好人宋没用》和《浮生二十一章》中，我绝大多数地方都不标注年代，而是用细节暗示。一百多年来的时局动荡，牵动了每一个人家。各种发型、衣服、风物细节，都藏着政治经济和意识形态变迁的历史。比如说，关于发型，刘胡兰头、柯湘头、红卫兵头这些发型怎样交替流行，比如说，关于衣服，什么是爱国布？旗袍为节省布料而降低领口是在什么时候？布拉吉的盛衰、洗白了的帆布工作服颜色，怎样对抗之前流行的国防绿、海沧蓝等流行色……再比如说，关于人的名字，名字也能反映历史。出生于1949年的人很多取名"建国"；20世纪90年代的一些人名，尤其女孩的名字，有浓浓的琼瑶味。诸如此类。

真正好的历史细节都是没有浪费的，甚至是盈余的。我喜欢细节里丰富的、富有质感和层次的美。

和大家分享一个小技巧。写作一个从来没有亲自去过的地方时，我会先搜集信息，根据信息，自动勾勒出场景，这个场景包括光线、气味、触觉、湿度等全方位的感受。

在头脑里构造出这样的场景，我再开始进行书写。我不知道别的作家会不会这样想象场景。但至少我自己，必须头脑中有了这样的场景，才能把情节描绘出来。

举个例子，我的短篇小说《阳台上》，描写上海最底层的小混混。很多人看了都觉得，我这样一个中产阶级妇女去写这么一个小混混，写得这么活灵活现。我的一些男性读者甚至会觉得是不是你骨子里就是这样的一个小混混，或者你有过类似的经历。

我平时经常看一些新闻特稿，这样的特稿经常会描写底层青年的生活。而在上海大街小巷走动时，我也会留意这座城市贫穷和混乱的部分。在资料收集过程中，我能体会到这样的一个人物身上散发出怎样的气息，他是怎样一种面目。想象到了这个人，想象到了居住环境和生活场景，我才会开始去写这个人。

03　营造氛围，让读者身临其境

氛围对于小说的文学性是非常重要的。没有氛围的小说，很难让读者有代入感。要让读者有"身临其境""感同身受"的感觉，营造强大的氛围是必要条件之一。

什么是氛围？在电影里就是感官体验。首先当然是视觉，从平面电影到3D电影、全息投影。但是人类还不满足，还从其他感官体验入手，所以有了气味电影、4D电影。我们有理由相信，未来人类很有可能发展出从各种感官上完全模拟真实世界的艺术。

相比影像艺术在技术上的进步，文学可谓是一种古老不变的形式了。那是不是文学落伍了？文学的氛围塑造会不会相比之下毫无意义？在我看来，恰恰相反。影像技术的进步反衬出了文学的独特和不可或缺。用文字营造的氛围，其实就是通感。电影的场景是由导演呈现，观众被动接受。而文字的场景，则需要读者和作者来共同完成。

文字能够呈现颜色、气味、湿度、触感，靠的是读者的经验和想象力的介入。

读者运用自己的经验和想象力，将文字描绘的各种感官体验还原出来。好的文学会以描述的细腻和准确性，深层次地调动读者经验，弥补读者因为观察不够敏锐而导致的体验的缺失。有些读者读到一些描写时，会恍然大悟说：对，就是那种感觉，我只是没法表达出来，这个作者替我表达了。

除此之外，读者的想象力还会对文字营造的氛围进行填补。电影的画面语言具有整体性，说得通俗点就是，一个镜头拉过去，画面里面林林总总的事物都呈现了出来。小说跟电影不同，文字塑造的氛围不是整体的。小说里不可能把场景里的每一个事物都面面俱到说出来。文字营造氛围，点到和描述到的事物是有限的、有选择的。多余出来的空白，就需要读者的想象力来填补。所以，阅读小说是很好的想象力训练。

当下的影视艺术和科技的发展，使得观众在欣赏艺术时越来越懒惰。所有的感官刺激直接而全方位地推送到面前，从某种程度而言，观众是被摆布的，这会导致感受力和想象力的退化。

但是小说不一样。小说营造的氛围、创造的情境都需要读者主动参与，需要读者的经验和想象力的介入。这对读者是一种训练，也使得读者的感受更为深刻。而且因为读者经验和想象力的个体差异，他们对于文字的还原和填补是不同的。这使得文字呈现的世界具备了多种可能性。因此，好的小说是神秘的，也是对读者充满邀请性的，"欢迎你来，和我一起创造这个文字的世界"。

但是，小说中对于氛围的描写不可能是毫无节制的。不是每一个场景都需要详细描写。在一部小说中，哪里需要描写氛围，哪里需要直接走情节线呢？

这就来到我要讲的第一个要点，对叙事的速度感要有精确把握。小说的速度感和氛围描写关系很大。氛围渲染过度的作品，会让人感觉冗长，氛围渲染不够的作品，会让人感觉仓促。

先来具体分析一下小说的速度。小说的速度可以在部分程度上决定小说的风格、语言和结构，决定写什么，不写什么。掌控小说的速度，是一种非常重要又容易被忽略的小说技巧。但是，作为一种写作技巧，它可能也很难归纳。

如果只问我，小说该怎么掌握快慢，哪里应该快，哪里应该慢？我是答不上来的。但是如果把小说具体文本放到我面前，我就会告诉你：这个段落太冗长了，是不必要的抒情和写景，哪里还可以铺垫一下、渲染一下情绪……

小说家的直觉和经验，来自长期的阅读和写作训练。对小说速度的把握就像手艺活，想找到适度的具体标准，一定需要多看、多练、多拿捏、多感受。

可以将把控小说速度的目的理解为阅读快感。有人觉得，只有通俗小说需要阅读快感，严肃小说不需要过多考虑这些。我觉得并不是这样的。追求阅读快感是人的本能。

在我看来，看小说就像坐火车，文字是窗外风景，读者是火车里的乘客。小说的速度决定了什么时候慢观或快览、哪个地方模糊或清晰、怎样才能疏略或细致。甚至，作为列车长的作者还会突然刹车，迫使读者逗留于某格风景，做停顿的凝视。这种强行改变阅读期待与体验，可以制造陌生化与新奇感，也可以制造文本独有的节奏与韵味。

如果作者对小说速度的掌控比较高明，读者会认为有时仓促有时从容的景色交织成的"窗外印象",是自己获得而非作者安排的,这就是速度的魅力。

英国作家伊恩·麦克尤恩有部中篇小说《在切瑟尔海滩上》。这部小说以心理描写细腻著称,内容并不复杂,描写了一对处子之身的年轻人不成功的新婚夜以及他们为此分手、错过一生的故事。

这本书让我印象最深刻的是接近结尾的部分。小说从倒数第十页开始,突然加快叙述速度。之前整本书几乎都在描写同一个晚上,最后十页却描写了这个晚上之后的一辈子。这样的叙述速度非常有意思。

本书的前四章以及第五章的大半篇幅,是对男女主人公"当下"的描写——也就是对他们新婚之夜的描写。在非常详细、非常缓慢的描写中,掺杂了对"当下"之前,也就是他们恋爱交往的慢速回放。在这样的不断闪回之中,将男女主人公的家庭背景、性格特征、成长经历逐一剥显。

女主人公弗洛伦斯出身富有,生性天真固执,患有性冷淡;男主人公爱德华出身底层,热情奔放,略带粗野,对人生与爱情怀有美好想象。

看整部小说对速度的处理。新婚之夜后,主人公爱德华的一生被迅速翻过,犹如嘉年华的大转轮,在缓慢上升、蓄足势能之后,急转而下。读者似乎从高空俯瞰男主人公的一生。那一晚,在速度的反差中放大,它对于男主人公一生的意义也就凸显出来。

我认为人生是无数瞬间的总和。小说家做的,就是从一生剥离瞬间、将瞬间放入一生，这本书恰恰体现了小说速度的重要性。

第二个要点是，写出复杂人性，让人物角色自己发声。

我们在最初构思小说的时候，会对笔下人物进行基础的性格构思。但是人本身比我们的构想更复杂。因为一个人的人生经历、家庭构成、性格形成、情感经历……如此种种都是埋伏在水底下的冰山，而小说呈现的只是露出水面的冰山一角。

作者把一个人物写到什么程度，取决于把人性挖掘到什么程度。

怎么挖掘人性呢？在我看来，人性就是人在一系列情境之中做出的自由选择的总和。写小说的人切忌给人物下定义，而是要把人物放在情境，尤其是极端情境之中，让他们做出选择。

举一个例子，这个例子不仅仅是在描写人类的勇敢和怯懦，而是让我们对人类的勇敢和怯懦重新思考。这就是《圣经》中广为人知的故事，叫作"彼得三次不认主"：

耶稣将自己即将受难之事，提前告知了门徒。彼得当场表忠心道："主啊，我已经准备好要跟你一同下监，一同死。"耶稣却说："彼得，我告诉你，今天鸡叫以前，你会三次说不认得我。"后来，彼得果然怕受牵连，三次不认主。在第三次面对指认时，彼得装疯卖傻道："你这个人，我都不知道你说的是什么。"这时，鸡叫了，彼得想起耶稣的预言，便出去痛哭。

多少年来，读者对彼得或失望或震惊，或谴责或惋惜，很容易达成共识的是：彼得是一个怯懦的人、背叛的人。果真如此吗？如果我们深入文本，就能意识到两点：

第一点是，彼得并不是一个怯懦的人。恰恰相反，他有时甚至勇敢到了鲁莽的地步。在《圣经》先前的描写中他可以一怒之下为了耶稣砍掉大祭司仆人的一只耳朵。这样勇敢的彼得，不认为自己会出卖耶稣。他没有撒谎。

他的问题在于不了解自己，高估了自己的勇敢。他以为自己不怕死，但是在死亡真正来临时，他却胆怯了。在耶稣的那个预言"三次不认主"实现的时候，他才意识到自己是个背叛的懦夫。

第二点是，彼得其实是所有人中最勇敢的。耶稣被捕时，他的十二门徒——除了告密者犹大、三次不认主的彼得，余者皆未被提及。唯一的原因只能是，他们早已一哄而散。我们甚至可以说，这十个逃跑的门徒，已经算表现卓越。因为当时芸芸大众所做的，是跑去找罗马总督本丢·彼拉多，要求他处死耶稣。

所以我们又会发现，彼得是勇敢的。怯懦是人类普遍的弱点，彼得在这个弱点上，实则比其他人强上了那么一点点。

好的文学文本会给我们带来对于人性的认知：我们对自我人性的认知，对他人人性的认知，以及对普遍人性的认知。彼得三次不认主的故事，并没有直接给出勇敢和怯懦的定义，甚至会让读者迷惑于定义的边界，从而沉入对于普遍人性的思考。这就是好的文学的魅力。

在写作《好人宋没用》时，我时时体会到这一点。好些读者对我的书名感到疑惑，觉得宋没用算不上一个好人。

的确，在宋没用平凡而漫长的一生当中，有很多糊涂又软弱，甚至在大是大非上判断错误的时刻。但我仍认为宋没用是一个好人。这个"好"是复杂的，不是非黑即白的。她只是一个普通人，有着对子女的爱、懵懂的报恩之心以及趋利避害的人类本能。我写了宋没用漫长的一生，她一生中发生的那么多事情，甚至数次生死转折，我就是要把宋没用扔到极端情境之下，激发她性格中的多面。

有的读者认为她是烂好人，有的读者觉得她算不上好人，这恰恰证明了这个人物的复杂多面。这才是对真正人性的反馈。

第三个要点是，用独特语言，细腻表达人物与场景。

语言是个器皿，应该随着具体文本的内涵演变而演变，更贴切的语言，对场景更细腻的表述，有助于读者对小说世界的理解。

很多人会忽略语言。我想强调的是，语言是重要的，它是容器，是内容的一部分。真正成熟的作家，都有自己独特的语言风格，把名字遮掉都能猜出是他的小说。在影视与图像盛行的年代，小说更应有"回到语言本身"的自觉。这是一种差异化策略，更是本体论意义上的坚持。

比如，我在写作《好人宋没用》《浮生二十一章》过程中极其重视语言。我糅入了文言和沪语，试图用古朴的语言制造年代疏离感，也试图让人物更具地域特色。

我有个写作习惯：看到人物在头脑里走动了，方能落笔。在我起初学习写作的阶段，我的人物都是"英译中"嘴脸。渐而随和下来，仍是满口落字成文的普通话。现在，沪语——也就是上海话进来了、古语进来了，头脑里的人物顿时鲜活了。我甚至觉得能感受他们噼里啪啦说话时，咸酸的唾沫溅射而来。

和很多中国当代作家一样，我是从西方译著开始写作的。经过十多年跋涉，我试图回到明清笔记小说的语言传统里去，寻找一种口语式的古典意味。写作时我会逐字打磨，调配语感：词性的转变，虚词的取舍，节奏的口语化，句子的长短松紧，还要注意平衡语感的生硬和烂熟，制造不失流畅的新鲜感。

在这当中，我觉得尤其要注意动词。名词决定了语言的丰富，动词决定了文本的生动。古典语言里的动词，往往以一当十，非常简洁又非常形象，这是许多中国现当代作品所欠缺的。

举个例子，《水浒传》中，店小二上菜，"铺"下一盘牛肉来。简单一个"铺"字，即刻起了画面：盘子大得豪放，几欲盖住桌面，牛肉在上头满当当摆开。《金瓶梅》里说一个人"影"在屋子里，这个"影"字就让人像影子那样藏着。非常简洁而形象。

《好人宋没用》语言特色之一，就是随着年代的变化而变化。

小说的时间跨度是从1921年到1995年，这前后几十年的时间体感是完全不一样的。所以在小说的前半部分，我的语言中古语的密度更大，句子更短，使得语言更有古朴的意味。就像老电影的那种暗淡的泛黄的色彩一样。

比如小说里宋没用一家刚刚坐船从苏北到上海的见闻，我是这样写的：

西行，街市如织。篾竹街、豆市街、花衣街、洋行街、咸瓜街。街街交通，铺铺相连。口音错综，人头如麻。山东的杂粮，徽州的纸墨，杭州的绸缎，绍兴的黄酒，宁波的药品，福建的漆器，江西的陶瓷，无锡的丝棉，广东的烟草。

一切能想的，不能想到的。颜色、声响、气味，令人应接不暇。孩子们停在"西洋百货"。牙粉盒、三五香烟盒、伦敦洋蜡烛、英国机制棉纱线团，样样新奇。店主的绸领子上，潽出一张肉脸。面皮不动，低垂的眼睑间，露一线黑眼乌珠，紧随他们移转。

柜台边，贴有老刀牌香烟广告牌，印了长衫礼帽的中国人，指着一盒烟。烟盒上是个大胡子洋人，披挂头巾，手拄弯刀，做海盗装束。宋大福舔舔嘴唇，伸手去摸。店主蓦地动起来，拍掉他的手，巴掌一翻，作势要打。榔头奔过来，兜头一掌，替店主打了。店主甩出一句上海话，他听懂了，是骂"江北猪猡"。榔头捏紧拳头，哈了哈腰，引家人出店。

在这段描写里，我大量铺排了名词，街名、货物名。我用名词渲染氛围，用的都是短句。有的段落里，一个名词就形成一个短句，目的就是呈现出这些名词本身。

大量名词的堆叠使用，会让人有琳琅满目之感。这些名词本身就是有年代感的，比如"西洋百货"，牙粉盒、三五香烟盒、伦敦洋蜡烛、英国机制棉纱线团。读者可能不清楚那些东西具体是什么形状，什么来历。但是这种具有年代感的名词本身就是能创造氛围的。

前面提到过，在运用语言时，我是很重视名词和动词的。名词能够成全文本的丰富性，而动词则能体现文本的准确性。至于形容词、副词，都是不必要的不用，能少用就少用。

《好人宋没用》慢慢写到后半部时，年代背景靠近当下了，小说语言就更接近当代口语，句子也更长，尽量使语言的感觉融入当下。比如小说里有这样一段：

> 两人不再说话，齐齐朝车来的方向张望。这是一九七〇年夏，整个城市在挖防空洞。尘粉漫扬，热潮灼人。太阳脏脏瘪瘪的，搭在电缆上方。一辆掉"辫子"的有轨公交车，陷在马路对面。车辆和行人堵成旋涡。喇叭声起伏。宋没用唾液里有股腥苦味，鼻腔毛糙糙的，鬓角浮起一层黑汗。她隔着语录包，窸窣触探手表包装盒，一遍又一遍。

这里的句子，就比前面摘引的那段长，语感也更为现代。前面那段是20世纪20年代，这段是1970年了。

在小说中，1949年以前的故事，我是不使用公元纪年的，而是使用天干地支。这样的区分，表示1949年是一个年代上重大的分水岭。我通过语言上的细节，表达自己的历史观。

最后，谈谈我对于运用方言的理解。我的小说《好人宋没用》和《浮生二十一章》都使用了沪语。我刚学写作时，认为南方方言吃亏。后来虽仍坚持这个判断，却也逐渐意识到，在地域背景明确的小说中，方言可以且应该被运用，这对人物和叙述有着双重增益。至于能否气脉贯通，并让所有汉语读者看懂，则取决于写作技术。

方言不是目的，是手段。写作者有权决定它的疏密度，决定它和上下文的关系，决定它以何种方式，楔入以北方官话为基调的叙述语言之中。

我们究竟怎样理解小说的本质、小说的逻辑？我觉得小说家的写作，是一个较低层面上的模拟创世行为。文学作品完全是个人精神的产物，是纳博科夫说的"由天才个体想象创造出的一个特殊世界"。纳博科夫曾指出，果戈理的《死魂灵》和《钦差大臣》这样的作品，完全是作家想象力的产物，把它们说成是对俄国社会状况的反映，简直在羞辱果戈理。他的原话是这么说的——"可敬的读者不会在一本俄罗斯小说里寻找关于俄罗斯的信息，因为他知道托尔斯泰或者契诃夫笔下的俄罗斯不是历史上的普通的俄罗斯，而是由天才个体想象创造出的一个特殊世界"。这句话的意思，和前面提到哈金的"文学逻辑"其实是一样的，都揭示了小说的本质和小说的逻辑——创造的力量、语言的力量。

田耳

作家

鲁迅文学奖获得者

代表作

《一个人张灯结彩》

《夏天糖》

《金刚四拿》

《开屏术》

阅读推荐：《一个人张灯结彩》《金刚四拿》《夏天糖》《杀手》《执子之手》《秀女》《一个醉赌鬼而已》

第二讲　田耳：怎样搭建故事结构

01　用结构吸引读者的四个要点

最近几年，我在大学的戏剧影视系带硕士研究生，看见一个明摆着的事实：他们听过数百节作文课，但是基本不会讲故事，在写作中有很多障碍。

我相信，很多人在写小说或者说写故事的时候，也会遇到类似的问题：怎么把一句话讲完的故事写成几千字？怎么解决写一半写不下去的情况？小说的结尾需要特别的设计吗？

这些问题都涉及故事结构，说到"故事"，每个人似乎都不陌生。我们每天都接触故事，故事无处不在，我们甚至就生活在故事之中。但当我真的问"故事是什么"，大多数人却不得要领。

什么是故事，如何讲故事，好故事和坏故事的差别何在，好故事吸引读者和观众的秘密又是什么？

其实每个人头脑中都对故事有体认，但给一个明确的定义似乎也并不容易。各种辞典和故事写作教材里大概这样描述故事：故事是一个完整的叙述单元，有始有终，中间包含一段串联首尾的发展过程。这个定义提示我们结构对于故事的重要性：

作为完整的叙述单元，故事必然有结构，弄清故事的结构就是重中之重。只有把握故事的结构，我们才能准确地分析一个故事，从中分辨故事成色的好坏，并进一步窥知故事何以吸引人的秘密。

第一个要点，什么是故事的基本结构？

关于故事的结构，教材里的论述大同小异。在戏剧理论中，故事通常分为"发生、发展、高潮、结束"四部分。电影故事中，通常划分为"建置、对抗、结局"三部分。在创意写作体系方面，有本书叫《故事工程》，它把故事划分为"布局、反应、进攻、解决"四部分。整体差别其实不大，大体上故事至少有三部分，分细一点则有四部分。

我将故事的基本结构划分为"起、承、转、合"四个部分。这一组概念出自元代范德玑的《诗格》，拿来概括故事的结构也是严丝合缝。

具体拆解下这四个部分：

"起"，是说故事要起于矛盾，没有矛盾就没有故事。

这里的"矛盾"是一种泛指，也就是有冲突、陷入困境，人物性格有缺陷，总之，要与日常的事物不太一样，给人以新鲜感。

"承"，是对"起"必然也必要的延续。

故事起于矛盾，等于找到了一个叙述的起点，把这个点展开并延续，一个点才成为一条线段。有了线就有了方向，一个故事开始形成自己的逻辑。

"转"，就是根据"起"和"承"形成的故事逻辑，发展而生成一个具体的问题。

"合"，则是对这个具体问题的解决。一个故事，往往就是解决一个具体、核心的问题。

郭德纲讲过一个很短、很简单的段子：

> 一天早上，大哥把小弟叫进来，问他，一加一等于几。小弟张口就答，等于二。
>
> 大哥接着问，二加二呢？这也难不倒，小弟说"四"。
>
> 大哥这时说，你知道得太多了。
>
> 然后掏出枪，将小弟打死。

这个段子虽短，却包含了故事的基本结构，"起、承、转、合"四部分一应俱全，相当清晰。故事吸引人的秘密，或者说故事有效讲述的"力学原理"就藏在故事结构当中。

第二个要点，构建故事逻辑，让读者主动思考。

故事怎样吸引读者？结合故事起承转合的基本结构，故事的前半段是起和承，起和承是个人的创作，构建故事背景，形成故事逻辑。如果这个故事逻辑有效，读者或者观众就会接受，并形成自己的主动思考，即已经被故事吸引。

我们还是以前面的段子为例：故事起于大哥问小弟：一加一等于几。这里面有矛盾吗？当然有。只要有异常，必定有矛盾。作为听众，我们马上感觉到不对：大哥怎么能这么问小弟呢？然后判断出，大哥可能在找小弟麻烦。

我们只要听出来，故事开头隐含矛盾，注意力往往就被抓住了。试想：如果大哥问小弟"外面天气怎么样"，或者问"早饭弄好了没有"，我们的注意力就集中不起来，因为这是非常正常的生活细节，没有意外。现在媒体这么发达、资讯满天飞、故事无穷无尽，每个人的注意力都变得极为薄弱，一个故事如果不能在第一时间抓人，人们就会关注别的事物。

接下来是故事的"承"，也就是对于"起"必要的发展：大哥接着问，二加二呢？故事起于矛盾，但一个矛盾只是一个点，我们学过数学都知道，一个点确定不了方向。大哥问一加一的时候，我们猜测大哥"可能"在找麻烦，但也可能大哥昨晚喝了酒还没醒，把小弟当成儿子，顺口这么一问。第一次发问，很可能是"偶然"。往下又问"二加二"，我们就知道大哥肯定在找麻烦。

"一加一""二加二"，两个发问就是两个点，串联成一条线，有效地形成了故事的逻辑方向，一切便从"偶然"指向"必然"。

故事的"转"是什么？接下来大哥说"你知道得太多了"。这话不会白说，说出来大哥必然有相应的行动。这就是故事的"转"，承上启下。大哥连发两问，小弟都答出来，大哥认为小弟"知道得太多"，显然是对前面两次问答做一个总结，同时又预示之后还有必然的行动。"转"并不是转折之意，只是表明它位于故事的腰部，有承上启下的功能。如果拿一道题目作比，"起"和"承"相当于题干；"转"是由题干引出的具体发问；再往后"合"，自然就是对这一发问的解答。

故事很快见分晓：大哥掏出枪打死小弟。一个意外又并不意外的结果。我们都知道小弟要遭殃，果然就被杀身亡，这是故事所有结局方式中最严重的一种。

段子为什么要这么编，为什么一定要小弟去死呢？这又隐含了这个段子编撰者的一种技术处理，我们稍加分析，就知道小弟的"死"是一种必然：这就是**第三个要点，创作者与读者是博弈关系，结尾一定要超出期待。**

对于强大的作者来说，优秀的故事作品必须有完美的结尾，成功征服观众和读者。前面讲了，故事的前半部分，"起"和"承"的功能是形成一个故事的内在的逻辑。如果逻辑有效地建立起来，听众就会被成功地俘获，即所谓"听进去"了。逻辑不成立，或者逻辑不清晰，听众一头雾水，当然就听不进去。至少，在故事的前半截，必须让观众或读者完成从被动阅读到主动参与的转换。

主动参与，其实也就是说，读者也会自动往下编撰故事，进入一种创作的状态。这是头脑中一种必然机制，观众弄明白了故事逻辑，头脑就会主动创作，再以自己的编撰对比已有的结尾。现在，许多读者已成为"创作型读者"，观众成为"编剧型观众"，大量的阅读、观影使他们也有编故事的技能。

为什么很多小说会"烂尾"？为什么很多电视剧一开始抓人，后面屡遭吐槽并被弃剧？正是因为读者和观众认为，故事创作者的编撰达不到预期，甚至比不上自己。这就是一种淘汰，读者和观众随时都在淘汰故事创作者。

所以，故事的创作者与观众、读者之间绝不是平等的，他们存在一种永恒的博弈关系。在故事的开头，创作者必须有效地吸引观众和读者；直到故事结尾，创作者又必须一次一次征服观众、读者。吸引并不难，掌握一定技巧达得到，征服并不易，因为一个人的智慧很难压服许多人的智慧。

回到大哥掏枪打死小弟这个例子，这是结尾的各种可能性中最严重的一种。

我将其称为"加重"。"加重"并没有太多技术含量，甚至会显得有些笨拙，却又极为有效。它相当于围棋中的"执黑先行"：故事创作者利用自己微弱的主动权，抢先把最严重的后果抛出来，把天聊死。

这个段子的结尾，听众也能想到，但郭德纲有权力率先讲出来。听众无法绕过这个最严重的后果，想不到更严重的后果，内心只能接受。在这个段子里，如果找不到更卓越的结尾，小弟的死就成为故事的必然。

再举一个例子，一个复杂的故事。电影《霸王别姬》，这是中国电影里故事讲得极好的一部。

电影名已经明示，故事有两个主角霸王和虞姬，对应电影里的段小楼和程蝶衣。故事很长，我把它概括为四个大的情节段落：兄弟情深、反目成仇、劫后重逢、霸王别姬。

第一部分是兄弟情深：小石头、小豆子在戏班子里相依为命地长大，感情太深，以至于唱旦角的小豆子爱上了师兄小石头。

第二部分是反目成仇：师弟有情，师兄娶了老婆，彼此因爱生恨，又因身处乱世，命不由己，两人的嫌隙越来越大，直到史无前例的岁月，导致了段小楼妻子孙菊仙自杀。

这个故事的"起""承"阶段和前面郭德纲那个段子不同，段子开头两个发问是一路顺下来，我将之称为"顺承"。但在《霸王别姬》里，起于兄弟情深，承接的却是反目成仇，而且情与仇都走向极致，情节先是上到高峰，接下来又掉入低谷，这属于"反承"。

什么是反承呢？故事有起承转合，起与承的关系有两种：顺承与反承。顺承就是沿着起的方向顺然延续，反承就是沿着起的反方向延续，两种同样有效地建立起故事的逻辑方向。不得不说，这部电影有力量，就是编剧把前面两个部分都写到极致，形成极大的戏剧张力，让人欲罢不能。

第三部分是劫后重逢：《霸王别姬》里面的师兄弟两人，虽然反目,但那是乱世造就、命运的捉弄。抛开外界因素,段小楼和程蝶衣都是善良而深情的,分开以后必有复合。

第四部分是霸王别姬:这次复合非常明显地存在于故事逻辑线上,观众都能感受到,而且有预感:在整个故事悲情的气氛下,最后的复合不可能是一出喜剧。

果然,故事的最后,师兄弟再次同台唱一出《霸王别姬》。这个片名昭示了一切,人物是两个,最重要的动作是"别"。对于离别来说,最严重的离别是什么?当然只能是永别、死亡。于是,程蝶衣在舞台上抽出真剑自刎,人戏合一,永别于霸王。以死结尾,当然又是一种"加重"的处理。

用结构来分析《霸王别姬》,也许观众会失望,这么复杂的故事抽丝剥茧以后,结构上竟然这么简单。那么,怎么训练对于这种基本结构的理解呢?

这就是我要讲的**第四个要点,用四句话训练法找到故事的基本结构。**

每当我看到一个结构完整的单一故事,都会用四句话归纳出来,四句话正好是对应故事的"起承转合",通常没有例外。如果归纳不下来,可能你面对的是一个复合的故事,或者没有掌握方法。

举个例子,我的中篇小说《一个人张灯结彩》用四句话概括:

于心亮想把哑巴妹妹介绍给警察老黄,但哑巴已与钢渣相恋。

钢渣为帮助困顿的哑巴,以身犯险,抢车劫财,却意外将于心亮杀害。

老黄破案以后，钢渣请求老黄代赴大年三十与哑巴的约会。

除夕夜，哑巴等待着钢渣到来，代人赴约的老黄徘徊在屋外，不知如何是好。

《霸王别姬》也能用四句话概括：

段小楼和程蝶衣自小在戏班长大，相互照应，感情日益增进，最终导致唱旦角的程蝶衣以女人的心态爱上了段小楼。

段小楼娶妻，程蝶衣意欲夺回师兄，在动荡时局中彼此的关系日益恶化，因爱生恨，终至结下杀妻之仇。

历经变乱，渡尽劫波，一对师兄弟仍然得以相见。

再次登台，重演《霸王别姬》，程蝶衣假戏真唱，拔剑自刎，与段小楼永别。

只要是单一的故事或者找准了故事主线，四句话归纳下来不是问题。据我的经验，必须将这种方法形成习惯，有效准确地归纳自己看到的故事，从中寻找到快乐。如果不将其游戏化，从中得到快乐，总是行之不远。所谓的天赋，无非是懂得如何将自己要干的事变得有趣，让工作变成游戏，让自己欲罢不能。

至于要归纳多少篇故事为宜，我只能说，多多益善。为节省时间，大部头的名著不必强啃，可以找些捷径。上海文艺出版社出过《外国文学作品提要》，厚厚四大本，把每部名著提炼成数千字篇幅。练习四句话整理故事梗概，这类书有极大的帮辅作用。这种方法也许看似有些笨拙，其实也是走了捷径，训练得法可以很快熟悉故事讲述的条条秘径。再说，哪一门真正的技艺，缺少得了足够时间的训练呢？

你还会发现，经过一定量的训练，创作其实就是"四句话训练法"的逆过程：有了一个故事的基本构思，首先用四句话清晰地记录下来，再适时将四句话拓展成梗概。梗概阶段可以反复修改，成形以后，按自己需要创作成为相应的故事类型，至少在故事层面不会出大的纰漏。

我的短篇小说《金刚四拿》，讲述乡村青年罗四拿在现在凑不够人数抬棺的年代，怎么有效地组织了一次抬棺送葬的故事。小说中的"金刚"指的是农村在葬礼上抬棺的壮汉。以前农村的丧葬是很隆重的，抬棺是八个人，号称"八大金刚"，由村里最强壮的汉子担任。

我这个故事严格按照"起承转合"来编排。

"起"，就是主人公罗四拿打小的愿望和别人不一样，就想自己变得强壮，成为村里抬棺的金刚。

"承"，就是等罗四拿长大、有了力气，村里年轻人都去打工了，再有人死凑不足八个人抬棺，只能用拖拉机运走。

"转"，就是罗四拿实现不了理想很苦闷，到处跟人说，人死被拖拉机拖走没有尊严，不如以前有八大金刚抬棺体面。一个老者被罗四拿说动了，打算在过年时候死去，因为那时候外出打工的壮汉都会回到村里，这样凑得足抬棺的人，可以让丧事体面一点。但一个人若不是自杀，哪可能想啥时死就死？这个老人努力了以后，死的时间点不对，过了元宵节，村里青壮劳力又走空了。但人们都认为老人的死跟罗四拿有关，他有义务给予这老人抬棺的待遇。

故事的前三个部分，起于"罗四拿想抬棺"，承于"罗四拿成年，抬棺这事本身没有了"，转于"罗四拿面临一个具体问题：一个老人的死被认为和他有关，他有义务解决"。

故事讲到这里，我成了罗四拿，必须解决这个问题。而且，不是一般地解决。如果我写罗四拿花钱雇来七个人，一块把棺材抬上山，所有读者看后都会骂我，这还用得着你来写吗？

所以故事的第四部分"合"，我这样处理：罗四拿没有雇人，而是改良了抬棺的抬杠，把八人抬棺变成十六人抬，人数增加，礼仪更隆重，于情理不悖；更重要的是，村里没有壮劳力，一般的劳力两人顶一人还是没问题的。

这故事完成的关键，其实是一道极简单的算术题：一等于两个二分之一，一个整劳力等于两个半劳力。但我想到这个结尾，前后用了几年时间。那几年里，故事前面的部分就是素材、题目，搁在电脑里面。我也曾想到别的解决方法，但最后都放弃了，直到这个想法、这个结尾出现，我知道这个故事终于完成，一篇小说可以动笔了。

02　怎样熟练把握故事结构（上）

故事前半段的功能是吸引读者，后半段的功能是征服读者。故事的创作者与读者之间存在着永恒的博弈关系，创作者必须征服读者。如果无法一次次成功征服，读者就会抛弃作者。

存在着一个严酷的现实：从故事的创作者和读者的博弈关系来说：创作者只有一个，如果是团队创作，也只有有限的几人，读者永远是大多数。如何一次一次取得"以少胜多"的战果？

从故事本身来说，前半段形成故事背景、生成故事逻辑，可以充满想象、天马行空、出乎意料；但到了后半段，顺着逻辑设置问题并回答问题，则要脚踏实地、心思缜密、逻辑严谨，既出乎意料又要最大限度地符合情理。故事的前半段是发散，而故事的后半段是收拢。散得开不难，难的是最后都能收得住。

当然，我也见过极为聪明的做法。

有一部非常火的网剧叫《白夜追凶》，情节非常吸引人，但只播出第一季，此后再没见到第二季。从结构上讲，整个第一季相当于故事的"起承转"三个部分，交代一个故事背景，也有了问题，但往下并没有解决，直接挂断。第二季出不来，我觉得显然是编剧把这个问题设置得太难，导致自己无法作答，只能挂断。相当于唱了一出空城计。但空城计只能用一次，更多时候，故事创作者必须硬桥硬马、拳拳到肉，给在故事中产生的那个问题以最完满的解答，不能敷衍读者。

怎样处理故事的结尾？第一个方法就是逆转，最有效处理结尾的方式。所谓逆转，当然是故事的结尾出乎意料。

这里讲到逆转的结尾方式，指的是纯粹的逆转。有的结尾除了逆转还具有其他方式的特征，我们就将其归入其他方式。

逆转式结尾，又可称之为"欧·亨利式结尾"。在欧·亨利之前，故事还是一种原初的模样，大都像流水账一样直来直去，那时候的读者也远比现在的读者容易打发。有了欧·亨利天才的创造，故事才成为我们现在熟知的样子。"意料之外，情理之中"是对"欧·亨利式结尾"最好的概括，具备这一特点，才是正宗的"逆转"。

吉林作家万胜有一篇短篇小说《执子之手》。这篇小说讲了这样一个故事：

男主人公东一是个其貌不扬的矮个子青年，朋友们去相亲都喜欢叫东一作陪，有他衬托相亲成功率大增；东一要相亲，朋友也会争相陪伴，如果遇到的女孩条件不错，朋友就反客为主，东一也从不生气。

东一长年在韩国打工，偶尔回来，一直单身。有一次他回家邀了朋友饭聚，告诉大家他刚结婚，老婆非常漂亮、高他半头，还性情开朗，跟大家都聊得来。虽然这女的也是离异重组，朋友仍觉得东一这回挺有福气。

转眼一年过去，东一某次返回一声不吭。朋友把东一叫出来，问他为何反常。东一刚刚离了婚，具体是为什么，木讷的东一说不清楚，总之，女的一定要跟他离，东一也挽留不了。

前面的这些内容就是这个故事的起和承。简单来说，主人公、结婚特困户东一忽然娶到一个好老婆，一年之后，老婆又执意离婚。这是非常明显的反承关系，东一婚事的大起大落带出所有人都关注的问题：东一为什么会离婚？

故事的起承转合，前面是故事的起和承，故事的转就是东一说不清楚为什么离婚，朋友肯定是要替东一出头、查明真相，必要时候还要为他主持公道。万一东一被人欺负了呢？朋友们不就是用来帮忙的吗？这时候，东一为什么离婚是读者必然关心的问题。这个故事"转"的位置，问题收拢得非常清晰。

朋友们四处打探真相，发现东一的前妻出现在一座天桥下面，和一位瘸子一块守着旧书摊。他们簇拥着东一赶去天桥，想一探究竟。到了地方，东一让朋友们止步，自己独自前去问明白。稍后，东一神情索然地返回，啥也不说，只叫朋友离开。

这里是故事必要的延宕，原因一旦说出，故事就得结束。

过几天，东一又要去韩国，朋友们送他到机场。东一在手机关机前发来一条消息，解决了大家的疑惑：

她说："看着他现在活得这么惨，我不忍心。"

看到这里，朋友和读者都明白了：东一的朋友们看到的卖旧书的瘸子，原来正是女人的第一任丈夫，女人看第一任丈夫活得这么惨，离开了主人公东一，与第一任丈夫重新在一起。

《执子之手》的故事构成了完美的逆转。当这个逆转发生时，有的读者可能觉得挨了一记耳光，抽在自己可笑的道德感上。

为什么呢？因为顺着这个故事，原本潜意识里，我们会以为又是一出嫌贫爱富的闹剧。没想到东一的老婆离婚，不是因为有谁比东一活得更好，而是她的第一任丈夫活得更惨，女人"不忍心"。这个不忍之心，在今天非常珍贵而罕见，在这个故事里忽然出现，才会使读者意外。

让故事逆转、让读者意外甚至有挨抽的感觉，其实都是作者的高明之处。为了逆转有效，作者早就埋下伏笔、前呼后应。其中一处伏笔是，东一的妻子曾经离异；另一处伏笔就是，在小说开头，把东一的形象设置得很低、非常低。

为什么这么设置？读者读到东一离婚，首先会下意识地以为东一被条件好的人撬了墙脚，因为东一看似已低入尘埃了，也就为后面的逆转做好了铺垫。

所谓的逆转，当然是要发生在读者意想不到的地方，为了有意外的结尾，故事前面必须埋线设伏，保证这个逆转浑然天成，具有足够的打动性与说服力。每一个好的逆转，都有匠心独运之处。

逆转最为常见，原理似乎也简单，无非是通过故事整体的营造在结尾调弄读者、指东打西、产生意外。但是立足于这个基本结构，稍加变化故事的结构就会更为复杂。

第二个方法，对转，让故事拥有不俗质地。

对转基于逆转，就是有两个逆转且对称地发生。逆转相对简单，但两个逆转同时发生，故事就会变得复杂，以这样的方式处理故事，自然拥有难度，也会让故事具有不一样的结构，从而拥有不俗的质地。

电影《七月与安生》，改编自安妮宝贝同名小说。

这部电影的故事别具一格：七月与安生自小认识，是最亲密的好友。因为同时爱上家明，两人的性情与命运发生了一种对称的转变：你变成我，我又变成你，两人竞相变为对方，这也就是我们说的对转。

把这种故事的结构拎出来，是不是觉得眼熟？是的，这个结构的源头也是欧·亨利的名篇《麦琪的礼物》：圣诞节来临，丈夫卖了祖传的缺了链子的怀表，为妻子买一个昂贵的发梳；而妻子卖掉一头长发，为丈夫买一条金表链。丈夫和妻子的行为是对称发生，这是很典型的"对转"。

西班牙著名导演阿尔莫多瓦的电影《对她说》也是以"对转"的方式讲述故事。

这个故事以作家马克的视角来讲述。作家马克的女友莉迪娅是一名斗牛士，一次比赛场上的事故让女友变成植物人，马克每天去医院守护，得以认识隔壁病室的贝尼诺。

男主人公贝尼诺是一位有从业执照的男护士，照顾一位变成女植物人的芭蕾舞演员艾西娅。艾西娅的父亲是心理医生，女儿遭遇车祸以后，男主人公贝尼诺前来应聘，照顾艾西娅无微不至，但艾西娅的父亲心存疑虑。

艾西娅父亲认为，正常情况下，一位雇员不可能对工作如此尽心尽力，除非另有隐情。贝尼诺想保住这个工作，请作家马克帮忙，佯装有同性恋，从而排除艾西娅父亲的疑虑。事实上，贝尼诺早已暗恋艾西娅，却因自卑不敢表达。当艾西娅变成植物人，他又正好拥有护士执照，于是有了以上情况的发生。

故事继续发展，马克的女友莉迪娅不治身亡，马克离开了医院。不久他得知贝尼诺也出了事：植物人艾西娅忽然怀孕，轮班照顾她的三位护士只有贝尼诺是男性，毫无疑问，贝尼诺成为嫌疑人，进而被捕。

这是对转的第一步。艾西娅与贝尼诺两人的命运都发生了转折，而且是对称地发生。

这时候，马克穿针引线的作用发生，他去监狱探望了主人公贝尼诺，贝尼诺心心念念的仍是艾西娅情况如何，要马克代为打听。马克想要打听，但艾西娅的父亲为保护女儿不予回答。

马克只能独自寻找，终于得知艾西娅生下一个死婴，她本人得以苏醒。对于植物人，苏醒即是再次复活。艾西娅复活，艾西娅这条线开始逆转。于是马克赶去监狱，把这个消息告诉贝尼诺。到这个地步，如果我们看出故事是以对转的方式处理，那么毫无疑问，贝尼诺的命运轨迹应是和艾西娅对称地发生，既然艾西娅复活，那么贝尼诺只能是死亡。编剧的处理也正是如此：马克赶去监狱，却晚了一步。贝尼诺长期得不到艾西娅的下落、消息，抑郁成病，在马克赶去的前一晚自杀。

这似乎也是必然，毕竟，贝尼诺的行为摆脱不了强奸的嫌疑，故事在伦理层面也只能如此处理，爱的绝望和对罪的惩罚在此有了模糊和游移。

这也是成熟的创作者普遍的体验：笔下的人物形象确立以后，故事的编撰、人物命运的发展会对应以精妙故事结构，随之一步一步演进，暗自呼应，冥冥中一切有如注定。

所谓"尽人事，听天命"，真正的写作，就是在尽了人事以后从容地顺应天命，所以托尔斯泰救不了安娜·卡列尼娜，福楼拜也只能眼睁睁看着包法利夫人死去。

接下来我要讲的是**处理故事结尾的第三个方式，反向，让故事具有普遍感染力。**

故事的"起"与"承"生成故事的基本逻辑。故事的"转"是顺着这一逻辑生成具体的问题，对问题的解决出乎意料，就构成了"逆转"。

如果故事的"转"并非顺着故事逻辑生成问题，而是从"转"这里开始就逆逻辑生成问题，那么我们将之命名为"反向"。从这个意义上说，反向就是故事的逆转提前，就是更大的逆转。

举个例子：电影《美丽人生》。这个故事前半部分讲：主人公犹太人圭多历经许多啼笑皆非的周折，终于娶到美丽的多亚，并生下儿子约书亚。好景不长，几年后法西斯政权下，圭多和约书亚都被强行关进集中营。

观众看到这里，会下意识地想：这又是一部关于集中营的影片，这类题材的影片无一不是悲惨的。

编剧偏要反其道行之：进入集中营后，主人公圭多告诉儿子约书亚，我们正在玩一个大型游戏，每完成相应任务都有奖励分数，集齐一千分会兑换约书亚最喜爱的礼物——坦克。

故事里，主人公圭多将苦难说成是游戏，故事在中间段，在"转"的地方反故事逻辑而动。从这里开始，圭多一人独揽所有苦难，直至以身赴死，却让儿子约书亚一直以为自己生活在游戏中。影片结尾，约书亚见到盟军坦克驶到眼前，还以为是自己得到的奖励。

必须说明，将纳粹集中营的生活讲述成一个游戏，这种创作思路值得商榷。但《美丽人生》具有普遍的感染力，正是因为在结构上发力、逆转提前并在故事内部尽量做到了自圆其说，这值得故事创作者好好学习。

把握故事结构、懂得故事结尾的诸多方式之后，再鉴赏各种故事，感觉会跟以前完全不一样。你会发现，有些故事讲得精彩但结构非常简单，比如电影《霸王别姬》；而另一些故事没有讲好，但其中包含着非常独特或者异常繁复的结构，比如《盗梦空间》。如果能看到这个程度，就是很专业的眼光和态度了。

延伸讲一下，熟练把握结构以后，你可能会发现，故事结构也如数学一般存在着各种可能性，可以先行猜想它的存在，然后完成。

比如推理小说，不管如何千变万化，不管牵扯出多少名嫌疑人，故事发展到最后，真凶只能是诸多嫌疑人中的一位，或者是两位，至多三位，这已经过于复杂。

还能不能例外呢？比如说，真凶不是一个，也不止两三个，而是前述所有的嫌疑人呢？于是就有了推理女王阿加莎·克里斯蒂的《东方快车谋杀案》。这样的结尾处理方式只能出现一次，不可重复。伟大的推理女王把握住这唯一的机会，写就了名篇。

优秀的故事创作者，必须熟练把握故事结构，熟悉讲述故事的种种门径，唯有熟悉，方能有所突破。如果能够发前人之未察，找出独特的甚至全新的故事结构和处理方式，这样的创作者是非常了不起的。

03　怎样熟练把握故事结构（下）

除了前面讲的三种主要方式之外，**故事结尾还有几种方式，其中一种是加重。**

加重就是把故事结尾所有的可能当中最严重的那一种摆出来，把天聊死，让读者不得不服。

前面提到的，郭德纲的段子和电影《霸王别姬》，结尾都采用了这样的处理方式。加重是一种相对笨重的处理方式，但它有效。就像足球比赛，没有强力前锋的队伍不失一球、每场都踢平，也有可能靠积分晋级。虽然过程并不好看，一直不输也是胜利。

加重也是相对容易的处理方式，只要是故事创作者，基本都懂得加重，因为故事的结尾做不到最巧妙，总能做到最沉重，依靠创作者的发言权，把最沉重的结果率先据为己有。

还有一种方式是失重。

既然有加重，一定就会有失重。我们不妨认为，故事的结尾有一个默认值或标准值，比这个值严重，就是加重；比这个值轻微，当然就会让人感觉到失重。

西藏作家次仁罗布短篇小说《杀手》讲述了这样一个故事："我"是一名卡车司机，在一次送货途中让一名康巴汉子搭顺风车。康巴人要去萨嘎县杀人。

康巴人要杀谁呢？他要杀一名叫玛扎的中年男人，这人16年前杀了这位康巴人的父亲，康巴人用两脚走遍藏地，一路追踪，总是扑空。几天以后我折返，途中头脑一热，开着卡车去萨嘎县一探究竟。萨嘎县的县城很小，相当于内地一个乡镇。所有人都知道有个康巴人到来，知道他要找谁，但不知道为什么，都不知道结果。故事就在一种模糊对话的氛围中延宕："我"也不好告诉别人，康巴人来这里是为寻仇，要杀死玛扎。

最终，我没有再见到康巴人，却见到了玛扎本人。玛扎告诉我，那康巴人一见到自己就哭了，还嘀咕说：找错了。这一句"找错了"，故事就这样突兀地进入尾声，让读者一阵愕然。

这篇小说篇名是《杀手》，让读者期待着故事结尾的快意恩仇，没想到被"找错了"三个字轻松打发，让期待落空。但再一想，读者会用自己的读解补白故事的空缺。显然，康巴人凭着仇人的名字和记忆中的面孔，进行着漫长的复仇。他用排除法，找到一个玛扎，见面一看不是；再去寻下一个，一找十多年。复仇于他，有如宗教一般持守不变，找不找得到不重要，重要的是他一定会找下去，直至完成复仇。

这个故事，虽然乍一看结尾觉得少点什么，觉得失重，但又余味悠长，不会让人感到失望。失重是一种高级的故事讲述方式。

处理故事结尾的另一种方式是环形叙事。

环形叙事，就是周而复始，故事叙述到最后又回到最开始的状态，不妨看成一个超大号的逆转。

环形叙事在科幻电影里经常见到，因为是科幻，让情节周而复始并不难。但在写实和严肃文学中，要有效地完成一次环形叙事，并非易事。

作家阿成2000年左右发表过一篇短篇小说《秀女》：主人公秀女长相不佳，可以说相貌丑陋，但她从小努力，成绩优异。工作以后辞职创业，到了20世纪末，三十来岁的秀女成为企业老板。她拥有帅气的老公和乖巧的孩子，老公夸她美丽，手下员工也尊敬她，完全是标准的人生赢家。

20世纪末，电脑、网络刚刚普及，网聊和网恋都开始了。秀女年轻时候没谈过恋爱。在跟对方不见面的情况下，秀女迷上了网恋，她有极为出众的表达能力，有位网友非常迷恋她，疯狂向她示爱。秀女也以此弥补年轻时候得不到的东西。

网络情人要求见面，秀女一开始拒绝，但经不住对方百般哀求，终于答应下来。有一天，秀女给自己弄了最得体的妆容，前去赴约。她在约定的地点等了几个小时，对方仍然没有出现。这时候，秀女突然醒悟：那个人再也不会出现了。

这就是一个"见光死"的故事，一煲毒鸡汤却富有营养。秀女经过多年努力，她的成功和光鲜只能在一个特定的语境当中，离开这个语境，秀女仍是最初的那个秀女，并没有改变。阿成运用"见光死"这个情节，虽然口吻不乏凉薄，却异常轻盈地完成了一个堪称模板的环形叙事。

还有一种方式是环套。

环套和环形叙事不一样。环形叙事的起承转合都在一套故事逻辑之中，只是到了结尾又绕回去，神奇地接上了开头，整个故事的线索闭合成圆。环套则意味着，故事的起、承、转构筑起的故事逻辑没有顺延到故事的结尾。在故事的结尾，忽然冒出另一套逻辑，把前面的逻辑收拢其中，相当于套层结构。

环套是给同一个故事两套不同的说法，后一种说法颠覆了前一种说法。这种结构很适用一个成语：螳螂捕蝉，黄雀在后。

故事的前面部分等同于"螳螂捕蝉"；往后，我们忽然发现整个逻辑变了，看到的情况却是"黄雀在后"。

《巴黎评论》曾发表美国作家克雷格·诺瓦的小说《一个醉赌鬼而已》，正是采用环套来结构整个故事：

赌徒哈罗旅居印尼，迷上了赌马，一次偶然的机会碰见一匹顶级赛马，想租下来参赛。但赛马的主人夏尼非常犹豫、百般推托，赌徒哈罗兴致更高。他估计这匹马是偷来的，于是想到给马染色、重新修毛，以便上场。赛马的主人夏尼勉强同意将马租给哈罗。真正去到赛马场，那匹马跑头一圈便腿骨断裂，输了比赛，也使孤注一掷的哈罗输了所有家当。哈罗恼羞成怒，当场拔枪打死赛马，因没钱赔偿，他只好保证将夏尼带走并入籍美国。

故事的前面部分基本是哈罗的视角：一个赌徒如何说服马主参赛，却惨遭失败。

在故事的结尾，时间到了多年以后，叙述变成已在美国生活多年的夏尼，得意地跟别人说，当年他故意买下一匹腿骨有裂痕的病马，又研究了哈罗的性格特征，才有整个以病马换取绿卡的剧本，并且在自己天才般的驾驭下，严丝合缝地上演一出好戏。

故事的结尾，马主完全是另一套说法，这个故事变成了一个马主如何主动利用赌徒、达到自己目的的故事。

说起来，环套是一种非常时髦的叙述方式，在电影里面并不新鲜。

比如电影《禁闭岛》和《美丽心灵》，前面云遮雾绕的情节，到最后观众才发现是主人公的主观臆想或者幻视、幻听。还有电影《少年派的奇幻漂流》，前面说了一堆动物的故事，片末却又告诉大家，其实都是人的故事，只是故事太残忍，所以把人都换成了动物。

这些都属于环套叙事，虽然一再出现，但它几乎是最彻底的逆转，每一次有效使用，都能给观众和读者足够的震撼。

处理故事结尾的第八种方式是悬置。

故事既然有起承转合，似乎都有一个结尾，这在以前是不争的事实,但随着叙事艺术的发展,故事不结尾的情况也时有发生。

大多数情况,故事是有结尾的,但作者没有把这结尾写明白,悬置在那里,使故事呈现出一种开放叙述,让读者有更大的参与空间。说白了,悬置是有结尾但不给出,作者赋予读者同等的权利,参与结尾的构建。

举个例子,日本导演是枝裕和的电影《如父如子》,讲的是婴儿在医院里对调的故事,这并不鲜见,但对这故事后续的处理却有独到之处。

婴儿对调发生于家境富裕的野野宫夫妇和乡村小业主斋木夫妇之间,多年以后知道真相。家境普通的斋木夫妇已经有三个孩子,所以野野宫夫妇突然萌生想法,能不能把两个孩子都要过来,反正自己家庭足以负担,能给两个孩子足够的发展空间。

故事发展到这一地步,婴儿对调成为一种贫富对比以及相应的选择,但在全世界范围内,尊重弱者永远都是政治正确,于是,天平发生了反转:所有的小孩都喜欢待在充满温情的斋木家,都想远离事业成功却疏于家庭生活的野野宫夫妇。

故事的最后,两家人一块聚到乡下的斋木家庭,野野宫夫妇要向斋木夫妇学习生活,学习如何和孩子融洽地相处。但两家人最终到底如何解决棘手的问题?影片没有明确给出答案,故事悬置在那里,观众心中则各有况味。

再举一个例子,我的中篇小说《一个人张灯结彩》也采用了悬置的结尾。小说讲了这样一个故事,开黑车挣钱的于心亮,一心想给哑巴妹妹找一个男人。于心亮盯上了好友的同事，年过半百的单身刑警老黄。老黄也乐意去哑巴理发店理发，但哑巴与无业青年钢渣相恋。钢渣为帮助困顿的哑巴，以身犯险，抢车劫财，却意外将于心亮杀害。老黄破案以后，钢渣请求老黄代赴大年三十与哑巴的约会。

当晚，老黄发现哑巴在店外亮起一串灯笼，等待着钢渣到来。这时候，老黄走到哑巴小于的店面外，他能不能过去代钢渣与哑巴见面呢？

结尾我是这样写的：

> 他（也就是老黄）往不远处亮着灯笼的屋子看了一阵，之后眼光向上攀爬，戳向天空。有些微微泛白的光在暗空中无声游走，这景象使"时间"的概念在老黄脑袋中具体起来，倏忽有了形状。一晃神，脑袋里仍是摆着那案子。老黄心里明白，破不了的滞案其实有蛮多。天网恢恢疏而不漏，那是源于人们的美好愿望。当然，疏而不漏，有点像英语中的一般将来时——现在破不了，将来未必破不了。但老黄在这一行干得太久了，他知道，把事情推诿给时间，其实非常油滑，话没说死，等于什么也没有说。因为，时间是无限的。时间还将无限下去。

故事结尾这里，老黄面对的显然是一种两难处境：他答应赴约，但看到理发店外成串的灯火，他意识到哑巴的等待有多么坚定，这时候自己进去可能是让哑巴进一步明晰，要等的来不了；不进去，却又是失约。面对着哑巴，老黄必然有表义的艰难、交流的痛苦……所以，结尾最好是让老黄在理发店外面疑虑地伫立，故事也在此悬置起来。

处理故事结尾的第九种方式是虚化。

虚化和悬置类似但又不一样。悬置是有结尾但作者故意不讲明，虚化则是作者在故事最后没有给出结尾，甚至质疑整个故事是否存在。

这是较为极端的处理方式，并不常用，以虚化手法处理结尾的小说，法国作家阿兰·罗伯-格里耶的《去年在马里安巴》非常具有代表性。

故事讲述一个神秘男人X，在一家高档酒店邂逅了与丈夫同来的女子A，只要找到空闲，X就过去搭讪，告诉A两人去年也来过这里，描述两人去年相处的诸多细节。虽然A确认自己去年没有来过这里，但X的描述绘声绘色，在一种暗示效用下，A有了恍惚，怀疑自己是否来过。

故事讲述到这儿，按其已经形成的逻辑，往下理应追寻：两人去年是否真的在这里相遇；是X认错了人，抑或是A失忆或者故意否认……但故事讲到最后，作者一直没摆明事实到底是怎样的。我们也发现，按照前面故事逻辑指向的结尾并没有出现。

故事没有遵循常规的结尾，事实如何也并不重要，重要的是A愿意相信X，离开丈夫，跟他私奔。这里就是运用了典型的虚化的方法。

故事的结构方式多种多样,各种结构方式都是基于"起承转合"的基本模式发生一定的变形。

熟练掌握故事的基本结构并懂得变形规律以后,也有可能创建自己独有的故事结构方式,那就是非常高明的故事创作者。

除了处理结尾的方式我要讲的第二个要点,是故事讲述的有效类型模式:借典与反借,流变与混搭。

借典就是以现代的、个人的、另类的眼光或手法,对旧有的作品进行重新构造,依赖于典又脱胎于典,形成新的作品。

眼下故事的原创力匮乏,许多经典作品一再改编拍摄,每次改编必须加入新的元素新的内容,这都属于借典。借典的事例太多,它不同于影视剧里的经典翻拍,既要脱胎于原著,又要形成全新的作品。

比如中国文学最著名的一个例子,《金瓶梅》脱胎于《水浒传》里面的部分章节,但它又是独立的创作,且足以与借助的原典比肩。

西方的"借典"就更为普遍了。西方文学有两大原典:《荷马史诗》与《圣经》,从这两大原典脱胎而出的作品数不胜数。比如《尤利西斯》,每一章节对应《荷马史诗·奥德赛》一个故事主题,角色和情节也跟《奥德赛》有不同层次的对应,这就是典型的"借典"。

有借典,就有反借,反借就是以颠覆手法重构经典,我们也称之为恶搞。时至今日,恶搞已经是后现代艺术的主要类型。

最有名的例子，莫过于周星驰的《大话西游》，脱胎于《西游记》但又充满了戏谑，甚至颠覆了原著中主要人物的人设。这种对名著的戏谑和恶搞，反倒让人物在与原著巨大的反差中，重新鲜活起来。

流变，就是指一个故事在讲述过程中，悄然变成另一个故事，这也带有极浓重的后现代意味。

从文学的角度讲，自19世纪巴尔扎克以来的批判现实主义、现实主义，故事总是遵循着严谨的逻辑和法度，起承转合都在同一逻辑轴上推进。但流变就是一个故事讲成两个故事，或者两个故事串成一个故事。它包含有对传统故事法则的解构和戏讽，同时又能在故事内部自圆其说，结构完备。

香港电影《枪火》就是以流变的手法讲述故事。故事的前半部分是经典的黑帮片，讲帮派内部火并，但后半部分却变成对一桩偷情事件的处理。正因为它颠覆了黑帮片的固定样式，故事悄然流变，所以观众看着感觉新颖别致、与众不同，也得以成就一部经典电影。

混搭，跟流变有些类似，但已不是从一个故事变成另一个故事，而是跨了故事类型。

混搭的代表人物非美国导演昆汀·塔伦蒂诺莫属。他担任编剧的电影《杀出个黎明》，前面五分之四是标准的公路电影、犯罪片，但看到结尾，忽然又变成了僵尸片，非常无厘头。同样无厘头的还有周星驰，总是在喜剧片里添加邪典片的元素，靠类型混搭独树一帜。跨类型、任意混搭并水乳交融地完成故事，其中富含着极为广阔的开拓空间。

04　如何用素材构建故事

怎样找到能够创造故事的素材？ 素材隐藏于记忆，每个人的记忆都十分丰富，都有足够的故事素材。

有一个显而易见的事实，对于写作者来说，并不是年纪越大经历越多就越能讲故事。如果事实如此，那么创作故事只能是老年人的事业。但现实中恰恰相反，写作者往往在青壮年时期写出自己代表性的作品。

素材的储量不是问题，有效地开掘才至为重要。要先掌握讲故事的方法，然后再回过头去记忆里寻找故事。就像必须熟知选矿机的性能，才能为它配备合适的矿石。素材的好坏只能是相对而言。有些素材未必适合你去讲述，另一个人却能将这素材处理成极好的故事。素材与创作者之间，也要看是否有缘。讲故事的技艺越精湛，越能有效地开掘记忆，筛选各种有效的素材。

素材如此丰富，我们如何锁定能转化为故事的素材？我以前也听各种文学讲座，听到的大都是这样的观点：素材来自"记忆里最深刻的东西""最适合你发挥的领域"或者"别人没有写过的东西"。

这些说法自然有道理，操作性不强。"素材来自最适合你发挥的领域"，你还没开始创作怎么会知道呢？"素材来自别人没写过的东西"，那需要你大量阅读，临时补课恐怕根本来不及。

从海量记忆库里筛选、锁定故事素材，这本来就是一种依赖经验积累而形成的能力。我本人把握素材的能力，的确是在长期实践中形成并巩固。我们现在能做的，是通过训练得到这样的能力。

怎样找到能成为故事的素材？

第一个方法就是，从亲身经历出发，用个体情绪锁定素材。

先前说过，故事源于矛盾，那么故事的素材自然也要包含矛盾。

小时候上作文课，老师就说要写记忆里最深刻的事。记忆深刻，就是记忆在海量信息当中自动帮你筛选一遍，明确提示你这件事对你是重要的。

关键在于"矛盾"与"深刻"，怎么进一步锁定素材的范围？某些回忆包含着事发当时特定的情绪，这些情绪有助于你准确地锁定素材。

比如"尴尬"这种情绪，这一般都包含了矛盾。1999年夏天，我和朋友在街面闲逛，一家超市捉住了一名惯偷，剥光了铐在门口示众。手铐质量不过关，小偷傍晚时分逃跑，保安一吆喝，街面上的闲汉一并跟着去追那个小偷，往北进入非常宽阔的一片菜地。当时我也随着人流往那边跑，怀有一种莫名的兴奋，我们在菜地找了个把小时，天全黑才回家。当天，那名小偷确实从一大堆人的眼皮底下消失，再也找不着。我回来后忽然想到，自己这么瘦弱，如果单独面对小偷会是怎样？这么一想就尴尬了。

多年以后，我设想着这种单独面对危险可能出现的后果，写了短篇小说《围猎》，讲了一个 "我们去围猎别人的时候，我们自身也成了别人围猎的对象"，这样一个有些尴尬的故事。

"痛苦"这种情绪，必然也有矛盾。

我初中时就读一个体育生特别多的班级，老被欺负。不光我，大多数同学都被欺负。有一次我被体育生打伤，回家瞒不住，父亲向班主任反映情况。老师要求欺负我的体育生在班会课做检讨、向我道歉，没想此后我成为全班同学群嘲的对象。

这件事给予我双重痛苦：我被欺负，而且还被嘲笑。后来，我慢慢想明白了：班级上的其他人也被欺负，大都忍气吞声。我父亲跟老师反映，等于是自己张扬被人欺负的事实。谁说出来，谁是最傻的那一个。傻子发现有人比自己更傻，那得是多大的安慰。

多年以后，我将这个素材写成了短篇小说《最简单的道理》，讲了一个中学生怎样面对由社会青年，甚至包括老师和同学构成的充满暴力环境的故事。

我觉得记忆里的这些情绪：痛苦、困惑、沮丧、尴尬、恐惧……更容易有效地锁定素材。为什么是这些个体情绪呢？因为我的经验一再告诉我，以上情绪往往源于矛盾，而幸福、快乐、满足之类的情绪通常捋不出可以对应的矛盾。

作家托尔斯泰说："幸福的家庭总是相似的，不幸的家庭却各有各的不幸。"所以他将笔触一次次伸入不幸的家庭。同样，在写作中，复仇故事也总是比爱情故事易于讲述。

当我们要处理间接经验，比如面对各种媒体信息，如何筛选素材呢？新闻、消息、报道、特写，本来就经过了挑选，有时自带深刻和矛盾的特点，怎么判断哪些更容易成为我们写作的素材呢？

这就是找到故事素材的第二个方法，从间接经验出发，用独特内容筛选素材。

个人经验必然有限，从事故事创作，必然要从新闻事件、社会热点和铺天盖地的网络信息渠道寻找素材，这看似有了无限丰富的资源，但其实都是共有的。同样的题材，你需要找到不一样的角度，从大量相关的信息中，筛选出最独特的、适合于自己发挥的信息。

举个例子，20年前，私人侦探社曾一度兴盛，主营项目是为婚外情取证、查找奸夫、锁定小三。我认为这个题材肯定能写成好故事，所以就上网搜集和私人侦探相关的各种新闻、消息。终于，经过收集、比对和筛选，一则消息进入视野：某私人侦探社将一项取证小三的业务转包给一个无业青年。无业青年拍到男女幽会的照片、拿去领取酬劳，却被告知照片上的女人正是男人的妻子——本项业务的雇主。

我得到的有关私人侦探社的信息当中，这一条非常独特，已经有很好的故事基础和可供发挥的空间。我稍加构思，就写出了中篇小说《环线车》，讲述了这样一个故事，一个无业青年充当私家侦探，却拍下了雇主的裸照，最后误打误撞陷入敲诈雇主事件中的故事。

再比如，我少年时期爱看武侠小说，也试写过武侠，对此有一份情愫，一直想写跟当年武侠热潮有关，但又扎根于日常生活的故事。所以我搜集相关的素材，查阅了许多武侠作家的生平事迹。

有一天，我发现一名武侠小说家竟然是台湾军情局特务。一个特务写武侠，因为身份特殊，他的经历必然和其他作家不一样，比如说写作给他怎样的改变，他自己也面对更多可能性……我把关于他的相关资料放进我的素材库，我相信，写成故事只是时间问题。

我想强调，寻找素材的能力需要训练。学习找素材、学习把素材编成故事，一开始就要下力气、干苦活、尽量多地占有素材。然后每天打开看看，素材生发成故事是一个自然而然的过程。

不妨把素材比喻成种子，尽量多地占有故事的种子，将种子播撒在园地里，看它什么时候能够生根发芽，就得慢慢等待，不可着急。

有一必有二，当你完成了第一个故事的构思，手中的素材第一次发育成故事，可以肯定的是：下一个会来得更快一点。多有几个素材发育成完整的故事，你会知道自己正在入门，正在变得熟练，以后寻找素材、处理素材会更有把握。

一切技能，都有熟能生巧的过程，需要循序渐进。当你把握素材的能力达到一定水平，寻找素材就会成为自发的行为，一种日常的状态。具有了专业眼光，你将一直处于等待发现的兴奋当中；你会第一时间判定出一个素材的质量如何；碰到上好的素材，你会兴奋得像发现宝贝一样。

我有一次印象特别深刻的经历。

2000年，我在一家商场当空调推销员，中午吃饭去负一楼的食堂，整栋楼各家店铺的年轻人都在那吃饭，一边吃一边聊天，打发时间。那时候，手机功能单一，人们都还喜爱聊天，我们相互讲经历、讲故事。

那一天，有一家理发店的学徒工、一个个子小小的女孩，讲了一件事。她说小时候自己家在城郊，单门独户，白天父母亲人都出去，有时候她独自在家，没有玩伴，也没有玩具，一个人去到外面玩耍。她家门外是一条马路，她自创了一个游戏：乡村的马路异常狭窄，她往马路中间一躺，司机只有停车将她抱到一旁的草丛，才能继续把车开走。她就一次一次爬回马路中央，重复这个游戏。

她的讲述，当然还算不上一个故事，当时别的人自然不以为意，但我突然一下子特别激动：这个画面、这个场景太好了，对于一个小说该有的都有了。以我的判断，这是一个上好的素材，我一定能够将它编撰成很好的故事、写一篇出色的小说。

现在回想起来，当时的我像捡着一件宝贝，生怕别人知道。那种紧张的感觉现在仍然清晰，如此美妙。

说白了，现在很多人玩收藏，藏玉器、瓷器，而我们从事故事创作，素材就是我们搜罗的宝贝。

只要素材包含有矛盾，我们就能创作出起承转合的故事。**选定素材后，需要看看：如何将一个素材扩展为四句话，再进一步将四句话扩展为一个故事梗概。**

首先，整理素材，语言尽量俭省。

我的几个事例，就可以整理成如下素材：

第一个素材《围猎》：

> 超市将小偷扒光示众，小偷挣脱逃入五里牌蔬菜队的菜地，

后面数十人前去追赶，小偷仍逃脱。

第二个素材《最简单的道理》：

　　我被肖某打伤，父亲发现后告知班主任。肖某公开道歉后，我才发现自己触犯了同学之间最基本的法则，成为班上头号傻瓜，受尽嘲笑。

第三个素材《环线车》：

　　一个无业青年接私家侦探社派活，去找小三的证据，没想拍到雇主和老公野地偷情的裸体照片。

第四个素材《夏天糖》：

　　一个女孩独自待在乡间家中，为打发时间，自创一个游戏，躺在马路中间，让路过的司机一次一次将自己抱开。

其次，挑选相对成熟的素材，展开为四句话。
以第四个素材为例：小女孩的自创游戏。
首先，确定这个故事的叙述者。
这是很重要的一步：我在写这个故事，但小说里也有一个默认的叙述者,即使第三人称叙述,"叙述者"仍然存在。为找准叙述者,故事里出现的主要人物都要设定一遍,每一次设定,都会导致故事的讲述有略微不同。然后再圈定由谁担当"叙述者"最合适。

这个素材,我判断由一个司机来"讲述"才合适,绝不能是小女孩本身。那么,由素材引出的第一句话就有了:某司机在某段乡村公路反复遇见一个躺在马路中间的小女孩,必须停车将小女孩抱开。

接下来,故事必须继续铺排、承接,司机和小女孩之间必须有更多关联。于是又有了第二句:渐渐地,司机喜欢开车去往那段公路,与小女孩重逢,并赠她糖果,直至小女孩父母察觉有异,将小女孩藏起来。

想见着,却见不着,两个人物必须有重逢。重逢的场景又是怎样?我这样编撰第三句:多年以后,司机在路边发廊遇到一个少女,怀疑就是当年那位躺马路中间的女孩,对方未予承认。

故事的结局,我觉得有必要呼应开篇,于是这样处理:司机劝少女离开发廊到别处谋生,少女兜转一圈仍回到发廊,司机便花钱将其带到当年那段马路,让少女躺在中间,重复当年的情形……

毫无疑问,我会将其处理成为一个悲剧。

我第一次听理发店小女孩讲到这个场景,我就觉得该有的全有了。她小时候为什么喜欢司机一次次把她抱起来?这说明,她潜意识里对于男性是不拒绝的。

所以,在小说中,他俩最后又回到这个地方,找了一段路,想要体验当年的感觉,司机让已经当了发廊女的妹子躺到马路中间,自己再将她抱开。

最后的结尾你肯定能想到：车轧过去了。因为他们回不去了。

反复酝酿了以后，我甚至不认为是自己在创作故事，而是我当年得到的素材，本身包含了前因后果，我只不过慢慢地等待这结果自然而然地浮出脑海。《夏天糖》的故事，从无意间得到素材，直到想出结尾，前后用了数年时间，但我知道它会是个好故事、可以成为特别棒的小说。

故事创作就是一种日常行为，随时寻找素材，并让它发育成故事梗概。我储备了不少故事梗概，每一次写新的小说，我都会在故事梗概库里挑挑拣拣，反复考虑，找出个人认为最适合马上写出来的那一个。有些写小说的朋友不储备故事梗概，每一次写作都是大体想到一个故事就马上写出来。当然，这也有可能写出不错的故事，但不可能每一次仓促出手都会有上好的运气。

相信运气不如相信充足的准备。我始终相信，有准备、有选择余地的创作，质量肯定更有保障。而且，如果懂得运筹，提前准备，合理规划，所花费的时间精力未必更多，但写作质量能更上一层楼，又何乐不为呢？

05　故事创作的三个法则

如何正式进入故事创作？

第一个要点是，用翔实细致的案头准备高效进入创作。

案头准备越充足，之后的创作越有成效。有心从事专业创作的人，这种准备必须是日常的行为，甚至要将案头准备变成游戏，从中找到乐趣。

对于我来说，案头准备工作，主要就是由素材进一步整理为故事梗概的过程，我会用三个文档归类保存：

第一个文档是素材，相当于故事的种子，就是"种子库"。

第二个文档是四句话，相当于种子出芽，就是"育秧盘"。

第三个文档是故事梗概，这就相当于"苗圃"。

之前讲过，从素材到写出"起承转合"的四句话，这是故事形成的关键一步。将素材变成四句话，最难的往往是找出最后一句，也就是如何给故事结尾。

有一次上课，我让学生提供素材，由我为他们编出"四句话"。有一位学生提供的素材如下：

> 在我小时候，爷爷有一台很老旧的摩托车，他特别爱惜自己的摩托，每天都清洗它，给它打蜡，甚至给它起名字。他喜欢骑摩托车去工作、看戏、接我放学、带我去游乐场。一天深夜下暴雨，爷爷骑摩托车出了车祸，做手术进了重症病房，摩托也被撞碎了。爷爷痊愈后想要修理摩托车，但是家人都反对他再骑摩托。

在我看来，这个素材质量一般，但生发成四句话，进而成为一个故事不是问题。它自身包含了"起"与"承"。

第一句是"起"：爷爷喜欢骑那辆老摩托。

第二句是"承"：一次车祸以后，爷爷丧失了骑车的资格，坏了的摩托也不让修。

前两句话形成的逻辑方向清晰，顺着故事发展的方向，得出第三句话"转"：为让爷爷安全地过骑车瘾，家里人为他买一台摩托游戏机，在家里骑，但爷爷觉得没有老摩托骑着过瘾。

有了这三句话，结尾就看如何灵机一动，巧妙地完成第三句话规定的任务。

我想出的第四句话"合"：爷爷把老摩托的车体装到游戏机机身，老摩托成为游戏机的一部分，这才了结爷爷的心愿。

这么编故事，其实有点像解题，我们若把编故事看成是做题目，它的答案有无数可能，没有最好，只有更好。

先找出三句话，再慢慢寻找第四句话，让故事的结果尽量出彩……只要能进入状态，这本身也是充满了游戏的意味，让人上瘾。

"四句话"找出来以后，往下还要扩展成为故事梗概。

故事梗概从数百字到千把字，以不遗漏重要信息为准。故事梗概阶段就可以反复修改，直到完全满意。所以，故事梗概当然又可以进一步细分：简单的故事梗概和成熟的故事梗概。

每一个成熟的故事梗概，应占据一个独立文档，相当于茁壮的苗从苗圃里移出，栽植于地面。这类文档一多，也必须有独立的文件夹装载。

在记载成熟故事梗概的每一个独立文档里，除了梗概，创作之前对这个作品所有的细枝末节的想法、灵机一动的感悟，尽量写到里面，不要遗漏。要珍视自己那些稍纵即逝的感悟，这都是自己的知识产品，都有利于后续的创作。

素材历经修改，可得到成熟的故事梗概。但根据我个人经验，将成熟的故事梗概写成具体的故事作品，不会严丝合缝按照梗概的设计推进。梗概再详尽，实际的写作会是另一回事。实际写作过程中一定会有失控，除了梗概，我们还会被一只无形的手引导、拉拽，偏离梗概，需要不断调整和修改。

有时我给学生上课，学生出具的素材我都可以编出一组"起承转合"，质量且不说，整个故事须尾俱全，能形成有效的逆转，结构上成立。这就是创作故事最基本的能力，是我长期创作经验的积累。当然，为学生举例脱口而出的"四句话"，往往达不到我写作的基本要求，故事的质量不够。但编故事的能力提高，达到足够的熟练度，往后编出高质量故事的可能性也大大增加。我的故事梗概库里至少有几十个故事储备，每次入手写新的小说之前，我都将这些储备掂量一下，看哪一个发育得最为成熟，就写它。

第二个要点是，用"优选法"提升故事创作质量。

进入具体的故事创作有多种方法，写作者也各有心得。什么叫优选法呢？就是具体的创作中，对于每一个细节的推进，你都可以先想出这一细节所有的可能，再筛选出最合理、最优质的那一个。

好的作品是每一个细节优化、筛选、组接而成。一个细节完成后，才能发现下一细节有哪些可能。就像爬一座高山，你要事先做计划，等真正往上爬的时候，每完成一定距离，也必须现场考量具体情况，再决定下一步行动。

我曾以一堂写作实操课为例，展示"优选法"在故事创作中的运用。在这堂实操课上，我从一组主题摄影中选择一张照片展示给学生，在这张照片中，一位耍猴人微笑地看着妻子给猴喂奶。

在没有任何提示的情况下，近半学生编成了这样：一位耍猴人的妻子痛失爱子，但坚持以母乳将一只失去母猴的猴崽子喂养大，女人和猴之间建立起一份不可思议的母子之情。

很明显，他们从照片读解出以下两组人物关系：耍猴人与猴，耍猴人的妻子与猴。其中第二组人物关系——耍猴人的妻子与猴，明显有更多故事性。为了让耍猴人的妻子与猴关系更亲近、更稳定，"一位耍猴人的妻子痛失爱子"就成了最简单、最有效的处理。

但我提出质疑：女人是因为痛失爱子才将猴子当成孩子、用母乳喂养它吗？学生当然感到诧异。如果女人的小孩意外死亡，她不可能有心情将哺乳行为进行下去。耍猴人的妻子给猴子喂奶，最大可能只是以乳汁代替奶粉。

这时候，学生才恍然发现，照片中还隐藏了一组关系：耍猴人的孩子和猴子。当三组人物关系全都找出来后，学生们很快明确：耍猴人的孩子和猴子才是最具故事性的一组关系。

接下来，小孩的性别如何确定？大多数同学下意识地认为，应该是一个女孩。为什么呢？有学生脱口而出《月光宝盒》。如果编撰一个女孩跟一只公猴一块成长的故事，估计少不了对电影《大话西游之月光宝盒》致敬的情节，这也是经典的力量。

接下来，重中之重是要找到这个特殊家庭最具戏剧化的矛盾。找准矛盾，故事往后铺排便具有稳定的方向性。学生给出了这样的选择：

第一种选择，女孩被猴子抓伤，母亲要抛弃猴子，但女孩又哭嚷着要和猴子在一起。

第二种选择：女孩越来越像猴子，而猴子越来越像人……

第三种选择：猴子发育得快，所以稍大一点，女孩感觉自己有一个强大的哥哥。

每一种选择也许都能编排出相应的故事。优选法则是找出其中最优的选择。最后学生一致选定这条：耍猴人要训猴，但女孩不同意，她认猴子是兄弟。

逻辑上，这一设想非常稳固，而且包含了极为丰富的故事元素和戏剧张力。如此一来，女孩与父亲有了矛盾，又会导致什么结果？可能会是：女孩会阻止父亲训练小猴，会有对抗。

但女孩还小，她也要靠父亲养育，女孩可能做出最大的反抗是什么？带着猴子逃跑！故事发展到这一步，存在一个瑕疵：若女孩和小猴年龄相仿，小猴成熟要比人快得多。小猴一两岁就会接受训练，但一两岁的小孩哪能反抗父亲？

故事编排到此，要回去调整女孩跟猴子的年龄。

女孩年龄要稍大，大四五岁样子为宜，那么猴子应该是她弟弟或者妹妹的一奶同胞。一个七八岁的女孩，带着猴子逃跑，会有什么结果？

当然是举步维艰，被别人欺负。被人欺负的时候，又会激起怎样的反应？学生认为：女孩会想起，自己的猴子弟弟可是孙悟空，是一直隐蔽着尚未现身的孙悟空。这一设想，便与电影《月光宝盒》的情节同构。所以，面对欺凌，女孩不会害怕，反倒把这当成检验猴子的机会。

面临危险，猴子能否如同传说中那样，变回孙悟空，惩罚欺负自己的人？到这一步，我们只需要确定：创作的是现实故事，还是神话？如果是现实故事，只能有一个结果：猴子不会变成孙悟空。女孩陷入彻底的失望。这就是很好的成长故事。

故事接下来似乎顺其自然了，女孩和猴子逃跑行动失败，下一步当然是回归。女孩继续读书，而猴子仍然接受训练，日后表演猴戏赚钱。这可以是事情的结果，但似乎又不是故事的结尾。走到这一步太过顺其自然，缺少戏剧性，没有意外，读者肯定不会满足。我的几次实训课上，现场没人能很好地给出结尾。这个故事前面部分已经很精彩，所以结尾愈加有难度。

事实上，还真有作家写出了这样的故事，这就是汤成难女士的中篇小说——篇名正是叫《月光宝盒》。这个故事是这样结尾的：女孩对猴子失望，也就疏远了猴子。父亲则带着猴子四处漂游，相依为命，玩猴戏挣钱，养家糊口。一次猴子失踪，父亲急出了病，不久去世。女孩当时已读到大学,回家为父亲料理后事。

事毕,离开故乡之前,女孩还去了一个地方——"水帘洞":这是她当初为猴子挖的洞。没想,失踪的猴子从洞里走出来,与女孩重逢。猴子不知道怎么表达自己的情感,忽然把一个猴戏面具戴到脸上——那是耍猴人做的"齐天大圣"的面具。

当我读完汤成难《月光宝盒》,不得不赞叹这正是我理想中那个结尾:轻盈、意外、深情,又隐隐现出一笔诗意,甚至包含了奇迹。

整体看一下这个案例,前面故事发生的过程,可以用"优选法"推导,但到了故事结尾画龙点睛的这一笔,不客气地说,的确是需要天分的。我曾和汤成难探讨过《月光宝盒》这篇作品。她写这篇小说的缘起是一则新闻。新闻里说,猕猴列为保护动物,耍猴人养大的猴也必须送去动物园,否则就是违法。她进一步查资料,看到耍猴人的妻子会给失去母猴的猴崽子哺乳,就知道故事应从这里开始。

所以可以看到,当写作者具备一定经验,对同一素材的处理几乎有特别相似的地方。如果我来写这篇小说,估计故事大体的走向会非常相似。她也是虚构,我也是虚构,但会异曲同工。

这也正是不同的作者,在故事创作中自发采用"优选法"而导致的趋同现象。

第三个要点是,好故事要等待,耐心面对困境。

故事创作是一门行当,许多人耗尽心血,但收效甚微。创作者坐在桌前,一天也写不出一个字的情况经常出现,或者写出来又删掉，不管怎么写都不会感到满意。写作会遇到这样的"困境"和"障碍"，在所难免。创作者孤独地面对灵感中断的情况，其实是一种日常。困境和障碍本身也意味着创作者的自我要求很高，天才也不可能一气呵成地写出每一个故事。

困境在从素材发展为"四句话"时，往往前三句话都好找，结尾要想新奇、有效、高质量绝非易事，不知要经历多长时间才能完成这第四句话。经过足够时间的打磨，四句话才得以成为成熟的故事梗概。

困境同时也意味着机遇，结尾的难度越大，意味着完成以后质量越高。如果说，创作者与读者之间有着永恒的博弈关系，那么难度的建立就是博弈取得胜利的重要保障。

具体的写作，其实是将梗概落实为一个个细节的串接，等于十倍甚至数十倍地放大梗概。完成第一个细节，会和梗概有些出入，这必然导致第二个细节也做相应调整。通常，牵一发而动全身，这有点像是推倒多米诺骨牌。只有通过具体的写作，才会检验出来前面的梗概有逻辑问题，甚至会有逻辑不成立、逻辑崩塌的情况存在。如果这样，没有别的办法，只能将梗概推倒重来。

梗概是一张图纸，照着图纸按部就班地完成，那叫劳动；遵从图纸但又要质疑图纸，敢于自我折腾，只为最后得来更好的结果，这才叫创作。梗概与作品严格地保持一致，这样的驾驭能力也是有，但要通过多年写作实践才能获得。故事从酝酿再到按部就班地完成，有时候会非常漫长。灵感往往是不够用，唯一的希望就在于等待，等待故事在头脑中发育成熟。

20世纪最伟大的作家马尔克斯曾在访谈录中说:

> 说实话,如果一个想法经不起多年的丢弃,我是决不会有兴趣写的。而如果这种想法经得起考验,就像我写《百年孤独》想了15年,写《家长的没落》想了16年,写《一件事先张扬的凶杀案》想了30年一样,到时候就会瓜熟蒂落,我就写出来了。

在写作时,要学会享受枯坐在电脑桌前,等待故事每一细节的优化,最终等待一个绝好的结尾自动到来。最终得到的那一刻,前面再多的煎熬都不值一提。这是创作过程中最大的快感,一个创作者一辈子能经历若干次,就极为幸运。如果没能等到自己完全满意的结尾,也不要随便找一个敷衍,这会让前面所有的辛劳都变得没有意义。

眼下社会,对故事创作最不利的情况,是时限的要求。一个作品必须有一个完成时限,因为故事作品已经商品化。但只要情况允许,创作者应该懂得尽量放宽作品创作的时限,让自己有足够的耐心去等待。作品并不是要一蹴而就地完成,时间不够,思考不足,残次品必然就多。抽屉里,还有电脑文件夹里应该有未完成的作品。未完成的作品数量越多,已完成的作品质量更好。

石一枫

作家

鲁迅文学奖获得者

代表作

《借命而生》

《世间已无陈金芳》

《半张脸》

《寻三哥而来》

阅读推荐:《麦琪的礼物》《借命而生》《流俗地》《逃离》《美女》《在路上》《白象似的群山》《安娜·卡列尼娜》

第三讲　石一枫：怎样用情节推动小说前进

01　什么是好情节的判断标准

我们通常把小说分成几个要素，比如人物，主旨，思想内涵，还有一个很重要的要素就是情节。

咱们小时候没有读小说的概念，有时候就是看故事，看故事什么意思呢？其实就是看情节，看故事里的命运跌宕起伏，看人物的悲欢离合嬉笑怒骂，这些都是情节的推进。

从普通读者角度去理解情节，我们经常觉得有些故事特别引人入胜，情节非常刺激、震撼人心，或者说有非常微妙的、让人觉得一言难尽的东西，我们会说这个故事非常有意思，或者说这故事带劲。

但是还有一种情节，我们觉得它非常平淡、特别无聊，我们往往说这故事没劲。

这些都是比较直观的看法，我总是觉得直观的看法是有效的。小说成了一门专门的学问，里边有了门道，普通读者的直观看法就没有意义了？恰恰不是这样。

不过也得承认，普通的读者看待小说也经常有一些误区。其中一个很大的误区，就是用情节代替了小说本身，或者说是用情节代替了故事的全部要素。退一步说，我们总是把情节看成一个故事里最重要的东西，将情节当作了小说里最重要的元素。此外，还觉得情节的好坏是情节本身决定的、是情节自己决定的。

这就是把小说这门艺术看浅了。情节好不好，其实跟情节本身没有那么直接的关系，这是我个人的理解。我觉得它是由情节以外的诸多因素来决定的。

小说的很多元素都不能孤立地看，情节更是如此。好的情节，坏的情节，往往是其他问题决定的。有时候我们看小说就有一个感觉，类似的情节，放在一篇小说里边儿就特别耐人寻味，或者说特别对；然后放在另外一篇小说里边，它就味同嚼蜡，怎么琢磨怎么不对呢！

情节的优劣并不是情节本身决定的。淮南为橘，淮北为枳，决定一个橘子好不好吃，得看它种在哪儿，看它的土壤、水质等等周边因素。情节也是这些周边因素来决定的。

什么是好的故事情节？

好的情节就是情理之中、意料之外。

还是应该先探讨一个比较基本的问题，什么是好的情节，什么是坏的情节？

所谓要想知道梨子的滋味，就得亲口尝一尝，那么我们首先得知道什么味道是甜，什么味道是酸，没有味觉，梨子的味道不也没意义了嘛。可能有的朋友也说了，这是一个见仁见智的过程。比如说我们北京有种梨叫京白梨，北方人都觉得甜，但偏偏人家南方人就觉得酸。为什么，人家天天吃水蜜桃啊。子非鱼，安知鱼之乐，你凭什么用你的酸甜感受，代替别人的味觉偏好呢？同样的道理，一千个读者又有一千个哈姆雷特，你凭什么说有的哈姆雷特长得漂亮，有的哈姆雷特面目可憎呢？

但是我还是要说，在主观感受之外仍然有某种客观的讨论可能。我们对甜度的敏感是有差异的，但我相信也不会真有什么人就把苦的看成甜的。我们对疼痛的敏感是有差异的，但我相信如果不是一个受虐狂，可能也没法从挨揍里面找到快乐。

虽然我们对情节的口味千差万别，但是人在看故事的时候，还是有一些共通的特质是可以讨论的。

打个比方。其实也不用去历数那么多晦涩的、让人肃然起敬的文学名著，有一个小说可能中学课本里边就有，欧·亨利的《麦琪的礼物》。这个小说篇幅非常短小，情节其实也是很简单的，就在一对夫妇间展开。

妻子为了给丈夫配一条表链卖掉了她的一头秀发，而丈夫为了给妻子买一个发梳而卖掉了他的表。就这么一个故事，我们看过之后很长时间都不会忘记，而且无论何时想起来都会感慨良多。

这就是典型的"一句话小说"：故事的情节演进最终会指向小说的最后一句话。

再比如汪曾祺有一个小说叫《陈小手》，篇幅可能比《麦琪的礼物》还要短。开头的第一句话，"陈小手活人多矣"。

这篇小说篇幅虽短，但情节更加跌宕起伏。陈小手是一个妇科医生，帮一个难产的军阀姨太太接完生，军阀对他非常礼遇，千恩万谢，但是当陈小手拿了赏金刚要离开的时候，军阀在背后给他一枪。最后这个军阀说了一句话，我的女人怎么能让别人碰。

这看起来也是篇"一句话小说"，可能比《麦琪的礼物》意蕴更加丰富。《麦琪的礼物》只是写了一对贫贱夫妇的感情至深，而《陈小手》里边人性的幽暗、复杂寥寥几笔跃然纸上。

它们情节非常短小甚至简单，但是就是好情节。好在哪儿呢？不是好在复杂，不是好在别开生面、闻所未闻好就好在情理之中，意料之外。把这样的故事讲完之后，你会相信这个故事里每一个环节、每一个波折都是真的，但当结局没告诉你的时候，你绝对不会猜到这个故事的走向。

情理之中、意料之外，就这样一个原则，对于写小说的人来说，是一个非常经典，甚至有一点老套的原则。但是很遗憾，客观地说，能够做到这一点的作家其实不多。那些写得不是很好的小说，往往就是在这样一个很基础的、入门的、人人都耳熟能详的原则上出了问题。

这就好比做饭，每个厨子都知道放盐，厨房里最常见的一个调料就是盐，但你看那些厨艺大师和烂厨子，他们的差别往往就在放盐上。不是咸了就是淡了，不会放盐，永远不是个好厨子。

不好的情节呢？

坏的情节常常就是情理之外，或者意料之中。

第一种不太好的情节就是，脱离了人物丰满的血肉，把人物完全变成功能化的符号。

人之所以是人，就因为有血有肉、有七情六欲、有优点缺点，还有他那点儿不为别人所替代的特点，当然他还有他自己的发展逻辑。他自己是一个存在于世界上的、有自由意志的个体。

但在一些作品中，人物纯粹被当作一个情节工具使用，只要能够推动情节，作者也不考虑这个人物作为人还有什么意义。说白了，就是"不把人当作人"。从这样的人物推演出来的情节往往都是有问题的，不光是不太成功的作品，连文学名著也概莫能免。

《封神演义》里，跟杨戬这个人物相关的情节，其实都不是特别好。它基本上是一个模式：姜子牙伐纣，路上碰到困难，杨戬是运粮官，中途到来，别人打不过的人他能打过。他把问题解决了，小说的情节就继续往下发展，姜子牙的队伍继续前进。杨戬在这种情节里其实是纯功能性的人物。

《封神演义》里，你能记住哪吒：割肉还父、剔骨还母、用莲花打造了自己新的肉身。

你也能记住妲己：作为一个祸国妖姬，秽乱宫廷、残害苍生。当然从女权主义的角度来看，这么刻画一个女性形象实际上就是"最毒妇人心"的写法。但从人物上来说，她是刻画得比较鲜明的。

你甚至还能记住悲情人物闻太师，他忠于商朝、忠于纣王，但靠一己之力无法扭转整个王朝的颓势，这是一个令人唏嘘的失败英雄的形象。《封神演义》里这么多人，从某种意义上来说，闻太师的文学性是最高的。

但你记不住杨戬究竟做了什么，光知道二郎神厉害了。这部小说中像杨戬这样的人物非常多，杂杂乱乱百十号人，你能记住的其实不多。

从情节的角度看，《封神演义》在人物塑造上出了问题，情节不是非常高明。

再比如《水浒》的前半段，写得非常好。人物塑造得特别鲜明、特别有特点，宋江是宋江，武松是武松，李逵是李逵。到宋公明受招安那一章之后，梁山好汉征辽、征方腊，这部分就不好看了。

为什么？到了这个地步，《水浒》不是贴着人物的性格去写了，纯粹从情节出发，把一百单八将完全当作情节的推进器。

施耐庵足够伟大了。但是在伟大作家的伟大作品，也能够看到一些破绽。这恰恰说明了人物对于情节是一个多么重要的因素。

第二种不太好的情节就是，不顾时代背景。

除去人物，另外一个能够影响情节质量的因素就是时代背景，或者说。是作者对于时代背景的客观严肃的考证。

说白了，写什么时候的事儿，就得像什么时候的事儿，情节要让读者觉得合乎常理，能够理解并投入其中，有代入感。如果写一个时代的故事，让读者觉得完全不是这么一回事儿像是关公战秦琼，读者一定会出戏。

这样的反面例子呢，讲起来都是笑话。

有一段时间，电视里总播"抗日神剧"。先不说手撕鬼子、手榴弹炸飞机、裤裆藏雷可能不可能，既然电视剧反映的是那个时代的生活，那么情节设置上首先应该打上那个时代的烙印。这些神剧完全不按那个时代基本的逻辑去考虑问题。男一号参加革命是因为爱上了女一号，男二号叛变革命也是因为爱上了女一号，男三号上山当土匪还是因为爱上了女一号，这女一号怎么就那么大魅力？不知道这写的是革命历史题材，还是青春校园剧？一定要把国恨家仇全都解释成儿女情长，这是什么原因？今天的人习惯儿女情长的思维方式，就用自己的思维方式代替了历史演进的逻辑，这就是刻舟求剑。

举个正面的例子，王安忆有个小说叫《我爱比尔》。《我爱比尔》讲的是一个中国女孩儿迷恋一个外国男性，最后因为这种迷恋而自我毁灭的故事。

她把故事设定在一个什么背景下呢？首先是在20世纪的90年代。其次是发生在上海，再次这个女孩儿是一个学艺术的学生。

是90年代而不是50年代，是上海而不是哪个偏僻小镇，是学艺术而不是学理工那种缺乏浪漫色彩的学科——所有这些条件加在一起，读者就能自然地相信，一个女性把对西方文明的膜拜转化为男女之爱，又耽误了自己的一生。这样的一个故事，就是典型的时代背景之下展开的合理情节。

第三种不太好的情节就是，简单重复，缺乏对故事的独特理解。

除了人物和时代性，还有一个影响情节质量的因素，就是写作者本身的创造力。或者说，作为一个写作的人，你对故事的理解能不能和别人有所不同？

比较遗憾的是，我们的生活每天都在产生大量的故事，编造大量的故事，但是从某种意义上来说，这些故事基本上都是雷同的。

我以前在一个韩国电影里看过一幕，这个恋爱剧快完结的时候，观众就在祈祷，你们可千万别是亲兄妹呀，此时电视上的帅哥就深情地说，其实我是你的哥哥。底下的人就骂街，什么玩意儿啊？可以想象，当时韩国肯定有无数个电视剧是在讲兄妹相恋的故事。对于这种故事，观众看过一个觉得很离奇，看过两个觉得很熟悉，看过三个可能就快吐了。

类似的情况美国也有，美国电影里有一个梗，我管它叫"我是你爸爸"。这个梗是从《星球大战》里边来的，反派的主角在最后一幕告诉正义的一方，我是你的爸爸。后来美国不止一部电影反复使用这个桥段，这个桥段使多了，就变成了一个喜剧梗，被很多喜剧片戏仿。

说到底，这两个例子、这种低质量的情节就是没有创意，本质上还是因为作者对生活本身的认识不够深刻，总是跟在别人后面亦步亦趋。

情节的优劣不是情节本身决定的，而是取决于其他复杂元素和内在的原因，比如对人物的理解，对时代的理解，以及对生活逻辑的理解。

02　设计情节冲突的三种方法

我们怎么把故事写得跌宕起伏，引人入胜？怎么把故事写得抓人，这应该是所有的写小说的人，或者说是讲故事的人，都需要解决的一个问题。

小说不是故事，故事不等同于小说。

不知道大家有没有注意到，生活里面有的人讲故事，一张嘴你就爱听，哪怕他讲一个特别平平无奇的事儿，你都能觉得特别有悬念、特别引人入胜；有的人呢，倒是咋咋呼呼、声儿还倍儿大，像煞有介事地跟你讲，但你怎么听怎么就觉得没意思。

讲故事的能力也许是一种天赋。天赋好的人，哪怕是一个没上过学的农村老太太，一张嘴就能把听众抓住，就像过去相声里说的一样，"平地抠饼、对面拿钱"，他就是有这个本事。拉美大作家加西亚·马尔克斯的奶奶就是这么一个老太太。

还有一个现象，好的故事往往不是编出来的。它有的时候是碰上的或者捡来的。皓首穷经、绞尽脑汁、大数据运算，能编出一个好故事吗？往往是编不出来的，编出来的永远是一个夹生的故事。

那种天成的故事，往往是在灵机一动或者生活里的一个感触中，这个故事就蹦出来了。你出门买菜的时候，坐公共汽车的时候跟谁聊天儿，聊得兴高采烈的永远是捡来的故事而不是编出来的故事。

设计情节的能力有两个特点：第一个它是讲天分的，第二个它是碰运气的。它并不是一个人通过刻苦的努力就能解决的问题，天道酬勤在这事儿上未见得有用。

但是设计情节这个事儿，就完全没有方法可言吗？就是一靠碰二靠等三靠蒙？也不能完全这么说。确实有一些办法能够帮助我们把一个不错的情节驾驭得更加老练，把有潜质成为好小说的情节呈现得更加完善。

情节本身是由人物来决定的，第一个要点就是，情节要体现人物的复杂性和多样性。

说得稍微通俗一点儿，故事是人推着事儿走，而不是事儿推着人走。为什么我们看有些作品里的情节，会觉得它那么复杂、那么耐琢磨、那么一言难尽？其实事件本身的演进，往往并不是那么复杂的，甚至非常简单。它的复杂、一言难尽，全在于它所体现的人物性格、人物状态、人物心理的多样性。

陈凯歌早年间导演的电影《霸王别姬》，我一直觉得它是中国电影史上最出色的电影之一。电影有一个情节，张国荣演的程蝶衣，被人说成是汉奸，在日本人战败之后吃了官司，上法院受审。葛优演的袁四爷，还有英达演的戏班老板，他们好不容易把程蝶衣给救出来，洗脱了他汉奸的嫌疑。

但到了法庭上，程蝶衣在陈词的时候说了什么？他说的不是谢谢大家，也不自辩清白，反而说当年让他唱戏的日本人青木懂京剧、爱京剧。还说要是中国人都像青木这样，那么京剧完不了。

常理看来，这几乎是一段不可能说出来的陈词。你怎么想也想不到，一个刚从牢里救出来的人，反而在这个时候要说让他吃了官司的日本人懂京剧。这不简直就是官司还没吃够吗？

但这段陈词恰恰说明了程蝶衣这个人的性格。

第一就是戏比天大。他把京剧看得比天还大，宁可自己的命不要了，也要把京剧保护好。

第二就是程蝶衣非常真。他不会说假话，对谁是什么感觉，什么印象，张嘴就说。就是这段所谓非常不合情理的陈词，一下就把程蝶衣这个人的性格给塑造出来了。

再举个我自己的小说做例子。

《借命而生》讲述了这样一个故事：20世纪80年代，一个叫杜湘东的警察，崇拜英雄，想当刑警，却在看守所当看守。他遇到两个奇怪的犯人，怎么看怎么不像坏人，后来知道了他们背后还有故事。因为一次阴差阳错，两个犯人越狱了，抓回一个、逃跑一个，杜湘东一直追捕从他手里跑掉的那个逃犯，两人的纠缠贯穿一生。

这两个逃犯，一个叫许文革，一个叫姚斌彬。许文革是比较硬气的，姚斌彬就比较软弱，这两人关系特别好，他们从看守所里逃跑的时候呢，警察丢了一把枪，这把枪是谁抢的呢？如果情节设置成许文革，这是一个正常的设置，许文革硬，情节并没有特别出奇。

我让姚斌彬去抢了这把枪。他为什么从看守所的警察手里抢了一把枪？不是为了犯案，而是要用这把枪去吸引警察来抓自己，掩护许文革。姚斌彬的性格是什么样呢？一方面是软弱，另一方面是聪明，有远见，而且软中带硬。看起来是个乖孩子，谁都欺负他，可他心里有谱儿，认准的事儿比谁都有决心，这种人能干出那种惊天动地的事儿来。

在这里写的不是姚斌彬的软弱，也不是姚斌彬的聪明，而是姚斌彬对许文革的义气，他宁可牺牲自己，也要让许文革逃跑。这两个案例、这两个情节，都是用人物性格的特质来推动情节的发展，所谓人推着事儿走，情节体现了人物性格的特质。

第二个要点就是，情节要体现内在冲突和外在冲突。

什么是情节的内在冲突和外在冲突呢？内在冲突是指，人物的矛盾以及矛盾展开的方式，是建立在相对深沉的人性和人物纠葛的基础上，往往和形而上的、抽象的人生思考有关，而非简单的利益冲突。而外在冲突常常就是利益冲突。

用武侠小说来举个例子吧，武功分两种：一种是外功，横练；还有一种就是内功，是暗劲儿。显而易见，在武侠小说里边，内功高手强于外功高手的。

国产电视剧往往有一个现象，它情节本身挺热闹的，从头到尾都在吵架，婆婆跟儿媳妇吵，领导跟下属吵，老公跟老婆吵，一集40分钟能吵39分钟。但是看到后面的时候，就觉得怎么这么没意思，演员也挺辛苦的，都快打得头破血流了，越打反而情节越平淡。

这是为什么呢？因为劲儿全是外劲儿。

职场竞争、财产纠纷、感情纠葛，往往是故事利用、涉及的冲突。这种冲突往往比较激烈，容易让人物之间产生显而易见的、不共戴天的矛盾。但是它有一个特点，就是比较外在。而那种不易言说的内在的矛盾，有的时候却会让你的情节发生意想不到的变化。

举个例子，还是金庸。

《笑傲江湖》里的令狐冲是我非常喜欢的人物。在这部小说里，他所选择的朋友和他所树立的敌人都不是因为外在利害冲突而产生的。

按照利害冲突，他首先就应该忠于他的师父岳不群，也应该忠于他的兄长任我行。这两个人都是江湖大佬，跟着他们混肯定没错的，这两个人中的任何一个都可以让他在江湖上呼风唤雨。除了岳不群和任我行，左冷禅、东方不败，以及魔教其他有势力的人物也都在拉拢令狐冲，但是令狐冲跟这些人最后都没有成为朋友。

令狐冲选择的朋友恰恰是价值观相近、性格相近的人，他就是不喜欢那种争权夺利的人，他是一个散淡的人。所以最后他和莫大先生关系非常好，向往着一曲唱罢笑傲江湖。跟令狐冲有关的情节，全是根据他的人生观与选择而发生的，这是一个内在的线索。这个故事不是令狐冲一统江湖的故事，而是一个孤独的侠客在寻找和他心灵相通的朋友的故事。

《笑傲江湖》包含很多对于社会甚至对于政治的隐喻，这些隐喻又和人类心灵的追求与安放相关。其中的矛盾是相对内在的、也相对形而上的矛盾。比起世俗层面的纷争，上述矛盾的戏剧效果其实更强，对于情节的推动力量是更本质的。

第三个要点是，情节还可以由历史和时代驱动。

对于情节和事件发展，不能只就事件谈事件，或者说，不能孤立地看一件事。万事万物都是有联系的。把情节、事件放进更宏大、更广阔的空间里来考察，你就会得到一个更深入的看法。

在这方面，传统的现实主义写作已经非常成熟，也提供了很多可以借鉴的范例。我非常愿意举的一个例子是老舍的《茶馆》。看似写的是王立发王掌柜一个人的挣扎，一个小小的茶馆的兴衰历程，但实际上又是旧中国几十年的风雨历程。

《茶馆》采用的就是把个人命运放到历史大事件、大时代之中去考察的典型视角。它将历史事件本身作为情节本身的推动力量，历史的力量是无穷强大的，在这种外力的驱动下，个人显得微不足道。

话剧《茶馆》里一幕幕的转换，王掌柜从苦苦支撑到支撑不下去，本质上都是历史推动的结果。从清末到军阀混战，到国民党执政时期的种种腐败，造成了安分守己的旧市民的走投无路。

为什么说老舍是了不起的剧作家？就是因为它在中国现代文学史上开创了一种独特的戏剧模式。而从某种意义上来说，这种模式也不是中国作家独有的，很多当下还在持续写作的各个国家的作家，其实有着类似的思路，把个人命运放到历史的进程中去考察，甚至将历史本身作为小说的推动力。

马来西亚华文作家黎紫书不久前创作长篇小说《流俗地》，它也被评为《亚洲周刊》年度十大小说。《流俗地》给我最深的感受就是，这样一个诞生在21世纪20年代的小说，依然沿用了行之有效的社会历史分析的眼光来看待生活。

《流俗地》讲了一个非常个人化的故事，一个叫作银霞的盲女，以前住在组屋，后来搬到了郊外的新家，她和少年时代的两个朋友从亲近到疏远，遭到了侵犯，后来又找到了伴侣。

如果仅就个人谈个人的话，这个故事讲得下来吗？当然讲得下来，也是一个非常完整、非常温情的故事。但是作者不止于讲述一个温情故事，还具备一种宏大的眼光，把故事放在整个马来西亚华人社会变迁的背景中来考察。一个人的故事，就此变成了一个族群甚至一个国家的故事。这个族群和这个国家的风雨历程，也推动了银霞这样一个失明女孩的种种变化。

王德威在《流俗地》的序中，把这部小说称为"一个叫银霞的女孩的个人历险记"，云霞在哪儿历险？作为一个盲人，当然是在正常人的社会中历险，但作为一个族群的代表，她也是在历史的进程中历险。小说在马来西亚的一次选举中结束，对于作者而言，推动小说前进的隐秘力量，恰恰是历史的动力。

我们平时在写作中，怎样具体结合历史或者时代来设置情节呢？这是一个很容易说清楚，但很不容易做到的功课。

首先需要了解历史，了解时代。从这个角度来说，如果小说涉及遥远的过去，作者没准儿先得学着做一个历史学家。这种了解不能是通常意义上的了解。还包含对时代的感性认知：当时的人吃什么、穿什么、怎么说话、怎么想事儿……得把过去的人的音容笑貌在自己脑海中完成感性层面的复原才行，否则就容易驴唇不对马嘴、容易闹笑话。

陈忠实的《白鹿原》，写到了时代的大背景：当时的中国处在各种思潮各种主义的冲击之下，国民党、共产党、宗族势力，在小说里都写到了。包括鹿子霖的儿子要启蒙救国，白嘉轩的女儿投延安、干革命，每种思潮和主义各有各的代表，这是宏观层面。

而在微观层面，陕西农村怎么过日子、怎么说话、吃什么喝什么，原上种鸦片、打谷场上唱秦腔，在《白鹿原》里都写得活灵活现，让人觉得那个时代的气息就是这样。

宏观层面和微观层面的结合都实现了，相互作用之下形成一段时代的缩影，《白鹿原》就是故事和历史结合的典范。

03　怎样把平淡情节写得惊心动魄

上一章节举的例子大多是情节非常曲折、叙事速度也很快的小说，都是所谓的强情节作品。这些作品本身就充满了强烈的戏剧冲突，所谓大开大合、生生死死。

不可否认，奇情的作品很能吸引读者、很受大家的欢迎，尤其是受普通读者的欢迎。中国古代小说，都是从说书来的。

说书说的都是什么样的作品？《三国演义》《水浒传》等是强

情节的作品，或帝王将相，或杀人越货。少有的两部写日常生活的作品，《金瓶梅》和《红楼梦》，在中国小说里非常少见。

但是奇情并不是生活的本质，起码不是生活的全部。并不是每一个人的生活都那么惊险刺激，充满纵横捭阖、一将功成万骨枯。那种生活毕竟是属于少数人的。大多数人度过的其实也就是日常生活。

问题来了，日常生活能不能写成小说？写日常生活的小说能不能吸引读者呢？它是不是注定平淡乏味？

假如写小说是有门道的，那么门道之一，就是把看似日常平淡的日常生活写得令人揪心，甚至令人惊心动魄。

好作家功夫深。功夫深的作家往往有一个特点，不会去"大事儿"，大事儿在他看来反而是不好写的；功夫深的作家更愿意写小事儿，而且特别善于写小事儿，写每个人过日子经常遇到的那些事，偏偏还能开阔读者的视野，给读者带来阅读上的快乐。如何去处理日常生活层面的，戏剧冲突不是那么强烈的小说情节？

第一个要点是，杯水风波，写出日常状态下的人性。

熟悉文学史的朋友知道，有一种小说没有强烈情节冲突，这种小说的诞生和成熟，恰恰也标志着文学这个艺术门类变得越来越完善了。

前面的提到中国古典小说，刚开始都是要写离奇的事儿，都是写强情节的作品。这种小说好看不好看？当然好看。但是它对于人类微妙的、抽象的感情无能为力。要想驾驭这样的感情，要把人性往深里挖，还是得靠托尔斯泰，靠福楼拜。

这些表现微妙的情绪，抽象的情感的小说，就一定不好看吗？在我看来，问题的答案和很多朋友的直观感受恰恰相反。有时候，戏剧冲突比较淡，或者情节演进比较缓慢的小说反而有着通俗小说无法替代的审美效果。

这种偏向纯文学的小说，写作难度是大于通俗小说的。文学史对这种小说也有更大篇幅的论述。有些作品格外晦涩，我一直不认为把那些作品读下来，就是一个文学爱好者应该做的事儿。

比如《追忆似水年华》《尤利西斯》，我的朋友吴玄把这种作品称为文学恐龙：无比巨大，又不真实存在于大家的实际阅读生活之中；所有人都听说过，但是实际上看过的人又非常少；这些作品伟大不伟大？我们承认它们是伟大的，但是在一般的语境中，我们没有条件去论证这种伟大。

我想分享一些普通读者耳熟能详的，篇幅也相对简短的作品，有一类小说写的事情实际上非常小，戏剧冲突也不是很强烈，是既小且淡的情节设置。从某种意义上来说，它其实就是杯水风波。

但如果细琢磨，又发现这杯水风波写得惊心动魄，给读者带来的心灵震撼，远远超过了那些巨大的、刺激的外部事件。

这样的作家，其中一个就是获得诺贝尔奖的加拿大女作家爱丽丝·门罗。在我看来，门罗对情节的设置有一套非常独特的方式。门罗的作品以短篇小说为主。过去，获诺贝尔奖的作家大多写大部头，动辄几十万、上百万字，像《静静的顿河》那样的都是小意思。获奖者里很少有写与之相反中短篇小说的，在国外它叫就short story。

但门罗就是与之相反，被誉为继契诃夫之后的另一个"短篇小说大师"。她的小说为什么这么短？或者说，她为什么偏偏要选择一个这么短小的形式呈现生活？

在我看来，门罗不会去刻意设置环环相扣的情节，她写的是那些无限接近于真实生活的事情。门罗笔下的人物关系，往往是两三个人之间的关系，一家子之间的关系，人物非常少。门罗所描述的事件，时长也不是非常长，不会像帕慕克的《我的名字叫红》那样，把想讲述的东西放到宏大的历史进程和知识背景里呈现。

写的就是加拿大小城市甚至小镇上的人的日常生活，从生活之中抽取一两个切片，就形成一篇小说了。但这些接近于日常流水账的情节被她处理得环环相扣，有时候甚至令人毛骨悚然，小事儿带动了大感情。

她非常有名的作品《逃离》，是一个发生在两个女人之间的故事，一个女知识分子，一个底层的年轻女孩，两个人都对自己的生活不满意。年轻女孩很想从自己的生活逃离出去，她曾经求助于女知识分子，但是没有得到期望中的帮助。她不得不去忍受她那个有家庭暴力倾向的男人的折磨，必须忍受平庸而令人窒息的日常生活。

《逃离》里这样写道：

> 在汽车还没有翻过小山——附近的人都把这稍稍隆起的土堆称为小山——的顶部时，卡拉就已经听到声音了。那是她呀，她

想。是贾米森太太——西尔维亚——从希腊度假回来了。她站在马厩房门的后面——只是在更靠内里一些的地方,这样就不至于一下子让人瞥见——朝贾米森太太驾车必定会经过的那条路望过去,贾米森太太就住在这条路上她和克拉克的家再进去半英里路的地方。

倘若开车的人是准备拐向他们家大门的,车子现在应当减速了。可是卡拉仍然在抱着希望。但愿那不是她呀。

那就是她。贾米森太太的头扭过来了一次,速度很快——她得集中精力才能对付这条让雨水弄得满处是车辙和水坑的砾石路呢——可是她并没有从方向盘上举起一只手来打招呼,她并没有看见卡拉。卡拉瞥见了一只裸到肩部的晒成棕褐色的胳膊,比先前颜色更淡一些的头发——白的多了一些,而不是以前的那种银褐色了,还有那副表情,很决断和下了狠劲的样子,却又为自己这么认真而暗自好笑——贾米森太太在跟这样的路况死死纠缠的时候表情总是这样的。在她扭过头来的时候脸上似乎有一瞬间闪了一下亮——是在询问,也是在希望——这使卡拉的身子不禁往后缩了缩。

情况就是这样。

这段描写非常细致。全是小人物,全是女性的细微感受和心理变化,也没有什么大江大河的波澜壮阔,但是自有一种残酷的紧张感在日常生活层面展开。这就是典型的门罗的写法。门罗在小说里甚至把这个女孩的精神寄托放到了一只羊身上，最后这只羊也被杀死了，那种残酷比《沉默的羔羊》更让人难以忍受。

但这篇小说没有人与人之间的争吵、陷害、冲突，一切都平淡得像水一样，而且还是一个小小水杯里的那么几滴水而已。这些人物的形象就像水滴一样，淹没在生活之中。每滴水都有她闪光的时刻，也在承受着江河湖海一样巨大的痛苦。虽然是杯水风波，但门罗捕捉到了人性乃至人类社会那种引而不发、藏而不露的残酷性。

对于门罗，我也想再多说两句。门罗写了那么多小说，都是杯水风波，一是跟她的艺术追求有关；另一方面，也可能是生活环境决定的。加拿大的小镇就是安静祥和、单纯简单的状态，就是没有中国、没有美国、没有大城市那么热闹。书写这么一个环境，门罗也只能用杯水风波作为小说的题材，再通过特殊的情节手法来呈现。

老话说，文变染乎世情，把门罗的写作特点仅仅归结于艺术本身，这种看法也是很片面的。我们学习门罗，学习的也是内容和形式的统一，而不见得一定是她那种杯水风波的情节设置方法。也许你所经历的生活就是比加拿大小镇的生活刺激、复杂、宏大呢？那么你所需要学习的可能更应该是狄更斯。

具体使用杯水风波的方法，我再举一个例子，迪卡普里奥和凯特·温斯莱特演过的一个电影《革命之路》，是小说改编的，作者是美国的理查德-耶茨。

电影的情节格局不大，跟革命没关系，就是郊区小镇两口子之间闹矛盾。小说比电影写得还内敛，吵架的情节都不多，完全把人物矛盾限制在心理和日常生活层面，特别是用微妙的对手戏呈现，但这种心理矛盾就能把人折磨崩溃了。小说写的也是中产阶级的内心困境，要写得太外化反而不像了，比较适合杯水风波的写法。

第二个要点是，内部展开，以情绪和思想推动情节发展。

以情绪和思想推动情节的方式，比起门罗的杯水风波好像更抽象一点。杯水风波好歹还有水，有的小说，风波全在人的内心展开，通过人的思想和情绪本身来推动情节的发展。

写小说写的是因果，写的是逻辑链条。这种逻辑链条在大部分情况下是存在于外部生活的。比如说张三请我吃顿饭，我就得回请张三一顿，路上碰见李四了，我叫上李四一块儿去，可是李四跟张三关系不好，那么我这顿饭请得就作难了。这是典型的外部因果。

但如果因果是在人物的情绪和感情内部展开呢，那就是另外一种效果了。契诃夫的很多小说我们都看过，比如《变色龙》《套中人》，都是那种典型的靠外部因果关系来推动情节的故事。但契诃夫还有一些非常另类的小说。比如说《美女》《草原》，和《变色龙》《套中人》完全不一样，几乎就是一个人的内心独白。

《美女》讲的，就是一个小男孩在途中投宿的时候，见到收留他的那人家里有个女孩，长得非常漂亮，就这么一件事儿。之后什么都没写。小说只写了这个男孩，惊叹于这个女孩的漂亮。在这两个人非常短暂又毫不深入的交往过程中，男孩的内心掀起了一场风暴。而契诃夫又把这场风暴写得平淡如水。

我们不仅认识了一个漂亮的女孩,也认识了一个单纯朴实的少男。类似的题材川端康成也写过,就是著名的《伊豆的舞女》,但《伊豆的舞女》里还有男女主人公从生疏到熟悉的交往过程,相比之下,契诃夫的《美女》写得更加抽象,几乎完全停留在心灵层面。

在《美女》里面主人公见到美女玛西雅的那一段之前,契诃夫先写了他和爷爷到人家里做客:

> 这个亚美尼亚人的房间里既没有风,也没有尘土,不过仍旧像草原上和大道上那样使人感到不舒服,闷热,无聊。我记得我满身尘土,热得四肢无力,坐在墙角一口绿色的箱子上。没上油漆的木墙、家具、涂过赭石的地板,发出被太阳晒热的干木料的气味。不管往哪儿看,到处都是苍蝇,苍蝇,苍蝇……爷爷和那个亚美尼亚人低声谈着放牧,谈着牧场,谈着绵羊。……我知道他们要花整整一个钟头才能烧好茶炊,爷爷喝茶也总得喝它一个钟头,然后再躺下来睡上两三个钟头,因此我得用这一天的四分之一时间来等他,这以后就又是炎热、尘土、颠簸的大板车。我听着那两个人嘟嘟哝哝的说话声,开始觉得那个亚美尼亚人、那个放着碗盏的食具柜、那些苍蝇、那些听任骄阳晒进来的窗子,我好像已经看了很久很久,而且一直要到很远的将来才能不看似的,于是我心中充满了对草原,对太阳,对苍蝇的憎恨……
>
> 一个戴着头巾的乌克兰女人端来一个放着茶具的托盘,然后又端来茶炊。亚美尼亚人不慌不忙地走进前堂,嚷道:"玛西

雅！来斟茶！你在哪儿啊？玛西雅！"

这时候传来匆忙的脚步声，有一个大约16岁的姑娘走进房间来，穿一件朴素的花布连衣裙，戴一块白色的小头巾。她站在那儿洗茶具，斟茶的时候背对着我，我只看得见她的腰很细，两只光光的小脚让长裤腿盖住了。

主人请我去喝茶。我就在桌旁坐下，瞧着递给我茶杯的姑娘的脸，突然间，我觉得仿佛有一股风吹过我的灵魂，吹掉灵魂里这一天的种种印象、烦闷和尘土。我看见了一张以前在现实生活里和在梦乡中从没见过的最美丽、迷人的脸。原来我面前站着一个美人，如同一道闪电似的，我第一眼就瞧出来了。

对于美女究竟怎么美，一个美女在穷乡僻壤究竟会引发什么戏剧性的事件，契诃夫不考虑这个问题，他只关心一个男孩内心的波澜。美女的美，在这篇小说里只是一个客观的外在情节元素，或者背景条件，而关键之处在于小男孩的心灵感受，他第一视角的所思所想，他情绪的演进。

契诃夫的另外一篇小说《草原》篇幅更长，也把这种特点体现得更加淋漓尽致。也是一个小男孩，跟着家里的长辈坐着马车穿过草原。一路上写了大量草原的景色和他对于这些景色的所思所想。几乎没有具体情节的展开，但是我们从一个单纯的男孩眼中看到了广阔的俄罗斯大地。

从契诃夫这两篇小说可以看到，仅仅是通过感情和情绪的推演，作者依然可以完成完整而且动人心弦的情节。

第三个要点就是，用语言的自我衍生推动情节发展。

有一种小说可能比前两种更极端。它甚至就是无情节小说。在很多状态下，它靠语言的自我衍生，或者说是靠作者情绪的宣泄而非情节发展来推进小说的前进。

最典型的例子就是杰克·凯鲁亚克的《在路上》。通常认为，《在路上》讲的是美国的"垮掉一代"横穿美国，寻找自我的故事。不过在我看来，那部小说基本就是一场旷日持久的语言风暴。

据说凯鲁亚克刚刚结束了横穿美国的漫游，在一种极其亢奋，近乎迷幻的精神状态下，据说还吃了点儿药，几乎一刻不停地持续写作，完成了这部长篇小说。

更夸张的是，据说他写《在路上》时候，纸张都没有断篇，而且是用了一卷长达几十米长的打印纸，在打字机上接连不断地敲了下来。我们看《在路上》，几乎可以忽略掉小说里的人物和情节，被凯鲁亚克本人的情绪，以及他狂放的、像永动机一样的语言所感染。

同样的叙述状态也出现在塞林格的《麦田里的守望者》的某些章节里。它没有《在路上》那么极端。作者赛林格在写作这部作品的时候，完全被他的主人公霍尔顿的迷惘带着走了，几乎完全不能自控。霍尔顿的某些所思所想，完全不像作者有意编排，而像是从笔下不自觉地流淌出来的，几乎就是语言本身的狂欢。

在这儿多说一句，除了无情节小说，还有反情节小说：故意写矛盾错乱的情节，比如说罗伯-格里耶的作品，这种小说相当特殊，几乎是文学史上的异类。并不是所有人都会喜欢这样的小说，就更别提写了，可能很多作家一辈子也不会写一部这样的小说。但对于我们所要探讨的问题，这样的作品同样非常有意义。情节的推进可以是一个非常多元的过程。

对于《在路上》的自我衍生的写法，我倒不太建议大家专门去学习，知道就够了。毕竟这种写法非常特殊，表现的也是特殊时代的特殊主题，而且和作家的气质关系非常大，并不是每个人都能成为凯鲁亚克那样的作家。当然从锻炼叙述能力的角度来说，这样的小说能够给我们提供相当宝贵的借鉴，咱们得知道小说还能这么写。

04　让情节更有意味的两个模型

情节的推动不仅和构成情节的动力相关，也和情节的表达方式、呈现形式相关。有时候，一个独特的形式本身就有情节以外的意味。在形式的完成过程中，小说好像构成了新的情节。

情节属于内容层面，我们原来总是认为形式要和内容相统一，形式要配合内容。好像形式是表内容是里，形式是器内容是道，这样的一个关系。这种传统的认识，在大多数时候是正确的。

但是也有一种理论，主张形式本身就是内容。作家选择的形式就代表了他对于内容的看法和构思。我们还是从小说本身入手，看看小说的情节和结构方面存在着哪些比较成功的范式。

第一个是冰山结构:呈现比表面情节更多的内容。

冰山理论是一个在小说界几乎人人耳熟能详的写作方法,它本身也是一个很巧妙的比喻。

为什么叫冰山呢?顾名思义,冰山露在海面上,我们能够看到的只是很小的一部分,大概也就十分之一,那么还有十分之九的冰山是在海里、在海面之下,是看不到的。有好多小说就是这样,字面上所呈现的情节,其实只是全部情节的一小部分。它往往非常简单,场景也比较单一,发生的时间也不长,但就在这个貌似简单的情节之下,却有一个非常复杂、非常广阔的隐藏世界。

使用冰山理论最著名的作家就是海明威。我们都知道,海明威的写作风格是非常朴素的,极少修饰,极少论理,更多的是呈现现实生活中的场景。如果没有言外之意、没有情节之外的情节,就真的过于朴素了、简单了。

但同时海明威又是一个深刻的作家,他不可能仅仅呈现小说的字面内容。在海明威那儿,篇幅越短小、看起来越简单的小说,它的隐藏情节或者说它的隐喻,往往就越宏大。海面之上的冰山一角越小,底下的冰山就越大。

举个例子,他的短篇小说《白象似的群山》,小说的表面情节是什么呢?好像也就是独幕话剧。一个男孩和一个女孩,两人一块儿在车站等车,大概还有四十分钟车才到站,他们就在这车站上聊起来了,一边聊一边喝啤酒。海明威的小说,只要聊天儿基本上都喝酒。

长篇小说《太阳照常升起》，基本上就是一帮人在西班牙不停换地儿聊天喝酒。

《白象似的群山》的场景同样也在西班牙，在一个名不见经传的小车站上。在车站上两人聊什么呢？聊的是堕胎。从他们的话缝儿之间，你就知道女孩怀孕了，男孩在鼓励这女孩堕胎。男的嘛，不爱负责任，唉，他就老撺掇这女孩把孩子打掉。女孩呢，有点儿犹豫，似乎还有点儿抵触，但是又没有特别激烈地反对，所以两人还能接着聊。后来这男的，不停地劝，终于就把这女孩劝急了，急也没真急，一转眼情绪又好了。或者说，她内心已经痛苦和绝望到了极点，但表面上没露出来，她说了一句，我感觉好极了。

这就是《白象似的群山》小说字面的全部内容，车站里的一次男女对话。从对话之中，我们又能想到，他们之间发生的可能是一段爱情故事。这样的爱情故事发生在第一次世界大战之后，还发生在欧洲，又意味着什么呢？意味着一代人的迷惘。因为对整个资本主义社会产生了失望，甚至对人类的现代文明产生了失望，人们过上纵情声色，又毫不负责任的生活。说白了，也跟现在那种躺平的观念有点像，他们在文明社会看不到自己的出路，小到愿望大到理想注定没法实现，于是虚无了，转而追求感官刺激。

小说的题目叫《白象似的群山》，这来自女孩的一句话，说那些山真像白象啊。通常认为这是一个象征，用白象似的群山来象征现代社会。这个小说就是一个典型冰山似的小说。

再举一个例子，加西亚·马尔克斯的《礼拜二午睡时刻》。我们知道马尔克斯在早年特别崇拜海明威,《礼拜二午睡时刻》也是一个海明威式冰山小说。

小说的篇幅非常短小,翻译成中文大概也就4000字,讲的是8月的一个炎热的礼拜二中午,大家都在午睡的时候,小镇上来了一列火车,火车上有一对母女,母亲带着女儿去给儿子上坟。儿子因为偷东西被打死了。当母亲遇到一个神父,后者问这个母亲,你有没有教他走上正道?母亲平静地说,我的儿子是一个好人。她的话让神父非常惭愧。

从这一问一答之中,你就可以联想到一个错综复杂的故事:这个儿子到底是罪有应得,还是被冤枉的?他又是怎么被打死的?马尔克斯这篇小说的时代背景,就是拉丁美洲一直处在美国的控制和剥削之下,资本家在这儿建立了所谓的香蕉共和国,大托拉斯牟取超额利润,对反抗的人民进行屠杀,这种情节在《百年孤独》里也有所表现。在这么一个背景之下,发生了一次既平静又忧伤的上坟。我们看到的不只是一个亲情故事,还是一个政治故事。和《白象似的群山》一样,这也是一个冰山小说,用短篇幅表现大情节,用朴素的场景说出了一言难尽的意味。

海明威、马尔克斯是20世纪以后的作家了。这种受现代主义影响的作家,开个玩笑说,他们的写作风格都不是特别老实。除了夸张变形,最明显的一个特征就是故意隐藏,他们习惯于话不说完,有三句说一句,也更倾向于象征、隐喻的手法。

相对来说,传统一些的经典作家,他们的写作方法就要老实得多。他有什么都要掏出放在明面儿上呈现给读者。就跟厨子做饭似的，今儿进了多少货，不在厨房里藏着，非得让你吃饱了不可。

也有好多人觉得传统的现实主义写法已经过时了，我觉得这是一个相对的问题。当我们重新回过头去再看托尔斯泰、福楼拜、狄更斯，会发现那种传统的写法也有着无法替代的艺术效果。

第二个是桥型结构，让情节更加丰富。

什么是桥型结构？它是后人总结托尔斯泰的《安娜·卡列尼娜》的结构时常用的一个词。这部巨著一共有两条线索，一条是安娜的线索，另一条是列文的线索，两条线索没有什么紧密纠缠的关系，但交相呼应，像是一座桥，从河岸两边连接起来。

我一直认为，我们的印象里存在着两个《安娜·卡列尼娜》，一个是爱情故事的《安娜·卡列尼娜》，另一个是时代故事的《安娜·卡列尼娜》。

爱情故事的《安娜·卡列尼娜》，其实就是我们在电影里看到的，它翻拍了无数遍。有苏联版、苏菲玛索版，还有凯拉·奈特莉。但这些电影有个共同的特点，只讲安娜一个人的故事，讲安娜对丈夫卡列宁无法忍受，爱上了风流倜傥的渣男沃伦斯基，但沃伦斯基最后又把她给抛弃了，所以她走向了死亡，去卧轨了。这是一个非常典型的爱情悲剧，托尔斯泰借鉴的原型，确实也是一个因为出轨而卧轨的俄罗斯妇女。

但是看托尔斯泰的原著就会发现，小说里除了安娜的那条线索之外，还有一条非常重要的列文的线索。

在安娜之外，书中有一个重要人物叫列文，这是一个俄罗斯的知识分子，他总是在思考生活的意义是什么，俄罗斯民族有什么特性，是什么酿成了他们这个时代的禁锢。几乎可以说列文就是托尔斯泰本人的投射。

在小说里，列文和安娜之间没有什么实际纠葛，两个人的交集也非常少，列文是安娜哥哥的朋友，他们在舞会里见过，列文暗恋的贵族少女基蒂曾经暗恋沃伦斯基，因为沃伦斯基选择了安娜，基蒂受到很大的打击，后来跟列文在一起生活也不能说不幸福。

列文和安娜基本上是并行的关系，没有直接的戏剧矛盾。但是托尔斯泰一定要把列文的故事写下来，和安娜的故事构成桥形结构，从两边分头出发，最后在中间汇合。

意识到这样一个结构，你就会发现小说根本不像电影那么简单。有了列文的思考和人生选择作为参照，就会看到安娜的爱情选择实际上也是时代的整体气氛所决定的，安娜的爱情悲剧实际上也是一个时代悲剧。生活在一个无解的时代，那么爱情注定也是无解的，基本上小说是这样一个逻辑。

总说《安娜·卡列尼娜》是不朽名著，哪有真正的不朽名著是简单的爱情故事？连《梁祝》也不是。它们一定要对时代问题、对时代症结做出回应。

在托尔斯泰那里，安娜这条线是不能独自完成回应的，还必须得依靠列文这条线索，两条线索交织成桥型来实现，这就是托尔斯泰在情节设置上的独特探索。我们总是说，托尔斯泰的伟大在于展示了19世纪末期俄罗斯的社会全景，如果说小说的情节承担着上述任务，那么小说的形式，也就是情节的表现形式，也必须呈现出相应的恢弘壮阔的气象，才能配得上它的情节。

关于桥型结构的具体应用，再举一个例子：《静静的顿河》里男女主人公葛利高里和阿克西妮亚的两条线索，也是在相当长的篇幅里分头展开，通过两个人的眼睛看到各自的生活，再共同拼成一幅波澜壮阔的画卷。只不过肖洛霍夫的结构更多建立在人物命运交织的基础上，和托尔斯泰那的抽象思考还有区别。

所谓的桥型并不一定就是两条线，扩展开来想，三条线、四条线、五条线也可以，无非是小说变得更复杂了，情节之间的交织更烦琐了，这样的结构在现代作家里更常见。

我们刚才谈到了现代、古典两种典型的情节呈现形式，如果小说选择了恰当的形式，情节表现就会变得非常顺畅和有效。

像《白象似的群山》，你把冰山下面的内容翻上来，一定要对读者讲清楚，反而失去了它的意蕴。像《安娜·卡列尼娜》那样恢宏壮阔的小说，如果抛弃了列文那条线索，小说会变得很单薄。

所以，当你有了一个好的情节，把人物和情节之间的关系思考得非常清楚，又对情节的意味做了恰当的判断之后，任务还没有完成，你还需要选择一个合适的形式，将这个情节完整地落实在叙述之中。

弋舟

作家
鲁迅文学奖获得者

代表作
《出警》
《所有路的尽头》
《随园》
《平行》

阅读推荐：《受戒》《相遇》《随园》《平原上的摩西》《女管家的心事》《把我们挂在单杠上》《发声笛》

第四讲　弋舟：怎样写出有质感的语言

01　三种方法避免语言的陈词滥调

大家在平时的写作中，可能会遇到这样的问题：

平时所的语言平淡、呆板，怎么写出优美、有质感的语言？

对白总是很生硬，怎样才能让对话更自然？

怎样找到自己的语言风格？

这些问题都涉及"语言"。从某种程度上讲，写小说就是写语言。相较于我们的日常语言，小说语言自有其特殊的审美逻辑。譬如，鲁迅先生《秋夜》中那句著名的开头：

> 在我的后园，可以看见墙外有两株树，一株是枣树，还有一株也是枣树。

对于这个开头的分析已经是汗牛充栋，"一株是枣树，还有一株也是枣树"的桥段，大约已经能够让中学生写作文时用来对抗自己的语文老师了。没错，在我们古板而教条的教学实践中，这两株枣树的表达方法，几乎可以被算作病句。语文老师没有错，当然，鲁迅先生更没有错，这两者的分歧何在？

我想语文教育，更多地是在帮助我们建立起规范用语的习惯，训练我们在日常的生活使用语言有效地交流。在这个意义上，"一株是枣树，还有一株也是枣树"，便是语言冗余，日常交流这么说，也会显得古怪滑稽。但文学语言如此表达，却使得文章有了质感，顿生华彩。

我们学习使用小说语言的基础，在我看来，正是要理解小说语言的本质在于"反对陈词滥调"。

将日常语言归为"陈词滥调"也许有些夸张和过分，但只有提高到这样一个高度，才能让我们在写小说时，对"非小说"的语言有一个自觉的警惕。

不过，我想文学修养，乃至我们的生命经验，从来都不是非此即彼地那般简单。从始至终，都贯穿着微妙的辩证，当我们反对"陈词滥调"的时候，又要高度警惕华而不实的矫情。

同样是枣树，如果三株枣树鲁迅先生都如此铺排，将会怎样呢？那只能像是一个精神病患者的呓语了。这里面就有一个"度"的问题，"有度地反对陈词滥调"，就是对这个原则的进一步理解。

第一个方法，以寻常化的语言，埋下"不寻常"的动力。

小说的语言是"寻常"与"不寻常"的辩证，同时，也是具象与抽象的辩证，反对陈词滥调，是以娴熟地把握陈词滥调开始的。

这方面，汪曾祺先生堪称楷模。以他的名篇《受戒》为例。这个小说写的是什么呢？简单说是自由恋爱。一个情窦初开的少女，爱上了一个情窦初开的小伙子。就这么一点儿事，任何一个具备了小学语文水平的读者都可以读明白。

但是它很著名，是汪曾祺先生标志性的作品，简单，明了，平白如话，十分地好读。可是我要提醒大家一下，千万不要小瞧了"平白如话"这四个字，要看这个"平白如话"是谁写的。"床前明月光"也很平白如话，但是这个句子的背后站着李白。

小说《受戒》的开头，汪曾祺先生这样写道：

> 明海出家已经四年了。
>
> 他是十三岁来的。
>
> 这个地方的地名有点怪，叫庵赵庄。赵，是因为庄上大都姓赵。叫作庄，可是人家住得很分散，这里两三家，那里两三家。一出门，远远可以看到，走起来得走一会儿，因为没有大路，都是弯弯曲曲的田埂。庵，是因为有一个庵。庵叫菩提庵，可是大家叫讹了，叫成荸荠庵。连庵里的和尚也这样叫。"宝刹何处？"——"荸荠庵。"庵本来是住尼姑的。"和尚庙""尼姑庵"嘛。可是荸荠庵住的是和尚。也许因为荸荠庵不大，大者为

庙，小者为庵。

大家看这段文字，通篇不见"一株是枣树，还有一株也是枣树"这样的奇崛之句，寻常如大白话，但信息密不透风，言外全是见识与修养。

起头两句，分为两段，明海出家已经四年了，他是十三岁来的，四加十三，于是，十七岁就是明海的年纪了。这样的交代方法，就是"小说式"的了，大作家就是这样，即使一个简单的陈述句，都要尽量写出与日常表达不同的味道。

我们可以比较下这两种语言：

第一种是日常的语言："明海今年十七岁了，他十三岁出家，来了已经四年了。"

第二种是小说语言："明海出家已经四年了。他是十三岁来的。"

大家对比一下，哪一种更高级？我觉得小说的语言更高级。

接下来看第三段，汪先生就全然是一位"博物学家"的风度了。他给我们不动声色地上了一堂民俗的文化课：

"叫作庄，可是人家住得很分散"这一句是要告诉你，"庄"原本是需要聚居的。

"菩提庵，可是大家叫讹了，叫成荸荠庵"实则是在告诉你，当地方言的发音是一种什么样的腔调。

至于"庵"，更是让我们长了见识，"和尚庙""尼姑庵"，递进着探究则是：大者为庙，小者为庵。

  这一段书写，首先是小说环境描写的需要，但汪曾祺调动起的却是自己的文化阅历。这份阅历当然不是每个人都具备的，但汪曾祺先生毫无卖弄之情，他写得平实、婉转，却又一波三折。就这样，他把现代汉语写作朴实平易的这一脉，延伸到了新的高度。

  汪曾祺先生的确更具"中国风度"，但这样的一位大师，他的师承又是非常复杂的，在他的外国文学阅读中，契诃夫、阿索林、海明威、波德莱尔、普鲁斯特等的影响非常突出，后来还有苏联社会主义阵营的作家作品。一个小说家的语言养成，有赖于非常多的造化，靠着几堂写作课"速成"，实在算得上是一个妄念。可是，有机会与优秀的小说家对话，依然是有益的，他们会在不经意之间，触动我们的心灵。

  第二个方法，以敏感的心灵，找到异于常人的语感。

  "敏感心灵"在这里是什么意思呢？它是指一个写作者感知世界的特殊方式，这是写出有别于日常的文学语言的前提。

  我们得承认，文学写作是需要天赋的，而天赋又极难衡量与称重。于是，许多写作爱好者，在并不具备这样天赋的情况下，却怀着天才般的自信提起了笔。

  这么说不免残酷，好在，在不能确认是否具有文学天赋的时候，我们可以去比照那些文学天才们与我们的异同，这不仅能让我们变得自知，没准还能让我们多少补充一些天赋的不足。

我想以《相遇》为例。《相遇》是格非先生写于1994年的一部中篇小说，格局非常之大，题目"相遇"指的就是两种文明的狭路相逢。1903年的初夏，一支由英国人、锡克人和廓尔克人混编而成的远征军入侵了西藏。故事由此展开，可以想见，其中的冲突，会有怎样丰富的戏剧性。

小说中，当西方的传教士对中国官员展示了显微镜的功能之后，那位中国官员惊讶得说不出话。我们想一想，换作你我，会如何描写他震惊的心情？

也许是：他震惊得呆若木鸡，他震惊得魂飞魄散，等等。那么，"呆若木鸡"与"魂飞魄散"这样的成语，就是我前面所说的"陈词滥调"。太简单了，也太轻易了，反映出的就是我们的懒惰与平庸。

格非在小说中是怎样写的呢？那位在现代科学面前受到震撼的中国官员，如此说明自己在那一瞬间的真实感受：

"我一度以为时间出了问题。"

大家想一想，是什么令他以为"时间"出了问题呢？事实上，他不过是在显微镜下看到了虱子突然变成了一只老鼠那么大。这本来是视觉上的刺激，但格非却让它转化成了对于"时间"的惊悚。显然，此"时间"已非彼"时间"，它蕴含着的浩渺与惘然，已经切近了世界那无以言明的玄奥和人类与生俱在的迷茫。

这种将具象之物升华为抽象意志的能力，必须依赖敏感的心灵，否则永远只能在"呆若木鸡"与"魂飞魄散"的陈词滥调中打转。

写作者专门感知世界的方式，决定了他必然不会简单地人云亦云,好的小说语言背面,是小说家的世界观在起作用,这不仅仅表现在他们对于物理世界异于寻常的打量方式,也表现在他们对心灵世界非同一般的感知。

譬如:什么是光荣,什么是羞耻?寻常的世界中,我能在公开场合聊小说,就是一件颇为光荣的事情,是我专业能力受到认可的证明;但是,对于一个具有敏感心灵的小说家而言,却往往会造成一个羞耻的体验。

试着感受并非人云亦云的那个世界,就是迈开了反对陈词滥调的第一步,就是开始靠近写好小说语言的第一步。

在这里,我们又要重温"度"与"辩证"的重要性。当我们刻意用不同的眼光打量世界,风险便也紧随而至了——一不小心,我们就会滑向矫揉造作,滑向语不惊人死不休的陷阱。那么,这时候,重申平实的语言,便显得刻不容缓了。

第三个方法,以平实的语言,克服"青春写作"的矫揉。

矫揉造作,语不惊人死不休,往往是初写者容易犯的毛病。大家总是容易受到"好词好句"的诱惑,从而陷入某种"心灵鸡汤"式的、"青春"式的写作。于是,以平实克服矫揉,不失为一个方案。

我想分享写作"刘晓东系列"时的一些心得。这个系列目前由《等深》《而黑夜已至》《所有路的尽头》三部中篇小说构成,均以"刘晓东"为主人公,各自成篇却又具有内在的统一性,以三部曲的形式塑造了"刘晓东"这一中年男性知识分子的形象,并借此探究我们这个时代的诸般困境。

2012年，我写了《等深》；2013年，我写了《而黑夜已至》和《所有路的尽头》，三个中篇。写作的时候是当作一个系列来结构的，故事并无交集，叙述的气质却逐渐自觉形成，这一系列的小说，它们都有一个共同的男性主角——刘晓东。

当我必须给笔下的人物命名之时，"刘晓东"这个在中国男性中司空见惯的名字，几乎是不假思索地成为我的选择。他完全契合我写作的内在诉求，满足甚至强化了我的写作指向：这个几乎可以藏身于众生之中的中国男性，他以自己命名上的庸常与朴素，实现了我所需要的"普世"况味。

这种"普世"的况味，只能建立在庸常与朴素的平实之上。我想，我们每个人的一生当中，总会认识一两个"刘晓东"吧。他或者是我们的亲戚，或者是我们的同学、同事，他就是这么普通，却有力地帮我克服掉了写作这个系列时的轻浮。实际上，如此命名笔下的主人公，也被证明是有效的。我不敢想象，如果将"刘晓东"换为琼瑶小说里男主角的名字，这一个系列的小说，还能不能成立。

大家千万不要小看自己笔下主人公的名字，这决定了你将怎样表达，决定了你将在怎样的语风中书写。这是个语言问题，也是一个世界观的问题。

有了"刘晓东"这个名字垫底，我才能理直气壮地写下了这样的后记，在这里我也和大家分享一下：

时代纷纭，而写作者一天天年华逝去，追忆与凭吊，必然毫无疑问地开始进入我写作的基本情绪。那些沸腾的往事、辽阔的风景，几乎随着岁月的叠加，神奇地凭空成为我虚构之时最为可靠的精神资源。或者我的生命并无那些激荡的曾经，而我相信的只是，岁月本身便可以使一个人变得仿佛大有来历。天下雾霾，我同样相信，万千隐没于雾霾之中的沉默者，他们在自救救人。我甚至可以看到他们中的某一个，披荆斩棘，正渐渐向我走来，渐渐地，一步一步地，次第分明起来：他是中年男人，知识分子，教授，画家，他是自我诊断的抑郁症患者，他失声，他酗酒，他有罪，他从今天起，以几乎令人心碎的憔悴首先开始自我的审判。

　　他就是我们这个时代的——刘晓东。

　　大家想一想吧，如果这般铺排了文字之后，结尾变成：他就是我们这个时代的狄君璞——狄君璞是琼瑶小说《星河》的男主人公，将会何等的尴尬与滑稽。

　　不，我不是否定琼瑶，事实上，我自己也在青春期饱读琼瑶阿姨的作品；我想要说的是，有时候，当我们自觉地使用小说语言时，我们太需要以平凡来表达崇高，以朴素来平衡华美。

02　以正反两面审视，找到适合自己的语言

文学语言的确没有定规，不同的内容，不同的作家，只要使用的语言最准确、恰当地表达出了自己想要表达出的文学气质，那么我们就可以说——这是好的文学语言。

这里牵涉一个概念——何为"文学气质"。古今中外，人类对于文学的评判标准不一而足，但令人惊讶的是，对于某些文学作品，不同文化背景下的人，却有着共通的认可。这类作品，我们往往会将其奉为"经典"。

为什么它们会被普遍认可？分析起来，尽管现代的科学化的方法也能给我们部分启迪，一旦涉及文学最为本源与核心的要义时，我们又总是词穷，文学创作所需要的最终的、不可理性陈述的神秘根基，我们能够觉察，却无从表达。

中国文化里一些意蕴无限的、只能意会的批评话语，反而更有助于我们参悟。譬如唐代诗人司空图创作的《二十四诗品》，这部古代诗歌美学和诗歌理论的专著，形式上由二十四首四言诗组成，因此又名"诗品二十四则"。

这二十四首诗不仅形象地概括和描绘出各种诗歌风格，而且从创作的角度深入探讨了各种艺术风格的形成，对诗歌创作、评论与欣赏等方面有相当大的贡献，既为当时的诗坛所重视，也对后世产生了极大的影响。

但是，如果期待以一种现代的学习理念从这部作品中获得教益，你的愿望一定会落空。"如矿出金，如铅出银"。——他这是在描述"洗练"，对此，除了心有灵犀，你能学到什么呢？

冯唐曾经无可奈何地提出了"金线说"，意思是，文学作品中有那么一条"金线"，区分着好与坏、高与下，这条线人类只能意会，却无法以科学的实证法来检验。

怎么办呢？如果我们有着"科学主义"的冲动，想要立竿见影地让学习者获得方法，我们便只好做出某些变通。那个文学创作本源性的能力，我们往往将其称为"天赋"，如果我们的确没有这样的天赋，那么，勉为其难，我们写作的时候，至少应该先学会"理解的同情与同情的理解"。

第一个方法，以"理解的同情与同情的理解"，处理好语言的个性与共性。

大家知道，即便不写作，我们在日常生活中，也需要培养自己对于世界、对于他人的理解能力，这种能力即便天赋不足，生活本身也会强迫着你去学习理解世界与理解他人，是我们生而为人的需要。

在我看来，"最大限度地理解他人"也是写好小说语言的要旨，让自己的表达被更好地理解，是找到适合自己的语言风格的第一步。

以我的短篇小说《随园》为例。《随园》写了一个文艺女性的生命历程，她如何从自己的学生时期一路走到了中年。这里面当然会写到身体必然的衰败，但我想要处理与表达的，是更为复杂的人的精神自救。

　　这篇小说反响很大，当年便获得了首届"收获文学排行榜"的专家榜与读者榜双冠军。《随园》能够被读者与专家共同认可，正是因为处理好了个性与共性之间的关系。

　　专家，我们姑且视为文学个性的代言者，他们以文学为志业，长期秉持着一种与日常语言不同的言说方式。对于文学作品，他们有着一套专门化的、"金线"的标准。

　　读者，我们姑且视为文学共性的代言者，他们热衷于阅读，更多的时候以直觉而非理性来辨识自己喜爱的作品。由于人数庞大，不免萝卜青菜各有所爱，但"热衷于阅读"这个行为，又潜在地训练出了他们的鉴赏能力。无论是萝卜还是青菜，内在里，他们又有着共通的要求，譬如——要做熟了。一个爱萝卜的人，会因为萝卜没有做熟而倾向于去欣赏做熟了的青菜，反之亦然，那个"熟"，就是他们理解文学时的共性。

　　同时说服这两类人群，需要我们从正反两个方面来审视——专家的要求是什么？读者的要求又是什么？我想，这不是一个功利性的取舍，也不是意欲迎合什么，是文学内在的要求——它要求写作者放弃自言自语式的呢喃，它要求写作者去谋求共鸣。

　　而共鸣的前提是什么？是理解对方，并且理解自己。

　　举个例子，我们看《随园》的开头，我是这么写的：

　　　　当然，他是我的老师，尽管我从来也不觉得在那所师专里能够"教学相长",但曾经在一个神魂颠倒的时刻,他却把脑袋埋在我的怀里,对我说,是我启蒙了他。这句话当时听来,对我就像孤立的山峰和陡峭的奇岩怪石。对,"启蒙"这个词就像那片土地上的丹霞地貌一样,经过长期风化剥离和流水侵蚀,造型奇特,色彩斑斓,而且,气势磅礴。

入校不久我就开始逃课,常常跑到城外的戈壁滩上眺望皑皑雪山。他从未陪我去过。却是他告诉我,"戈壁"原来是蒙古语。他还向我展示过一块白骨,也就一次性打火机那么大,让人难以判断到底出自躯干的哪个部位。白骨可真是白骨,它白极了,两端如同枯木的断茬,这让它看起来就像是从风干的胡杨上掰下来的。他拿这么一块白骨给我看,用来作为不陪我去戈壁滩的说明。他说他父亲就是死在戈壁滩上的,又如实交代:这块骨头并不是他父亲的,是他捡来的。

据说城外戈壁滩的某处,粗砂砾石之间,白骨累累,随处可见。

上面就是《随园》开头的三段。
首先,我需要理解我笔下的人物,那个"我"。
她是一位女性,一位有着文艺倾向的女性,那么,以她的口吻来行文,我的语言就要相对的"文艺"一些。于是,教学相长、启蒙、色彩斑斓、气势磅礴,这些词才会显得恰切,它们既是专门化的又是书面语的。

同时，我想要写出的这位女性，又不是娇柔与虚弱的，于是我在行文的节奏、用词的取舍上，也做了选择：造型奇特，色彩斑斓，而且，气势磅礴。三个四字短语，用一个"而且"来递进与转折，在"造型奇特，色彩斑斓"之上，实际上是强调了"气势磅礴"，以此也暗示出了女主人公的精神倾向——她对于那些更为壮阔的事物的依赖。

其次，我需要理解我的读者——专家，还有普通的读者。

专家们会怎样甄别一篇小说呢？语言，意蕴，意义，等等，都将是他们考量的对象。这些要求不是割裂与独立的，而是浑然一体的，于是当我写下"启蒙"时，它既是语言，也是意义。

普通读者会怎样辨识一篇小说呢，其实与专家也并无决然的不同，但我可能会更加考虑他们对于"陌生化"的兴趣，于是，丹霞地貌与戈壁进入了小说中。那么，这是语言还是内容呢？首先，我是以一种"语言的情绪"写下这些"陌生化"的内容的，就像小说里所写到的那样，"戈壁"原来是蒙古语。

"语言的情绪""文学的气质"，这样的概念也许过于抽象，但是我们需要养成这种抽象的能力，然后，也许才能将这种能力兑现为具体的写作手段。

笔下人物，专家，普通读者，这些对象既对立又统一，就像硬币的两面，我们写作时，需要不断地审视不同的面向，才能整全地达成自己的写作目的。同样，以这种辩证的方法来训练自己的语言，我们可以举出许多截然相反而又内在统一的例子。

第二个方法，以"冷"与"热"定调自己的语风。我们来看一下这段文字：

从部队转业之后，我跟过几个案子，都和"严打"有关。抓了不少人，事儿都不大，跳跳舞，夜不归宿，小偷小摸，我以为地方上也就是这些案子，没什么大事儿。没想到两年之后，就有了"二王"。大王在"严打"的时候受过镇压，小王在部队里待过，和我驻扎的地方离得不远，属于蒙东，当时我就听说过他，枪法很准，能单手换弹夹，速射的成绩破过纪录。两兄弟抢了不少地方，主要是储蓄所和金店，一人一把手枪，子弹上千发，都是小王从部队想办法寄给大王的，现在很难想象，当时的一封家信里夹着五发子弹。他们也进民宅，那是后期，全市的警察追捕他们，街上贴着他们的通缉令，两人身上绑着几公斤的现金和金条，没地儿吃饭，就进民宅吃，把主人绑上，自己在厨房做饭，吃完就走，不怎么伤人，有时还留点饭钱。再后来，两人把钱和首饰扔进河里，向警察反击。我们当时都换成便衣，穿自己平常的衣服，如果穿着警服，在街上走着就可能挨枪子儿。最后，那年冬天，终于把他们堵在市北头的棋盘山上，我当时负责在山脚下警戒，穿着军大衣，枪都满膛，在袖子里攥着，别说是有人走过，就算是有只狍子跑过去，都想给它一枪。后来消息传下来，两人已经被击毙了，我没有看到尸体，据说两人都瘦得像饿狗一样,穿着单衣趴在雪里。准确地说,大王是被击毙的,小王是自己打死自己的。那天晚上我在家喝了不少酒,想了许多,最后还是决定继续当警察。

　　这是我从双雪涛中篇小说《平原上的摩西》中随意截取的一段。这篇小说讲述了由一起出租车司机被杀案揭开的陈年往事,作者在小说中加入下岗潮、"严打"等时代性事件,同时采用复杂的拼贴式叙述方法,力图在片片拼图中不只讲个人和家庭的爱恨情仇,更折射出更广域视角下的东北甚至中国景象。

　　一目了然,这一段文字从内容到行文,都是偏冷的。内容本身就很残酷:杀戮,围捕,作者以一种"中性"的口吻描述,仿佛只是在描述着客观的事实。短促的句子,恰到好处地实现了对于这种"冷酷乃至冷漠"的表达。但在我看来,令这个段落陡然具有文学性的,恰是最后的那一句——"那天晚上我在家喝了不少酒,想了许多,最后还是决定继续当警察。"

　　这是一个漂亮的反转,当诸般残酷乃至冷酷的事实全部展示了之后,"最后还是决定继续当警察",便显得愈加热烈与热血。这个句子是以"冷"的方式说出了"热",双雪涛在此没有一句热血沸腾的语言解释,但内在里却具有格外感人的激情。

　　这便是小说语言的"冷""热"的辩证统一。大家要学会根据自己想要表达的文本气质,来定调自己语言的温度。

第三个方法，在"冗长"与"简洁"的两极，判断符合自己的语言气质。

冗长与简洁都可以写出好的小说，要根据自己的天赋和文本需要，找到自己的句式。众口一词，说到"简洁"，大家几乎都会首推海明威。没错，这位硬汉的确是20世纪最伟大的小说家之一：

> 你一有爱，你就会想为对方做些什么。你想牺牲自己，你想服务。（《永别了武器》）
>
> 我始终相信，开始在内心生活得更严肃的人，也会在外表上开始生活得更朴素。在一个奢华浪费的年代，我希望能向世界表明，人类真正需要的东西是非常之微少的。（《真实的高贵》）
>
> 一想到我的生命消逝得那么迅速，而我并不是真正地活着，我就受不了。（《太阳照常升起》）
>
> 生活总是让我们遍体鳞伤，但到后来，那些受伤的地方一定会变成我们最强壮的地方。（《老人与海》）

上面是我随机摘选的几段海明威"语录"——不是吗，它们不是非常具有某种"语录"般的语感吗？海明威除了形式上语句的短促之外，更重要的是，他是以一种"语录体"般的方式在写作。

这种方式要求写作者有哲思性的大脑，并且，此类作者还需要有一点点的精神"傲慢"，他们常常会有一种"教师"的自我认定，认为自己是要说出真理来教导人的。

这样好吗？如果在现实生活中，我们也这么"自以为是"，一定会遭到否定的。但在文学写作中，道德往往是中立的，你找到自己的气质，在写作中抒发自己的气质，总是被允许乃至被褒扬的。

与"简洁"相反，当然就是"冗长"了。在我眼里，刘震云简直就是"话痨形"作家的代表，同时，也是最为深谙中国式智慧的一位大作家。《一句顶一万句》里面有这样一段话：

> 杨百顺十一岁那年，镇上铁匠老李给他娘祝寿。老李的铁匠铺叫"带旺铁匠铺"……铁匠十有八九性子急，老李却是慢性子，一根耙钉，也得打上两个时辰。但慢工出细活，这根耙钉，就打得有棱有角。饭勺、菜刀、斧头、锄头、镰刀、铲头、门搭等，淬火之前，都烙上"带旺"二字。方圆几十里，再不出铁匠。不是比不过老李的手艺，是耽误不起工夫。但慢性子容易心细，心细的人容易记仇。老李是生意人，铺子里天天人来人往，保不齐哪句话就得罪了他。但老李不记外人的仇，单记他娘的仇。老李他娘是急性子，老李的慢性子，就是他娘的急性子压的。老李八岁那年，偷吃过一块枣糕，他娘扬起一把铁勺，砸在他脑袋上，一个血窟窿，汩汩往外冒血。别人好了伤疤忘了疼，老李从八岁起，就记上了娘的仇。记仇不是记血窟窿的仇，而是他娘砸过血窟窿后，仍有说有笑，随人去县城听戏去了；也不是记听戏的仇，而是老李长大之后，一个是慢性子，一个是急性子，对每件事的看法都不一样。老李他娘是个烂眼圈，老李

四十岁那年，他爹死了；四十五岁那年，他娘眼瞎了。他娘瞎了以后，老李成了"带旺铁匠铺"的掌柜。老李成为掌柜后，倒没对他娘怎么样，吃上穿上，跟没瞎时一样，就是他娘说话，老李不理她。一个打铁的人家，平日吃饭也是淡饭粗茶，他娘瞎着眼喊："嘴里淡寡得慌，快去弄口牛肉让我嚼嚼。"

这部获得茅盾文学奖的作品，讲述的是在20世纪前期的河南农村，一个孤独无助的农民为了寻找与人私奔的老婆，不得不走出故乡，而他养女的儿子，同样为了寻找私奔的老婆，走回故乡的故事。一去一来，延宕百年，故事看似简单，但回味悠长。诚如书名，刘震云洋洋洒洒，在任何细节上都是用"一万句顶一句"的方式来书写的，缠绕，唠叨，不厌其烦，但却令人饶有兴味。

大家看，这一段在句式上，倒也都是短句，但行文的逻辑却是"冗长的、说理性"的，他是在给你讲前因后果，即便其中因果人人都能很容易地理解，但读着读着，你会因为了他的"平视"而进入情景当中。

不错，相较于海明威的那种"俯视"一般的教师风格，刘震云"平视"的冗长与唠叨，实现了朴素的吸引力。他把智慧藏在了朴素的外衣下，并不像另一个聪明人海明威那般咄咄逼人。

好了，你选择什么呢？什么是你的气质呢？我想强调的是，不管"简洁"与"冗长"，两种风格都不仅仅是表现在语言的长短上的，它们还区分着两种不同的"写作人格"。

03 怎样以好的语言方式开头和结尾

大家也许在阅读和写作的实践中都能体会，小说的开头和结尾对于整部作品非凡的意义。在我看来，好的开头与结尾，在一部小说中所占的审美权重，是无论怎样强调都不为过的，甚至，它们实现着小说作为一门艺术百分之五十以上的价值。当然，这样的数值可以商榷，我想要说的是：作为一个小说家，我自己无比重视小说的开头与结尾。

目前我供职于一家文学刊物，事实上，面对海量的来稿，编辑们行之有效的审稿方式也是迅速地浏览一篇作品的开头与结尾，并据此判断稿子是否值得通读。一般情况下，这种遴选方式还是准确的，我难以想象，会有一篇好的小说会是以差的开头与结尾来完成的。

对于读者来说，好的开头意味着被吸引，从而唤起阅读的兴趣，并且依据这个开头，与作者签下一份信任的契约。

对于作者来说，写好开头，意味着你给自己其后的叙述确定了基本的腔调，你后面写下的每一个字，都将被开头的气质所笼罩。

一个好的结尾，会让读者感到余音未绝，甚至陡然对整部作品的意义产生崭新的认知。对于作者来说，好的结尾就是你全部劳动的终点，你向着它冲刺与奔跑，直到最后的那一刻，连自己都会发出"原来如此"般叹息的惊讶。

具体到小说语言的使用层面，以开头和结尾的写法，如何有的放矢地运用写作技巧？

第一个方法是，设置悬念，这不失为一个好开头的策略。

人类天然有着好奇之心，而引人入胜，大约是每一个写作者的愿望。在开头的时候，使用有效的语言设置出悬念，就是有必要学习的。

"犯罪小说女王"鲁斯·伦德尔在《女管家的心事》中写下的开头是这样的：

> 尤妮丝·帕切曼枪杀了科弗代尔一家——因为她不识字。
>
> 她的杀戮既没有动机也没有预谋，既不是谋财也不是出于自卫。案件发生后，尤妮丝·帕切曼不识字不再只是亲戚和几个村民知道的事了——现在举国上下尽人皆知。声名鹊起给她带来的不是成就，而是灾难。在她那充满奇思异想的脑袋里，尤妮丝知道自己本来就与"成就"二字无缘。然而，虽然她的搭档兼帮凶疯了，她却没有疯。在她那副20世纪女性的外表之下，隐藏着返祖猿人般健全却又极其冷酷的心志。

鲁斯·伦德尔在欧美文坛获得了很高的声誉，在为数不少的评论家心目中，她是当今英语系重要的女作家之一。

通常，我们会将"悬疑小说""科幻小说"等归于"类型文学"的范畴，似乎这类文学作品与严肃文学相较，"纯"度不是那么高——这肯定是偏见，事实上，有许多类型文学的作家造诣高超，作品的文学性也不遑多让。我自己就非常注重对于类型文学的阅读和学习，至少，这类作品有一个显著的优势：好看。好看从来就不应该是严肃文学的敌人，毋宁说，许多严肃文学的写作者，缺乏写出好看作品的能力，才贬低这样一种了不起的能力。

《女管家的心事》写了什么，我就不过多剧透了，因为仅从它的开头，你就可以充满好奇地知道，自己将要看到的，是一个有关凶杀的故事。鲁斯·伦德尔将这个开头写得直截了当：

尤妮丝·帕切曼枪杀了科弗代尔一家——第一句话，就扔出了扣人心弦的"枪杀"，同时，她在文本上用一个破折号来表示说明：因为她不识字。

在我看来，此处的破折号，与其表示说明，不如说是转折，并且是一个制造悬念的、超乎正常逻辑的转折。为什么呢？显然，"不识字"并不能构成"枪杀"的原因，于是，这种"反常识"的叙述便牢牢地抓住了我们。

没错，在这里，我还要强调破折号的运用。讲语言，也包括每一个标点符号的运用，因为标点符号是我们行文时表意与控制节奏甚至情绪的重要材料。

像大部分悬疑小说一样，鲁斯·伦德尔也使用了简洁、中性的语言，这种语言的魅力在于那种"冷峻"的感受。

我摘录这部小说的前两段，还想要告诉大家的是，有时候，写作的分段何其重要。

第一段就那么寥寥数笔，分段让这个短句更加醒目，同时也有强化效果的作用。而第大段，也可看作小说"开头"的一个整体，在这一段里，鲁斯·伦德尔一鼓作气、毫不客气地将悬念推向极值，并犹如梗概一般地交代出整个故事的基本轮廓。

我们拆解一下开头中第二段文本：

她的杀戮既没有动机也没有预谋，既不是谋财也不是出于自卫。——那我们就要想了是为了什么呢？

案件发生后，尤妮丝·帕切曼不识字不再只是亲戚和几个村民知道的事了——现在举国上下尽人皆知。——这句话让我们想，相较于杀人，不识字为什么会成为举国的焦点？

然而，虽然她的搭档兼帮凶疯了，她却没有疯。——我们就会想，哦，还有个搭档？并且疯了？

在她那副20世纪女性的外表之下，隐藏着返祖猿人般健全却又极其冷酷的心志。——20世纪的女性，犹如猿人，这是多么吸人眼球啊！

逐行体会，我们不能不说，这样的小说开头是多么棒啊。除了语言简洁，不断反转的逻辑，还有着巨大的信息量，这也是我接下来想要讨论的内容。

第二个方法是，在开头呈现大量信息，形成笼罩性的氛围。

以少量的句子总括性地开篇，是写作大部头作品常见的范式，我们姑且将这种使用语言的方法称为"以少胜多法"。

我们举两个这样的例子。

第一个开头：

> 多年以后，面对行刑队，奥雷里亚诺·布恩迪亚上校将会回想起父亲带他去见识冰块的那个遥远的下午。

第二个开头：

> 白嘉轩后来引以为豪壮的是一生里娶过七房女人。

没错，就是那两个著名的开头。

第一个大家都知道出自《百年孤独》。对于这个开头的赏析已经是汗牛充栋，它已经高居人类所有文学作品杰出开头的前列。

马尔克斯用如此简洁的笔法，同时写出了未来、过去、现在三个时段。千万不要小看这个"同时"，在一个句子里完成这样的任务，我们不能不敬佩马尔克斯的伟大。初读之下，纠缠的时序所造成的恍惚感与神秘感，甚至还有神圣感，正是《百年孤独》追求的整体格调。他纵横捭阖，以无尽的时间预告了，你将要阅读的是一部大书。

莫言早年拿到《百年孤独》，只读了这个开头就惊呼"知道怎么写小说了"，我想他的惊呼的确是有道理的。

第二个开头出自著名的陈忠实先生的作品《白鹿原》。从句式上，"后来"一词的使用，的确有着马尔克斯式的印记，陈忠实先生也不讳言，他曾经受过《百年孤独》的启迪。在我看来，这并不妨碍《白鹿原》的杰出，对于伟大作品的学习，从来都不是一件见不得人的事，这也是我们今天学习小说语言的"合法性"所在。

这两个开头都有效地统摄了巨著，并且略有"噱头"一般的吸引力，都超额完成了一部杰作所要求的那种开头的任务，如果要梗概其后的各自数十万字，其实分别用这两个开头就足够了。

然而，这样的开头，真的就是作家写下的第一个句子吗？对此，以我的写作经验而言，我是有所怀疑的。因为这样的鸿篇巨制，作家很难在提笔的第一刻便完全了然于心，整个写作，是一个"过程"，这个过程绝非简单的线性而下，有时候会回溯、要推翻、要补充、要删除，当它初具面貌的时候，也许，这种统摄全局的开篇句子才会呼之欲出。

于是，我有理由猜测，马尔克斯和陈忠实都是后来才找到了自己开头的句子，然后写下来替换掉旧句，在一瞬间觉得自己写出了杰作。这样的猜测也许没有意义，但我想要分享的，正是一种写作时的状态。

学习小说语言，绝不是孤立地学习使用汉字，那也许是语文课需要讲授的知识，而写作关乎的却是"状态"，大家只有尝试着去体会到"状态"的发生，也许才能够稍微领会到文学语言使用的痕迹。

不要排斥"类型"乃至"噱头"，这世界原本就不存在一个纯而又纯的"纯文学"，把小说写得"好看"是一个值得追求的目标。

接下来，如何给小说的结尾画上圆满的句号。

比起千差万别的小说开头，小说的结尾似乎相对简单一些，大致上，可以区分为"重重一击"的反转式结尾与"云淡风轻"的开放式结尾。

下面这个结尾出自我的短篇小说《把我们挂在单杠上》：

> 然而我们的古典诗歌多么莫名其妙啊，似乎哪一句都能对应着此情此景。和古典诗歌同样莫名其妙的，还有我们的身体。今天我已经是一名出色的柔术师了，我能够随随便便地把自己的身体拧成一根大麻花，至于马扎什么的，简直是轻而易举，有时候我吃饭都是把头从胯下钻出来边玩边吃，当我在舞台上旁枝斜逸地表演时，观众一定会觉得非常之莫名其妙。我的职业让我的母亲很失望，我连一个物理讲师都没弄到手，然而我心安理得，因为我的身体可以被我随心所欲地做主。如果要追溯我职业的发端，我会向你回忆那个夜晚——那时我晃了晃脑袋，里面喧嚣的诗句像头皮屑一样地纷纷撒落，然后我默默地走过去，贴着司马先生，神魂颠倒地把自己挂在了单杠上。

我们看看这个结尾——我的主人公，一个常年被迫学习诗词歌赋的少年，在遭遇了肉体的失败后，决定找回自己对于自己身体的指挥权。他把自己"挂在了单杠上"。这本身就是具有反讽意味的一个"反常识"，谁都知道，以生理学而言，我们是无法将自己折叠成一条枕巾那样地挂在单杠上的。但是"常识"从来就不是限制小说的铁律,相反,在小说中,我们总是会尝试着冒犯、打破常识。

这个结尾在我而言,正是要实现"重重一击"。今天我已经是一名出色的柔术师了,在小说的最后一段,我也让时态发生了变化,之前的叙述都是以主人公的少年视角进行,至此,"今天"的出现,让整篇小说突然有了回忆的气息,并且,在回忆中,以回忆的方式——我会向你回忆那个夜晚——重新把时态拉回了之前的文本。

我反复使用了"莫名其妙"和"神魂颠倒"之类的语言,以期达成某种魔幻与恍惚的效果,为的正是写下那最后的一句——把自己挂在了单杠上。这个句子,毫无疑问是这篇小说的"眼",因为小说的题目便与此相关,这么做是应题,也是令一篇小说的完成度得以实现的重要手段。

再举个例子,下面是我的另一篇短篇小说《发声笛》的结尾:

最后,喉咙起伏,呜呜咽咽,暮霭中引动的鸣响其实是他记忆里Beyond乐队的一首歌。那歌词本来的内容大致是:回头有一群朴素的少年,轻轻松松地走远。

这个小说以Beyond乐队一首歌的歌词来给小说画下句号,这种方式,本身便借助了音乐所能达到的"余音绕梁"的效果。如果我们要专注于对语言的打量,那么,什么地方使用逗号,如何断句,都是对于某种节奏的追求。我们挑选词语,准确地表达自己,首先就需要丰富我们的"语库",不同的作家,依据自己不同的气质,经年累月下来，会铸造出自己别具辨识度的"语库"。

回到这个结尾，我不知道"引动"这个词大家会不会常用——引动的鸣响——至少，这是我会使用的一个词。

还有"大致"——那歌词本来的内容大致是——其实，这里原本是没有"大致"的，后面的歌词确凿无疑，但是我必须将"大致"调用进来，因为不如此，不足以表达那种我所需要的不确定感与忧愁。而不确定感与忧愁，就是这个结尾我想实现的那种开放的、云淡风轻的格调。

理解了两种结尾方式的异同与各自的优势后，大家可以根据自己的需要，找到语感，设计出符合自己需要的好的结尾。

04　写好细节的不二法门

大家都知道细节对于小说的重要性，可是，"细节"不是一个空洞的泛指，如何才能有效地写出细节，让细节充分地服务于我们的写作目的？当然，这里面可能会有无数个方法。

成为一个"博物学家"，是写好细节的首要秘诀。

什么是"博物学家"呢？简言之，就是博学而专深，仿佛是一切行当的专家。落实在写作中，通过训练语言，达到对自己笔下的世界像一个专家般博学，便是写好细节的不二法门。

我们为什么要"显得像个专家"呢？因为，小说有义务为我们还原一个"物理"的世界,这种"还原",非但是小说伦理之一种,亦是一种非常有效的写作技巧。

以"真"为旨归,非但会令虚构显得理直气壮;驾驭得当,更可以使得作品具有某种犹如"巫术"般的逼真,使得讲述者拥有了"很像那么一回事"的自信与叙述的主动权。

以前面提到的格非的中篇小说《相遇》为例。这篇小说的格局非常之大,在这部不算长的中篇里,格非令其"相遇"的,是两种狭路相逢的文明。故事讲的是1903年的初夏,一支由英国人、印度的锡克人和廓尔克人混编而成的远征军入侵了西藏。故事由此展开,大家可以想见,其中的冲突,会有怎样剧烈和丰富的戏剧性。这是基本史实。

为此格非一定做足了功课,从主要当事者到事件的整体走向和宏观背景,应该完全是取材于翔实的历史资料。在此,格非表现出了他作为一个杰出小说家的敏感,这份敏感,令他在浩如烟海的史料之中捕捉到了这场事件深长的"意味",并且,更重要的在于,他从历史的"真实"入手,找到了一种美妙而高级的工作方法——而这,正是我对这部中篇最为看重的一点。

我想格非必定在这样的创作方法中享受到了极大的乐趣,我有时候会猜想,在写作的某些瞬间,他或者会有片刻的恍惚,完全进入了幻象,确信自己写下的就是一场真实发生着的、被他亲眼眺望与俯瞰着的往事。这个时候,小说家就是造物主。

让我们看看格非是如何落实这一切的:鹡鸰,渡鸦,雪鸽,马鸡，木莓，茶藨子属植物，毛茛花，委陵花……这些动植物的名称遍布在这篇小说之中，格非以一种"博物学家"般的风度一一指认着那块绝对客观、真实的现场。

这些对于大多数读者而言，差不多闻所未闻的物种，有效地为小说营造出了那种堪称专断的、不由分说的氛围，那种阅读的"陌生感"与"异质化"效果，又成功地说服了读者——你所进入的这个小说的世界，它真实不虚地存在着。

我不知道写作这部中篇小说的时候，格非是否去过西藏，尽管我和他也有过面对面的交流，但我从未问过他。因为在情感上，我宁愿猜测他从未去过。我愿意将他写下的这些藏地特有的物种，想象成是大量查阅资料之后得来的知识——那几乎就是我心目中一流小说家工作时的模范姿态：严谨、勤勉、较真、恪尽职守，从物理世界不厌其烦地为自己的虚构之书搬运着一砖一瓦。

想一想，大多数初学者会如何描述一片草地或者一群动物？——"一片青翠的草地""一群珍奇的飞鸟"，等等，大概率他们会这么大而化之地来写，而不是分别指认每一株草所属的科目、每一只鸟的学名，因为我们已经习惯了以语言的"虚"去描述世界的"实"，于是，他们也就错过了细节与语言双重的秘密。

好的小说语言原本并没有那么玄奥——不过是需要我们的老实和耐心。

让我们看看《相遇》中的一段：

> 从康区会集来的军队正源源不断地开入江孜以北的山区，在卡罗山的南麓构筑工事和防御墙。那些刚刚会集来的军队配备了较为先进的武器，其中金格尔枪的射程在两千码之外。

怎么样，这段充斥着地理名称和专业术语的句子，是不是很像一段新闻报道？然而，为了写下这段不足百字的句子，小说家格非却极有可能翻阅了数万字的资料。

我们千万不要小看句子最后的那个"两千码之外"，这个数据在小说中的作用之大，超乎想象，它不仅仅是写出了枪支的火力，更是有效地令你置身于小说家所创造的那个世界里，它以数据准确的说服力、以无数这样的"真实"，带你进入阅读的奇幻之旅，令你陷入那种最佳的、亦真亦幻的阅读体验之中。

我想，这就是小说技术的秘密，这当然也是小说技术的胜利。

第二个要点是，不厌其烦，是写好细节的重要策略。

通过训练这样的语言习惯，我们才会懂得所谓"细节"，正是在"细"上，这里面考验了写作者的耐心，同时也事关小说的本质。

以另外一篇小说为例。这是美国作家蒂姆·高特罗在短篇小说《合法偷窃》中写下的第一段：

> 柯蒂斯·拉多慢慢从床上爬起，扯了扯身上那件打皱的卡其布衬衫，然后走进厨房，一边打着哈欠，一边用双手搔着后脑。

> 他在一张桌腿镀铬的小餐桌旁坐下，他注意到炉灶上并没有锅罐炖煮食物时发出的轻轻沸腾声，空气中也没有咖啡的香味在飘浮。他的目光落到粘了福米加塑料贴片的桌面上，看见上面有一张留言条。"我已经受够了。"纸条上这样写，他认出这是他妻子的字迹。他站起来，摇摇撞撞地推开生锈的纱门，走进后院察看妻子那辆一九六九年出产的都灵，但车子已经不见了。他注视卵石铺就的车道，车道上空空的，他自言自语地说："这究竟怎么啦？"

先让我们来认识一下这位小说家：蒂姆·高特罗生于20世纪的1947年，如今已是70多岁的老先生。他在东南路易斯安那大学教授写作30年，退休以后还继续担任该校驻校作家。他有大量的短篇小说见于《纽约客》《大西洋月刊》《哈珀斯》《GQ》这样的刊物和选集，同时也获得不少奖项。

我们稍微想象一下这几本名刊的风格，我们就能够大约猜度出这位小说家会是哪一路的风格了。不错，那是纳博科夫、海明威的风格，是塞林格、卡佛的风格。

在我看来，通过作家的这个履历，颇能透视其写作的一些玄机，这就像是从谜团中找到了重大的线索。一个半生以"教授写作"为业的小说家，会写出什么样的作品呢？对，不出意外的话，他会写出"教科书"一般的作品。他传授的那些"东西"，一般而言，我们会将其称为"技术"。

这个开头我曾经多次和写作的朋友分享过，我觉得它非常适合学习、值得反复研究，因为从这样的一个段落里，我们大致就能领教高特罗教授的重要写作密码。

初读之下，大家没准觉得这个段落没什么特异之处，它压根没法和那些著名的开头相匹敌，它在"许多年之后，面对行刑队……"这样的百年孤独式的开头面前，老实得就像一个刚进城的农民。甚至，它还显得有些笨手笨脚，犹如一个记日记的中学生写在作业本上的句子。可是且慢，如果我们真的是以偷窥先生教案的态度读这一段话，就会慢慢琢磨出一些意思。

以这样的态度，我首先设想了一下我自己会怎样写这个开头。其实也很简单，我极有可能精简句子，被我省略掉的大约会是"打皱的卡其布""桌腿镀铬的""粘了福米加塑料贴片的"这几组定语。为什么呢？

当然，我可以傲慢地将之称为某种"凝练"的风格——可真的是这样吗？认真想下去，我不得不承认，这种所谓的"凝练"，更多的也许不过是源于我的懒惰，如果说得更为严厉一些，还有可能是源于我作为小说家的无能。

一个初中生写作文的时候，都会自发地去认真交代笔下世界的具体面貌，我们是从什么时候，开始习焉不察地省略了这个世界诸般的定语，只将一切抽象为"衬衫""小餐桌"和"桌面"？

当我们已经习惯了这样的"简省"，习惯了这样的凝练，我想工作态度必然会倒向某种危险的"概念化"，万物仅仅是某种"概念性的存在",它们只在我们的头脑中,但是并不及物,桌子仅仅是一张桌子,没有生产与流转的过程,不是被售卖或者自己动手做的,它没有被使用过的痕迹,就像是凭空长出来的、无端端的,只是因为我们虚构的需要而摆在了我们的句子里。

这么做当然是草率的,草率的结果当然会导致空洞。

当小说家高特罗清楚地写下"他在一张桌腿镀铬的小餐桌旁坐下"时,某种写作的重要伦理就显现出来。那就是自人类使用文字以来始终都理应贯彻的根本性动机——首先将所见之"实相"用文字固定下来。这恐怕才是一切"虚构"的基石。

明白了这一点,你会发现,原来一张"桌腿镀铬的"小餐桌要比孤零零的"小餐桌"可靠与可信得多:

"桌腿镀铬的小餐桌",是具有可视感乃至实用性的。

"小餐桌",不过是一个词。

"桌腿镀铬"由此在小说中具备了怎么强调都不算过分的意义,它使得小说这样的"假东西"成为"真存在"。

然而,遗憾的是,如今不仅仅是写作者的笔容易从这样的定语前滑过,阅读者的眼睛多半也会从它们身上溜走,读和写共同地草率着,像是达成了一个将世界最大限度概念化的共谋。我们好像只需要知道那个心领神会的"桌子"就够了,不约而同地不再怀有那种对于世界的基本的好奇。

那么,还读小说干什么?在我看来,在某种意义上,小说难道不就是令我们变得耐心一些、变得像一个刚进城的农民或者初中生一般笨手笨脚的东西吗？

我得承认，真正促使我重新将这个开头又读了一遍的，是"粘了福米加塑料贴片的桌面"这个句子。显而易见，这组词格外不在我的经验之内。什么是"福米加塑料贴片"呢？仔细打量这组词，人的好奇便被唤醒了。这个时候，我打起精神，开始以一个小说学徒的态度偷窥起写作课教授的教案。

我想高特罗先生这样写，真的有必要吗？那张桌面不黏着"福米加塑料贴片"，又怎样呢？好像也无关痛痒嘛。

但是，不不不，原来它必须黏着这种玩意儿，否则，这位小说家便丧失了全部的手段。我几乎能够听到高特罗先生在写作课的课堂上一遍又一遍地、咆哮般地强调"粘了福米加塑料贴片的桌面"！

是的，他这是在传授一门重要的小说技术——在你写的时候，尽量耐心一点，为此你要学会认真观察事物，而且它们绝对不是冗笔，你得显得专业一点，好像自己动手往桌子上粘过一种叫作"福米加塑料贴片"的玩意儿似的。

因为"粘了福米加塑料贴片的桌面"，我还专门上网查了一下。感谢百度，它让我知道了那是一种合成树脂，一种坚硬的被锻压出来的表面材料，而且我还获得了新的知识——原来，人类第一块鼠标垫就使用了这种材料。这些知识的获得，对于一个小说家无比重要，也许下一次我便会用在自己的写作中，从而令自己能够"很像那么一回事"地去充分虚构。

这就是我们通过一篇小说所学到的东西。一定不要低估"技术",甚至,我也想跟高特罗教授在课堂上咆哮一样,多重复几遍这个观点。至少,这种"技术"能让我们将一些抽象的文学理念兑现为具体的、可操作的写作方法。

讨论了细节语言的"专业性",也讨论了落实这种"专业性"所需要的不厌其烦,但是最后,我依然要强调:文学之事之所以难以谈论,正在于它的复杂性,当我们强调某一方面时,往往便可能矮化了另一面,于是谬误随之出现。

"整体性"的视域,是写好细节的保障。以语言为抓手,建立起整体性的眼光,细节才不至于"一地鸡毛"般的散乱。

这方面,《红楼梦》堪称伟大的例证。

说起琐碎来,它实在是琐碎,那些菜单和药方,那些春花与秋月,曹雪芹写得巨细无遗,但是,"大荒山""无稽崖",这样统摄全局的根本性世界观,使得无穷的细节不至于"一地鸡毛"般的散乱。这些细节以繁花似锦的姿态,反衬着的恰是一个"大荒山""无稽崖"所象征的梦境。这个梦——红楼梦的梦,就是曹雪芹统摄全局的世界观。对此,我们需要更高的文学修养,才能去领会。

张楚

作家
鲁迅文学奖获得者

代表作
《野象小姐》
《中年妇女恋爱史》
《过香河》
《云落图》

阅读推荐：《包法利夫人》《玉米》《棋王》《朝阳公园》《街上的耳朵》《细嗓门》《喧哗与骚动》《恶魔驾到奥列霍沃》《风中事》

第五讲　张楚：怎样塑造人物形象

01　六个维度设定主要人物

我相信，很多人在写小说的时候，会遇到这样的问题：

怎样写出人物的丰富性？

怎样创造一个与众不同的人物？

怎样让人物和故事扣人心弦？

首先，怎样理解主要人物？

小说中的人物可以简略地分为两类：主要人物和次要人物。小说无论长短，都会有主要人物和次要人物。

按照一般的写作惯例或写作条规，短篇小说中的主要人物一般设定为一人。短篇小说字数有限（不超过25000字），没有多余的小说空间去塑造或展现更多的人物。

中篇小说（25000字到13万字之间）主要人物有时是一人，有时是两人或三人，主要人物之间会有矛盾，小说的主要任务是设置矛盾、解决矛盾，人物之间的关系呈现出波谷—波峰—波谷的状态。

长篇小说（13万字以上）的主要人物一般不超过五人。比如说福楼拜的《包法利夫人》，真正的主要人物只有一个，那就是艾玛；大家都知道《红楼梦》的主要人物是两个，贾宝玉和林黛玉；托尔斯泰《复活》的主要人物是聂赫留朵夫和玛丝洛娃；《卡拉马佐夫兄弟》的主要人物有五个，阿廖沙、伊万、德米特里，他们的父亲老卡拉马佐夫，以及格露莘卡。

主要人物之间的关系通常呈现出交叉性、复杂性和多变性。人物关系的渐进式多重变化是长篇小说很重要的一个层面。

小说中的主要人物应该是典型人物，是小说家把现实生活中的不同人物原型提炼加工而成的，是"万火归一"。

通过典型的人物形象提炼生活、反映生活，更有普遍性和代表性。比如德莱塞写《欲望三部曲》，原型是资本家查尔斯·耶斯基，素材全部来自德莱塞在芝加哥当记者时搜集的关于查尔斯的报道。鲁迅《药》的写作灵感来自秋瑾被杀的社会事件；而美国作家卡波特的《冷血》，则完全取材于堪萨斯州霍尔科姆村的一桩谋杀案。

很多小说的名字都是以主要人物的名字命名，比如《安娜·卡列尼娜》《卡拉马佐夫兄弟》《赫索格》《简·爱》《艾玛》《金瓶梅》。

小说主要人物的必须有个性,要去扁平化。这种个性可以分为主动型人格和被动型人格,而无论是哪种人格,他们的性格发展都要有层次,不能是一条直线,随着小说的情节发展,人物的精神状态呈现出多样性。

以《卡拉马佐夫》中的阿廖沙为例,他出场时是个虔诚、单纯、圣徒一般的基督徒,当佐西马长老死后,他步入社会,变得世俗起来,为了解决各种矛盾奔走于亲人、朋友和陌生人之间。还比如我们熟悉的《射雕英雄传》,郭靖从愚钝少年慢慢成长为一位胸中有大义、耿直成熟的中年侠客,他的精神曲线也呈出一种递进上升状态。

我觉得,小说家应该是窥视者和记录者。优秀的小说家要有第三只眼睛,这只眼睛能够窥视到事情的真相和人物真实的心灵世界。优秀的小说家,要做人类心灵史的忠实记录者。

其次,在哪几个维度设定人物?

第一个维度,设定人物生活的自然环境(地域环境)和社会环境,以确保小说人物的真实感。也就是说,人物生活的环境会影响他的思维方式和行为模式。

比如《包法利夫人》中的艾玛,她是一个外省的农家姑娘,漂亮,知礼仪。她在13岁那年被父亲送到修道院读书。在修道院,她学过刺绣、学过弹钢琴,读过很多骑士小说。修女们一直认为艾玛有灵性、有前程,可很快又发现了她的另一面,小说写道:

在她奔放的热情中，却又有讲究实际的精神，她爱教堂是为了教堂的鲜花，爱音乐是为了浪漫的词句，爱文学是为了文学热情的刺激，这种精神和宗教信仰的神秘性是格格不入的，正如她的性格对修道院的清规戒律越来越反感一样。

艾玛离开修道院后，和农民父亲生活在一起。当夏尔医生来给父亲看病时，她把关于爱情的甜蜜幻想全部倾注到他身上。结婚后，她很快发现了丈夫真实的性格，变得灰心沮丧。

可以说，尽管她不喜欢修道院的清规戒律，可正是在修道院阅读的浪漫主义文学书籍和受到的贵族式教育，让她内心深处崇尚贵族的风雅生活，对未来的伴侣和生活充满了幻想。正是她少女时期的生活环境和宗教教育，塑造了她的性格。

第二个维度，小说中的主要人物一定要有核心性格，这是塑造人物的关键。

比如艾玛，她的性格核心是浪漫主义，对爱情抱着一份不切实际的幻想，期待着能和白马王子白头偕老。因为家庭问题，她只能嫁给镇上并不富有的庸医夏尔，也就是包法利先生。夏尔庸俗笨拙，缺乏生活情趣。小说中这样形容夏尔：

谈吐像人行道一样呆板，见解庸俗；如同来往行人一般，衣着寻常，激不起情绪，也激不起笑或梦想。

夏尔很快就让艾玛觉得烦闷，内心难免骚动起来。同时，她身上也燃烧着一种飞蛾扑火的勇气，在她认为爱情来临时，能抛弃家庭和孩子，也不怕流言蜚语。她肤浅幼稚，对男性的理解往往停留在表象。男人的相貌仪表、衣着谈吐、性格魅力，构成了她所谓的爱情诱因，而男性真实的人品、道德感往往被她忽略。上述的核心性格，是导致她最终走向毁灭的关键。

再举一个例子，毕飞宇的中篇小说《玉米》，主人公玉米是家里的长女，下面还有六个妹妹、一个弟弟，她的核心性格设定就是：有心计，讷言心细，任劳不任怨，同时又能伸能屈，无论遇到什么困境，都能摸索出破解的办法。

第三个维度，设定人物的肖像，展现人物最原始的面貌和精神状态。现当代小说里其实很少有肖像描写，古典小说居多。

比如《包法利夫人》中对艾玛的肖像描写。我想多说一句，《包法利夫人》不是一部典型的古典主义小说，从某种意义上来讲，它被认为是现代主义小说的发端。

夏尔（包法利先生）第一次见到艾玛小姐时：

> 夏尔看见她的指甲如此白净，觉得惊讶：指甲光亮，指尖细小，剪成杏仁的形状，看来比迪埃普的象牙更洁净。然而她的手并不美，也许还不够白，指节瘦得有点露骨；此外，手也显得太长，轮廓的曲线不够柔和。如果说她美丽的话，那是她的眼睛；虽然眸子是褐色的，但在睫毛衬托之下，似乎变成乌黑的了；她

的目光看起人来单刀直入,既不害羞,也不害怕。

后来,当两个人聊天时,夏尔又观察到:

> 她的脖子从白色的翻领中露了出来。她的头发从中间分开,看起来如此光滑,好像两片乌云,紧紧贴住鬓角,又像起伏的波浪,几乎遮住了耳朵尖,盘到后头,挽成一个大髻,头发的分缝纤细,顺着脑壳的曲线由前向后延伸,也消失在发髻里。乡下医生从来没有见过这样的发型。她的脸蛋红得像玫瑰。她仿照男人,在上衣的两颗纽扣中间挂了个玳瑁的单片眼镜。

下面我们拆解下这两段的肖像描写:

"她的手也许还不够白,指节瘦得有点露骨……轮廓的曲线不够柔和",这说明她的家境其实并不好,她平时肯定会帮父亲干些农活,或者做点女红。

"她的目光看起来单刀直入,既不害羞也不害怕",这说明她是个见过世面的人,很自信,身上也有一种纯朴的天性。

"她的头发从中间分开,看起来如此光滑……"这里写她的发型跟别的乡村姑娘不同,说明她是个有主见、勇于表现自己审美观念的女孩。

"她仿照男人,在上衣的两颗纽扣中间挂了个玳瑁的单片眼镜",又说明她性格中有些男子气息,莽撞,不太在意别人的看法。

这些貌似普通的肖像描写，从侧面反映了艾玛的若干性格特点。

我认为，现代主义小说以及后现代主义小说中，肖像描写的消失，其实反映了小说家关注点的转移。貌似简单的肖像描写，在我看来，其实最能体现一名小说家眼界的犀利、通感能力的强弱程度和对人物的速写技能。

第四个维度，设定人物的价值观和世界观。

以威廉·福克纳的《八月之光》为例。威廉·福克纳，是20世纪美国最重要的作家之一。他虚构了名为约克纳帕塔法县的地方，并将这个名字写进了世界文学史，之后的许多作家都借鉴过这种创作手法，那就是不断地书写一个邮票大小的地方，让那座凭空构建的城市在文学史上成为一种"真实的存在"。

比如说，马尔克斯的马孔多镇、莫言的高密东北乡、苏童的香椿树街、阎连科的耙耧山脉，都在以自己的方式向威廉·福克纳致敬。

威廉·福克纳创作力蓬勃旺盛，像是一辈子都在喷发的活火山。他共写过17部长篇小说和大量短篇小说，《八月之光》是他的代表作之一。1949年，福克纳获得诺贝尔文学奖。

《八月之光》里的主人公克里斯默斯是个混血儿，父亲是黑人，母亲是白人。由于身份，他既遭到白人的歧视，又遭到黑人的鄙视。他四处流浪的原因除了逃避法律制裁——因为他失手杀死养父，更是内心的一种自我流浪和放逐。种族主义对人性的摧残、戕害，在福克纳笔下的克里斯默斯身上，再一次得到了可怕的印证和诠释。

克里斯默斯既不相信白人，也不相信黑人；既不相信亲情和友情，也不相信爱情。他冷漠高傲，对别人的同情根本不领情。

比如说小说开始的时候，他两天没有吃饭，小说中的人物拜伦·邦奇出于好意送给他一些食物，可被他断然拒绝了。他对这个世界充满了深深的鄙视和敌意，总是处于动物般的警觉戒备状态。

他很孤独，当富有的白人小姐伯顿爱上他时，他享受着她带来的美食和性爱，内心深处却并没有真正地接受伯顿小姐。伯顿小姐虽是白人，却一直热衷于反种族歧视运动。她渴望和克里斯默斯有精神上的交流，希望他参与反抗白人歧视的活动。克里斯默斯无动于衷。在他看来，这个世界上，没有一个人是能让他信任的。

当他得知伯顿小姐怀了他的孩子时，第一反应不是欣喜，而是郁郁寡欢。在他看来，伯顿小姐并非真正爱他，当然，即便是真正的爱他，他可能也不会在乎。他们的孩子生下来肯定也是混血，仍然会受到歧视、虐待和驱逐。他最终杀害了怀孕的伯顿小姐，一把火烧了她的房子，狼狈逃窜。

克里斯默斯匪夷所思的残忍手段和思维方式，跟他的价值观、世界观是一致的。

第五个维度，设定人物对他人、对社会、对事件的判断和立场。

我们都知道，立场涵盖了思维方式、观点、视点、人物在特定情境下保持的特定倾向。不同场景里面，不同的人物对不同事件的态度和观点也是相异的，这就造成了人物之间的矛盾和分歧，从而推进了小说的情节发展。

再以毕飞宇《玉米》为例。故事的背景发生在20世纪70年代的南方农村。玉米是村支书王连方的大女儿。玉米母亲生了七个女儿后，终于生了一个儿子王红兵。玉米比她母亲还觉得扬眉吐气。王连方跟村里的很多妇女有不正当关系。玉米便以自己的方式为母亲出气。那些和王连方睡过的女人，一看见玉米的背影都禁不住心惊肉跳。

玉米遇到比较棘手的对手是有庆的媳妇柳粉香。在小说里，玉米对于柳粉香的态度和立场，前后经历了几次变化。

第一个立场是，玉米对柳粉香恨之入骨，又夹杂着一种嫉妒。

在玉米和柳粉香第一次正面交锋的场景中，体现的就是这个立场，两人打成了平手。小说中写到，柳粉香把王连方迷得天天刮胡子，一出门还梳头。有一次，玉米就抱着弟弟王红兵，来到柳粉香家门口。

柳粉香见到玉米并没有把门关上，而是大大方方地出来了。玉米不看她，她也不看玉米。玉米还没有开口，柳粉香已经和别人谈论起王红兵的长相。这个时候，玉米侧过身对柳粉香毫不客气地说：也不照照镜子！意思是说，柳粉香没有资格评判别人，尤其是评判她的弟弟。

换成别的女人，肯定会羞愧上火，可柳粉香并没有接玉米的茬，仍然不看玉米，继续和别人慢慢聊天，并且夸玉米："玉米这样漂亮的女孩子，就是嘴巴不饶人。"她又评论玉米说："还是玉米大方。玉米耐看。"

那么这时的玉米当然知道柳粉香在示好，但并不领情，她看不惯柳粉香的指手画脚。

第二个立场是，玉米感受到柳粉香的善良，对她的态度有了转变。玉米与柳粉香第一次正面交锋后，一直想找机会报复她。

玉米的对象叫彭国梁。彭国梁是个飞行员，他要来王家庄看玉米。他们以前只见过彼此的照片。这时玉米很着急、很压抑，因为新衣裳是过年穿的，脱了棉袄后这个衣服会大一号，很难看，而再到镇上扯布料做，已经来不及。这时候柳粉香忽然来找她了。

柳粉香说："玉米，你恨我的吧。"玉米这时候想，这个柳粉香脸皮真厚。又说："飞行员快来相亲了，你这身衣裳怎么穿得出去。"

玉米以为柳粉香在看热闹，在讽刺她，就说："你都有人要，我怎么会嫁不出去。"

这句话很恶毒，柳粉香却并不介意，将一个布包递给玉米，说："这件衣裳是我在宣传队上报幕时穿的，没有用处了。"玉米肯定不会接受她的好意，将布包推了回去。小说中这样写道：

> 有庆家的（也就是柳粉香）说："玉米，做女人的可以心高，却不能气傲，天大的本事也只有嫁人这么一个机会，你要把握好。可别像我。""天大的本事也只有嫁人这么一个机会"，这句话玉米听进耳朵里去了。有庆家的又把包裹塞到玉米怀里，回头便走。走出去四五步，有庆家的突然回过头，冲着玉米笑。她的眼眶里头早就贮满泪光了，闪闪烁烁的，心碎的样子。

柳粉香为了让玉米接受她的好意，宁愿自揭伤疤，可谓苦口婆心。玉米原本一直将柳粉香当成自己的劲敌。其实柳粉香是个善良又善解人意的女人，她内心里希望玉米有个好去处，是真心实意想帮玉米。

玉米对柳粉香的看法稍微有了些改变。她穿上了柳粉香送来的衣裳，挺拔漂亮，果真跟彭国梁一见钟情。

第三个立场是，玉米把柳粉香当成能倾诉衷肠的知己。

不久，王连方因作风问题被罢免了村支书职务。玉米的两个妹妹夜晚看电影时被人强奸，名声被玷污，整个家庭陷入困境。彭国梁听到了闲言碎语，认为玉米也不干净，写信提出分手。玉米极其痛苦，村里的人都看她的热闹，没人关心呵护她。只有柳粉香从心底疼惜她，将玉米强拉到自己家里，让玉米痛快淋漓地大哭一场。此时，玉米隐隐地将柳粉香当成了能诉衷肠的知己。

从玉米对柳粉香的态度转换可以看出，人的立场决定人的思维方式，人物在特定情境下会保持特定的倾向和看法，而倾向和看法是随着事件的发展而不断变化的。

第六个维度，设定人物的动机和行为。以我的中篇小说《七根孔雀羽毛》为例。

《七根孔雀羽毛》中的宗建明是名税务师事务所的员工。从少年时的天赋异禀到成年后的碌碌无为，他的生活一直处于危险边缘。

他高中时候跟女同学曹书娟谈恋爱，导致高考前曹书娟怀孕，两个人因此被学校开除，他们只好复读。大学毕业后两人结婚生子。婚姻生活并不如意，贫贱夫妻百事哀，他们一开始的美好幻想逐渐被生活中丑陋的部分所侵蚀所伤害。

曹书娟为了生计奔波，卖凉皮、卖煎饼、当门童、蹬三轮车。当她偶遇锹厂老板后，生活发生变化。境遇开始好转，宗建明却迷恋上了赌博，曹书娟对宗建明也渐渐失望。很快，宗建明察觉到了曹书娟的出轨行为，为了报复曹书娟，他将她囚禁在地下室。

当曹书娟获得自由时，他们离了婚，儿子小虎被曹书娟抚养。宗建明和美容院老板李红同居后，越来越思念小虎，他想拿到儿子的抚养权。没有钱，没有人际关系，他怎斗得过财大气粗、人脉广博的曹书娟？

无论付出什么代价，他也要取得儿子的抚养权，这就是宗建明的动机，正是为了这个动机，他铤而走险，当了一桩谋杀案的间接帮凶。他得到了钱财，却锒铛入狱，儿子依然在曹书娟那里，他依然一无所有。这就是宗建明的动机和行为。

人类总是设定超越自身能力的动机，然后迷失在不可控的行为中，必须承认，大多时候，人类都是生活的受害者。

我想说的是，小说中，人物可以有多重动机，可以有连续性的多重行为。

02　三种方法塑造人物鲜明性格

第一种方法，通过语言描写、表情描写和动作描写，初步塑形

人物。

什么是语言描写呢？传统小说中，语言描写包括对话描写和内心独白。现代小说和后现代小说中，表现人物内心世界时还常常使用意识流。小说中最常见的语言描写是对话，它是创造人物的基本手法，也是小说情节发展的助推器。在现当代小说中，尤其是中短篇小说中，很少运用内心独白。在戏剧中，内心独白比较常见。

什么是表情描写呢？就是通过对五官以及面部肌肉变化的描写，来展现人物微妙的情绪波动。

我们在塑造一个人物的时候，可以将语言描写和表情描写相结合。

举个例子，托尔斯泰的《安娜·卡列尼娜》开篇有这样一段描写。主人公安娜的哥哥斯捷潘·阿尔卡季奇跟家庭教师发生了婚外恋，被安娜的嫂子多莉发现。但是斯捷潘内心深处并没有真正地忏悔，对妻子的歉意也并非发自肺腑：

"多莉！"他用柔和的、畏怯的声调说。他把头低下，极力装出可怜和顺从的样子，但他却依然容光焕发。迅速地瞥了一眼，她从头到脚打量了一下他那容光焕发的姿态。"是的，他倒快乐和满足！"她想，"而我呢……他那讨厌的好脾气。大家都因此很喜欢他，称赞他哩——我真恨他的好脾气，"她想。她的嘴唇抿紧了，她那苍白的、神经质的脸孔右半边面颊的筋肉抽搐起来。

"你要什么?"她用迅速的、深沉的、不自然的声调说。

"多莉!"他颤巍巍地重复说。"安娜今天要来了。"

"那关我什么事?我不能接待她!"她喊叫了一声。

我们看这段描写,安娜的哥哥说话声音柔和畏怯,面部表情却是"容光焕发"的;多莉深谙丈夫的秉性,却没有真正地恨他,由于怯懦和不安,"她的嘴唇抿紧了,她那苍白的、神经质的脸孔右半边面颊的筋肉抽搐起来"。

当斯捷潘告诉多莉,他的妹妹安娜要来拜访时,多莉的第一反应是抗拒、抗拒:一方面,她将对斯捷潘的愤恨迁怒到安娜身上;另外一方面,由于精神不济,她怕安娜看到自己憔悴的容貌和痛苦的精神状态。除了对丈夫大吼大叫,她确实也没有更好的反抗方式了。

这几段对话描写和表情描写,将斯捷潘的伪善和多莉的懦弱不安妥帖地表达出来,为主人公安娜的正式出场做好了氛围铺垫。

除了语言描写和心理描写,还可以通过动作描写来初步形塑人物。动作描写是通过描写人物富有特质的动作,表现人物的处境、动态、性格或者身份。动作描写有时候比语言描写和心理描写更重要。

成功的动作描写,能让人物的精神世界得以充分展现。动作描写要力求生动、准确、细致,使人物在一系列动作中表现出独特的个性。要避免信手拈来,东鳞西爪,游离于人物性格之外。

举个例子,阿城的《棋王》,讲述了"文革"时代,知青、棋痴王一生四处找人下棋的故事。主人公王一生是个下乡知青,在火车上遇到了同为知青的"我"。两个人并不熟悉。王一生除了嗜棋如命，还有就是特别喜欢吃，用现在的话讲，是个典型的吃货。

王一生从不浪费一粒粮食，吃相也有些难看。这和他的家境有关系。他母亲解放前是妓女，后来从良，怀着王一生嫁给了继父，家境困顿，食物对于王一生来讲，既是果腹之物，更是一种精神享受。我们看这一段描写：

> 拿到饭后，马上就开始吃，吃得很快，喉结一缩一缩的，脸上绷满了筋。常常突然停下来，很小心地将嘴边或下巴上的饭粒儿和汤水油花儿用整个儿食指抹进嘴里。若饭粒儿落在衣服上，就马上一按，拈进嘴里。若一个没按住，饭粒儿由衣服上掉下地，他也立刻双脚不再移动，转了上身找。这时候他若碰上我的目光，就放慢速度。吃完以后，他把两只筷子吮净，拿水把饭盒冲满，先将上面一层油花吸净，然后就带着安全到达彼岸的神色小口小口地呷。有一次，他在下棋，左手轻轻地叩茶几。一粒干缩了的饭粒儿也轻轻地小声跳着。他一下注意到了，就迅速将那个饭粒儿放进嘴里，腮上立刻显出筋络。我知道这种干饭粒儿很容易嵌到槽牙里，巴在那儿，舌头是赶它不出的。果然，待了一会儿，他就伸手到嘴里去抠。终于嚼完，和着一大股口水，"咕"的一声儿咽下去，喉结慢慢地移下来，眼睛里有了泪花。

"喉结一缩一缩的，脸上绷满了筋。"说明他很瘦，吃饭时充满了紧张感,潜意识里怕别人抢走了他的食物。

"若饭粒儿落在衣服上,就马上一按,拈进嘴里。若一个没按住,饭粒儿由衣服上掉下地,他也立刻双脚不再移动,转了上身找。"一般人吃饭,饭粒掉在衣服上,肯定不会理会,但王一生会,如果掉在地上,他也不嫌脏,会紧张到双脚不敢再移动,怕踩到米粒,"转"了上身找。这个"转"字极其传神,阅读者脑中很快会形成一幅人物素描。

"这时候他若碰上我的目光,就放慢速度",是王一生知晓自己吃相难看,怕不熟悉的人笑话,所以才放慢速度。

下棋时他发现了一粒干缩的饭粒,也不会放过,放进嘴里嚼,由于是干饭粒,比较有嚼头,"腮上立刻显出筋络"。

这一段表情描写和动作描写,犹如拼凑在一起的多组特写镜头,写到了王一生吃东西时眼睛、嘴巴、喉结、腮部、面部肌肉的动态变化,将王一生这个人物的形象极为精准传神地塑造了出来。而"缩、绷、抹、按、拈、冲、吸、呷、叩、跳、放、显、嵌、赶、伸、抠、嚼、咽、移"这一系列动作,将王一生对食物的贪恋、热爱、珍惜表现得淋漓尽致。

王一生在插队期间,依然对象棋痴迷不已,种种原因错过了地区的象棋比赛。小说的高潮部分,是王一生车轮大战,同时与九名棋手对垒,其中包括冠亚军。这时围观的群众已达上千人,人声鼎沸,热闹非凡。冠军是位老者,坐在家里跟王一生对决,下盲棋,专门有人传递棋步。阿城是这样描写王一生对决九名棋手的:

王一生的姿势没有变，仍旧是双手扶膝，眼平视着，像是望着极远极远的远处，又像是盯着极近的近处，瘦瘦的肩挑着宽大的衣服，土没拍干净，东一块儿，西一块儿。喉结许久才动一下……我找了点儿凉水来，悄悄走近他，在他跟前一挡，他抖了一下，眼睛刀子似的看了我一下，一会儿才认出是我，就干干地笑了一下。我指指水碗，他接过去，正要喝，一个局号报了棋步。他把碗高高地平端着，水纹丝儿不动。他看着碗边儿，回报了棋步，就把碗缓缓凑到嘴边儿。这时下一个局号又报了棋步，他把嘴定在碗边儿，半晌，回报了棋步，才咽一口水下去，"咕"的一声儿，声音大得可怕，眼里有了泪花。他把碗递过来，眼睛望望我，有一种说不出的东西在里面游动，嘴角儿缓缓流下一滴水，把下巴和脖子上的土冲开一道沟儿。

　　王一生同时对决九名棋手，虽是恃才傲物，可心里也是忐忑不安，怕自己夸下海口，到时候没有办法收场，被人耻笑。他的精神一直处于高度戒备状态，"我"出于好意给他端碗水，他都没有认出来。"眼睛刀子似的看了我一下"，说明他已经处于入定状态，眼里只有棋局，别的都是虚无。

　　他此时犹如一名会分身的武士，同时身处九个战场，每个战场都是生死恶战，喝了口水，生理机能和精神状态完全失调，竟然被呛出了泪花。此时，王一生下棋时的痴、呆、人棋合一等特点被拿捏得准确细致,在这一系列动作中表现出了他独特的个性。

等战败八位象棋高手后,只剩下和冠军的决战。到了最后,冠军感觉要输棋,忙跑到比赛现场求和,冠军很会讲话,他说:

> 你小小年纪,就有这般棋道,我看了,汇道禅于一炉,神机妙算,先声有势,后发制人,遣龙治水,气贯阴阳,古今儒将,不过如此。老朽有幸与你接手,感触不少,中华棋道,毕竟不颓,愿与你做个忘年之交。老朽这盘棋下到这里,权做赏玩,不知你可愿意平手言和,给老朽一点面子?

这时的王一生,他肯定是不愿意和棋的。但是他的师父——也就是赠他棋谱、教他学棋的捡烂纸的老头,棋法中其实融入了道家思想,道法自然、阴阳调和、下棋为养性不为生的训诫,王一生是牢记的。阿城写道:

> 王一生再挣了一下,仍起不来。我和脚卵急忙过去,托住他的腋下,提他起来。他的腿仍是坐着的样子,直不了,半空悬着。我感到手里好像只有几斤的分量,就暗示脚卵把王一生放下,用手去揉他的双腿。大家都拥过来,老者摇头叹息着。脚卵用大手在王一生身上,脸上,脖子上缓缓地用力揉。半晌,王一生的身子软下来,靠在我们手上,喉咙嘶嘶地响着,慢慢把嘴张开,又合上,再张开,"啊啊"着。很久,才呜呜地说:"和

了吧。"

此时的王一生,已经精疲力竭,唯靠信念跟意志支撑,面对老人恳求,他内心矛盾重重又无力选择,只能和棋。阿城将王一生的矛盾心理用一系列动作描绘出来,堪称经典,而"挣、托、提、悬、揉、软、靠、响、张开、合上"等一系列动词的运用,干净利落,惜字如金,完全是贴着人物的性格使用的。

第二种方法是,设定人物口头禅或固定说话方式,使人物性格鲜明。

我以自己的小说《朝阳公园》为例。故事发生在1983年的医院,写的是一群儿童病房里的孩子们,在一个春日下午,集体逃出医院去春游的故事。

小猪是个患肾病的乡下男孩,他特别依恋城里的女孩苹果。他肥胖单纯,既有乡下孩子的羞涩,又有男孩的执拗勇敢。他喜欢苹果的方式,就是像复读机一样重复苹果说过的话,这是孩子表达爱慕和好感的一种特殊方式。

我在小说里,是这样写小猪的固定说话方式的:

> 外面,她说,那么多的花儿!那么多的蝴蝶!那么多的棉花糖!小猪说,外面,那么多的花儿!那么多的蝴蝶!"那么多的棉花糖"还没说出来,泥鳅死死捂住了他的嘴巴。小猪的大眼珠

咕噜咕噜转了许久，泥鳅才收手。憋死我了！小猪喘着气说，那么多棉花糖！

小猪是从什么时候变成鹦鹉的？没有人知道。他跟苹果是后来转入我们病房的。据小丁阿姨说，他们从住院那天起，就在一个病室。中间也分开过，不过小猪离开了苹果，就会哭得昏厥过去，医生没有办法，只好把他们安排在一起。后来，小猪就变成了鹦鹉，苹果说什么，他就说什么。他是个喜欢读书的孩子，有本《格林童话选》，封皮掉了，内页脏兮兮的，黏着干掉的口水，被夹死的蚊子和它的血，还有些碎掉的花瓣。

格林童话大都是美好的，而真实的生活，都是反童话的。

离开医院后，他们在街上被一帮坏孩子欺负，小猪逆来顺受，可当他们欺辱苹果时，小猪疯了一般将对方的耳朵咬下来。后来他们又去了公园。苹果对泥鳅很有好感，同时为泥鳅的懦弱感到愤怒，便对孩子们说，你们谁要是真喜欢我，就去湖里帮我摘朵荷花。

小猪不会游泳，可是在没有人吭声的情况下，跳进湖里。结果可想而知，他淹死了，孩子们逃回医院，对小猪的死亡原因守口如瓶。孩子的世界，跟大人的世界并没有太大的区别。那个像鹦鹉一样不停学苹果说话的乡下男孩，也许成了苹果的梦魇。

第三种方法，制造矛盾，凸显人物性格。

举个例子，当代著名作家钟求是写过一篇小说《街上的耳朵》。

钟求是,主要作品有长篇小说《等待呼吸》,短篇小说《两个人的电影》《谢雨的大学》《我的逃亡日子》等。他擅长写社会边缘人的爱欲与尊严。

《街上的耳朵》讲述了这样一个主题:一个男人,如果活到了我们所能想象出来的中年人的样子,譬如事业有小成、儿女也成行,喝酒总是抢着买单,那么在纷繁芜杂、凌乱不堪的日常生活中,他会隐藏着如何的隐秘往事?

故事的主人公名字叫式其——格式的"式",其他的"其"。

这个叫式其的男人刚出场时,留着披头士般的长发。对于身居镇上的人来说,这头发里必然有秘密。不久我们就知道,他留长发的原因很简单,那就是他缺了一只耳朵。

式其的出场很简单,跟一帮朋友喝酒,听到酒桌上的女子说,跟她同名的一个女人去世了。式其问了问病因,问询也是常规的问询,瞧不出有过分的关切,然后就独自离开,到街心公园坐了坐。这时我们会隐约想到,这去世的女子,这个叫王静芸的中年妇女,可能和式其有某种瓜葛,男人和女人之间的瓜葛,无非是情人间的那些旧事。

让我们意外的是,式其跟王静芸没有任何瓜葛,如果说有,也只是跟王静芸的男朋友叶公路。三十二年前,叶公路咬掉了式其的一只耳朵。男人间的斗殴是寻常的,可是咬掉了对方的耳朵就有些不寻常。

为什么会发生这样的悲剧?源于式其跟旁人讲的一则春梦,梦里跟他温存的那个姑娘,就是王静芸的模样。叶公路认为他侮辱了自己的女友，这才来寻仇。但问题是，式其跟王静芸在日常生活中连句话都没说过，说好听点，只不过是在胡同里打过一次照面。

如此看来，叶公路多少有些无理取闹，不但无理取闹，还胜之不武，害得式其少了一只耳朵，日后只能留长发遮丑。这难免让我们想起马尔克斯的小说《一桩事先张扬的凶杀案》中，不负责任的新娘维卡里奥的信口雌黄导致了圣地亚哥的无辜死亡。

这就是式其和叶公路的矛盾。那么，式其接下去会做什么呢？

矛盾关系的解决，要依靠人物的行动，我们一定要记住这一点。在小说中，主要人物要有主动行为，不能一直被动。主要人物的主动行为除了推进叙事进程，更是彰显和塑造人物性格的常规手段。

在这篇小说里，式其和叶公路的矛盾，便是小说叙事的动力。式其如何解决这个矛盾？此时，小说出现了转折。这转折显得不突兀，是因为很符合生活的逻辑：式其去给王静芸守灵了。可以说，式其的这种"主动性"很自然地推进了叙事进程。在这种叙事进程中，人物的性格、观念都会如剥洋葱一般得到层层展现。

到了王静芸家后，式其先跟守灵的人们打了圈麻将，输了点小钱，这才去找叶公路。他找叶公路作甚？大闹灵堂？旧账新算？为失去的那只耳朵复仇？都不是。我们看看钟求是怎样描述两个男人的相遇的：

> 他蹲了下去，跟圆脸挨得很近。圆脸不介意地说："你也烧几张吧，送送她。"式其从地上拣起一沓纸钱，认真地一张一

张往火苗里放。火苗起起伏伏，像是神秘的舞蹈。式其瞧着火苗，突然说："我叫式其。"圆脸没有听懂，不吭声。式其说："我是城西的式其。"圆脸愣了一下，身子挺直一些，目光很硬地递过来，又慢慢地收回去，说："要是在街上走，我认不得你了。"式其说："现在你蹲我跟前，我都认不得你了。"

这样，两个三十二年不曾谋面的仇家重逢了。他们重逢的地点有些奇特，是在王静芸的灵堂上。两个男人都老了，再也没有了年轻时的躁气和冲劲。他们一边烧着纸一边聊天。聊天的内容也很简单，丝毫没有我们想象中可能出现的相互嘲讽或暴力行为。

式其说了多年前跟王静芸的相遇，以及对王静芸的朦胧好感。那么叶公路也相信式其跟他老婆其实没有丝毫瓜葛。他还答应了式其的恳求，拿出王静芸的相册给式其看。

大家注意，在这里，钟求是显示了他高超的对俗世生活和人情世故的熟悉度和掌控力。

熟悉度源于观察的角度和对人心的体恤，掌控力则或是天然的，或是经过技术训练后形成的能力，这能力不仅关乎自我，更是关乎日常生活的各个细节。

如果小说到此，已经是篇很好的短篇小说，然而钟求是并不打算就此罢手，他继续推进着故事的进程，要让人物的性格在连续性的行动中得以全方位的塑造。这种人物的塑造，既要一层层递进，也要符合情感和心理的发展逻辑。

这时候叶公路对式其说：我还有话要说。咱们这会儿见面，得让静芸知道。我想了，咱们还得打一架。再跟你打一架，才能把事情了掉！好吧，两个老男人在灵堂上达成了共识：他们打算再打一架。不过他们都老了，胳膊腿都不利索，只能用嘴巴打架了，就像下盲棋一般。叶公路还是先"出手"，攻击式其下盘。式其还是用那招"封手抄喉"扼住叶公路的脖子。叶公路呢，跟三十二年前那般打法一样去打式其的腰，式其依旧用那招"经天落鸟"……两个人都"打"得筋疲力尽，互不服输。叶公路说，我的肉盘大了，你那招经天落鸟用不得了。

式其微微一愣，盯住对方的身形，盯了几秒钟，嘿嘿笑了。

他一笑，叶公路的脸也慢慢松掉，像卸下了一层累。

两个人面对面久久站着，似乎忘了此时已是午夜。

小说在这里戛然而止，我们都跟式其和叶公路一同站立在午夜里，慢慢地咀嚼着时光赐予我们的仁爱、仇恨、宽恕、无能为力，以及蝼蚁般的渺小。

可以说，主人公式其的性格正是在他的主动性行为中慢慢树立起来的，主动行为造成连续性事件，而连续性事件推动着小说的进程和叙事速度。

我们可以看到这样的一系列连续性事件：主人公听闻王静芸去世的消息——去街心公园闲坐——到王静芸灵堂——打麻将——找到王

静芸丈夫叶公路——两个人一起给王静芸烧纸——谈到往事——叶公路给式其看相册——叶公路提到在灵堂上再打一架——式其同意——盲打——和解。

式其这个人物的塑造，也是在作者制造矛盾、解决矛盾的过程中得以确立和完成的：式其被叶公路咬掉耳朵，成为仇家——多年不见，恩怨未解——式其为王静芸守灵，解决矛盾。

可以说，在小说里，矛盾的制造和解决，是凸显人物性格魅力的关键所在。

03　四种方式展现人物复杂内心

心理描写能够真实细腻地呈现人物的心理活动和路径，从而揭示人物的性格特点。通过多种方式的心理描写来展现人物复杂多变的内心世界，是刻画人物性格的重要手段之一。

心理描写常用的方法有：梦境幻觉、内心独白、叙述者旁白、表情暗示、感官感受等。

展现人物复杂内心，第一个方法是，运用梦境和幻觉，展现人物内心欲望和异常心理。

小说家是怎样运用梦境的？心理学家弗洛伊德认为，每一个梦都起源于第一种力量（欲望），但受到了第二种力量（意识）的防御和抵制。梦是愿望的满足。现实生活中，我们往往因为达不到预期的目标或理想，会不自觉地陷入焦虑状态。日有所思夜有所梦，梦是一个人与自己内心的真实对话，是向自己学习的过程，是另一次与自己息息相关的人生。在梦境中，我们常常具有超越现实的超能力，比如会像鸟儿一样飞翔，比如变成拯救他人、拯救世界的英雄，那些现实中难以实现的幻想，在梦境中往往成为事实。

可以说，我们内心的焦虑和欲望，往往会在梦境中得以相应的舒缓或发泄，而我们小时候遇到的难忘的事情，也经常在多年之后莫名闯入梦境，在重温的过程中，重新赋予它全新的意义。

小说家经常在小说中写到梦境，正是因为梦境能从侧面反映人物的心理活动和思想状态。无论是古典小说还是现当代小说，梦境都是揭示人物精神状态、展现人物内心隐秘欲望的一种常见方式，比如陀思妥耶夫斯基在《罪与罚》中对梦境的多次运用；有时候，梦境又是揭示小说人物未来命运的一种隐晦方式，跟人物的思维状态和愿望关系不大，比如《红楼梦》第五回"贾宝玉神游太虚境"，曹雪芹借助贾宝玉的梦境，暗示了金陵十二钗的命运。

我以自己的中篇小说《细嗓门》中的梦境为例，谈一谈梦境对展现人物心理和推动小说叙事的作用。《细嗓门》讲的是一个叫林红的女屠夫，没有事先通知自己的闺密岑红，就坐着火车去大同探望她。岑红恰巧出差，叮嘱自己的丈夫李永替她接待林红。李永跟林红也是老相识，他请林红吃饭，又安排她住在宾馆。

他们在吃饭的时候，李永透露了他可能要跟岑红离婚的消息。这个消息让林红异常震惊，她暗下决心，打算帮岑红铲除婚姻中的障碍，让他们和好如初。当晚，林红在宾馆里做了一个梦：

> 这天晚上林红睡得并不好，那只乌鸦又在梦里诞生了，或者说，这只粉红色的乌鸦，伴随着她从唐山一直飞到大同。无论是在唐山火车站的候车大厅小寐，在特快列车上迷糊，还是在旅馆温净的房间里貌似酣睡，那只乌鸦都在安静地冷眼望她。它油光水滑，踯躅着朝她踱来……林红醒了，醒了的林红将壁灯全部打开，艰难地喘着气。她快速奔到窗前，犹豫着拉开一角窗帘。相对于明晃晃的干冷的白天而言，她似乎更喜欢黑夜。

林红为何会梦到乌鸦？弗洛伊德认为，梦"显露的内容"都与近期的经验有关，"隐藏的内容"则与早期的童年经验有关。与近期经验相比，童年经验的影响要深刻得多。

小时候林红的父亲在大同当兵，她在军区大院的水塔下面，经常看到一只粉红色乌鸦。她一直是个很普通的女孩，但是她坚信自己是这个世界上唯一看到过粉红色乌鸦的女孩。可以说，这只有着神奇颜色的乌鸦象征着她内心深处最隐秘、最骄傲、最异质也最暧昧的那部分。

可在梦境中，这只乌鸦让她备感焦虑，它安静地冷眼看她，似乎在嘲讽她、观察她，让她几乎喘不过气来。那么，林红为何会做这样的梦呢？

原来，她的丈夫数次性侵她的妹妹，导致了妹妹堕落，林红没有勇气抗争，她的懦弱让丈夫更加嚣张。最后她忍无可忍，杀害并肢解了丈夫，抛尸荒野。她知道真相是遮掩不住的，等待她的肯定是牢狱之灾，在被捕之前，她打算去看望多年未见的闺密……杀人后的恐惧、不安、焦虑等情绪一直折磨着逃亡路上的林红，这让她神经兮兮，精神恍惚；另外一方面，李永即将和岑红离婚的消息勾起了她内心中的羞愧感，多年之前，岑红在新婚之夜喝醉，林红跟她一直有好感的李永有过肌肤之亲，这让她懊悔不已。此时梦境中的粉红色乌鸦，代表了她内心中最神秘、最纯洁的力量双重审判着她灵魂中的不堪与暴戾。

　　当然，加入这个梦境也是出于小说叙述方面的考量。小说刚刚展开，不可能把林红杀夫的真相和盘托出，加入这个古怪的梦境能从侧面为杀夫事件做一些叙事方面的铺垫，让小说更为缜密。

　　小说家又是怎样运用幻觉的呢？幻觉是一种主观体验，是一种比较严重的知觉障碍。由于感受逼真生动，常常引起愤怒、忧伤、惊恐、逃避等情绪。幻觉描写能很好地展现人物处于异常心理状态下的内心体验，已成为小说中挖掘人物心灵深处思想感情的有效方法之一。

　　鲁迅先生的《狂人日记》，幻觉描写得到了广泛的应用。在杰克·伦敦的《马丁·伊登》和本哈德·施林克的《朗读者》中，也有很经典的幻觉描写。

　　展现人物复杂内心，**第二个方法是，运用内心独白和叙述者旁**

白，展现人物内心多个层次。

什么是内心独白？内心独白是人物内心深处中的自语，是一种没有物理声音的思维画卷。这种手法往往打破了线性发展的结构，不受时空、空间、逻辑、因果关系的制约，常常出现时空的颠倒和跳跃。通过内心独白，往往形成一种多层次、多线条、多透视的立体结构。

内心独白是通过第一人称来叙述的。常见句型结构是，他想："我……"

什么是叙述者旁白呢？叙述者旁白就是以第三人称来叙述人物的内心独白。常见结构是"他想……"，内容基本上都是转述的。在当代小说中，叙述者旁白的使用比内心独白的使用更广泛。

美国作家福克纳的长篇小说《喧哗与骚动》中，有一个人物很特殊叫班吉，是个弱智的成年人，只有三岁孩子的智商，他分不清过去与现在，在他的内心独白中，往往是死人和活人交替出现，过去的事情和现在的事情顺序颠倒。

比如小说开头有这样的段落：

>我们顺着栅栏，走到花园的栅栏旁，我们的影子落在栅栏上，在栅栏上，我的影子比勒斯特的高。我们来到缺口那儿，从那里钻了过去。
>
>"等一等。"勒斯特说。"你又挂在钉子上了。你就不能好好地钻过去不让衣服挂在钉子上吗？"
>
>凯蒂把我的衣服从钉子上解下来，我们钻了过去。凯蒂说，

毛莱舅舅关照了，不要让任何人看见我们，咱们还是猫着腰吧。猫腰呀，班吉。像这样，懂吗？我们猫下了腰，穿过花园，花儿刮着我们，沙沙直响。地绷绷硬。我们又从栅栏上翻过去，几只猪在那儿嗅着闻着，发出了哼哼声。凯蒂说，我猜它们准是在伤心，因为它们的一个伙伴今儿个给宰了。地绷绷硬，是给翻掘过的，有一大块一大块土疙瘩。

上面的段落中，前两段讲述的是发生在1928年4月7日的事情：小仆人勒斯特带着班吉钻栅栏时，班吉的衣服被钩住。于是班吉发生了时间上的错觉，以为是自己跟姐姐凯蒂在钻栅栏。

而班吉跟着姐姐凯蒂钻栅栏的情景，其实发生在1900年12月23日，凯蒂带着他穿过栅栏，去给隔壁的帕特生太太送信，那封信是毛莱舅舅写给帕特生太太的情书。《喧哗与骚动》总共四章，第一章是以班吉的口吻叙述当天和从前发生的事情。这一章通篇都是混乱无序的。这种时间、空间、因果关系颠倒的内心独白和班吉的生理特点与心理特点是非常吻合的。

大家都说《喧哗和骚动》比较难读，我感觉主要是第一章的原因。

再举个例子，《恶魔驾到奥列霍沃》是一篇标准的战争小说，它的字数极短，意蕴却庞杂。有人称这是一篇"连海明威也写不出来的海明威风格的故事"。

在我看来，与其说《恶魔驾到奥列霍沃》是篇战争小说，不如说是篇心理小说，作者大卫·班尼奥夫的身份很有意思，他是名优秀的小说家，同时也是个著名的编剧。美剧《权力的游戏》，好莱坞电影《追风筝的人》《特洛伊》《X战警前传：金刚狼》《兄弟》都是他的编剧作品。

在这篇短篇小说中，班尼奥夫展现出来的小说技艺和人物心理方面的探索让人由衷钦佩。虽然美国式短篇小说由于整体性呈现出来的技术主义倾向被一些小说家诟病，但不得不承认，很多时候，短篇小说的确需要写作技术来支撑和拓展。

"恶魔驾到奥列霍沃"是俄罗斯车臣一带的民间传说。恶魔很孤独，想娶个新娘在地狱陪伴他，于是骑着巨大黑马，去人间一个叫奥列霍沃的地方，找一名叫阿米娜的少女。恶魔找到阿米娜的母亲，母亲看到恶魔的金币，马上同意将女儿嫁给他。恶魔杀了阿米娜的母亲，骑着马去河边找阿米娜。恶魔想跟阿米娜一起滑冰，脱靴子时露出了魔鬼的标志分趾蹄。聪明的阿米娜发现了魔鬼的身份，将他带到冰面塌陷的地方，将魔鬼淹死了。

这个故事，是一名老妇人讲给18岁的士兵莱克西的。老妇人和莱克西行走在冰天雪地的山谷里。莱克西手里有枪，老妇手里是把铁锹。

小说的故事背景是：2002年10月，数十名车臣武装分子在莫斯科杜布罗夫卡剧院将800名观众和演职人员劫为人质，130名人质不幸丧生，俄军随即在车臣展开了大规模军事行动。小说中，士兵莱克西跟他的两名伙伴——老兵尼古拉和苏尔科夫的任务，就是在车臣某地山谷里执行侦察任务。

在执行任务中,他们发现了一个没有逃跑的老妇人。为了防止老妇人向敌人通风报信,尼古拉命令莱克西找个地方枪决老妇人,再把她埋掉。老妇人伺机寻找逃跑的机会。她对莱克西说,等到了山脚,他们就看不到我们了,你就可以放了我……莱克西不为所动。

然后,老妇人给莱克西讲了个民间故事,恶魔来到奥列霍沃。

这时小说中有一段叙述者旁白:

> 莱克西记得那个情节,别和陌生人说话,这是个教训。他朝着山顶的方向望过去,大屋完全看不见了,如果他把老妇人放了,谁又会知道呢?可死里逃生的她一定会去找她的乡亲们,告诉他们三个俄国人霸占了她的房子,也许一场反击战就会爆发,莱克西被打死时便会清楚是自己一手导演了自己的这场宿命。

莱克西是个18岁的士兵,他单纯,幼稚,对战争的残酷性缺乏认识,从本质上来讲,他还是个羞涩的学生。在听老妇人讲故事时,他也在进行着激烈的内心斗争,屠杀一名手无寸铁的老妇人,对他来讲是件羞耻的事情。如果偷偷放了她,谁会知道呢?可是他和尼古拉、苏尔科夫肯定会有生命危险。就是在这种矛盾的心理状态下,他一边行走一边听老妇人继续讲故事。

这时有一段莱克西的内心独白:

> 还是把老妇人放了好了,莱克西心想,就让她走吧。反正天

黑之前她能找到一处栖身之所的可能性很小,我给她的只是一个机会,她也没有其他奢望。让她走掉就是一份慈悲。

年轻的莱克西不知道,战争一开始,地狱便打开。刚参军不久的他,便面临着生与死的选择,也面临着人性对他的考验。

如果他放走了老妇人,如何向尼古拉交代?他骗不了这个狡猾的老兵。而且放走俘虏,也会触犯军令。老妇人无疑看出了莱克西有颗懦弱与善良的心,作为人生阅历丰富的女人,她对人性的体察和了解肯定比莱克西要深刻,也更为刻薄。她把入侵者隐喻为魔鬼,而她就是那个机灵的阿米娜,在民间传说里,阿米娜诱导魔鬼溺亡,而她,只是想用言语将这个稚嫩的士兵迷惑,自己好趁机逃生。

可以说,这两处旁白——一处叙述者旁白,一处内心独白,极为精准地刻画了士兵莱克西丰富、矛盾的内心世界,将一个善良、涉世未深的士兵的形象勾勒了出来。

内心独白是最简单的心理描写。内心独白和叙述者旁白一般是小说中的人物在生活中忽然遇到困境和疑惑时,内心深处最坦诚、最真实的想法或闪念,这种想法或闪念往往能够暗示人物接下来的动作和行为。

我们要记住,描写内心独白时,所思所想一定要贴合人物性格。使用叙述者旁白时,则要注意人称代词的转化。很多小说初学者在叙事时往往会混淆人称代词。

展现人物复杂内心，第三种方法是，运用表情暗示，展现人物微妙心理反应。

以我的中篇小说《风中事》为例。《风中事》是一个小警察关鹏谈恋爱的故事。关鹏个人条件不错，帅气、有车有房，是公务员，可是在感情方面并不顺利。和前女友分手后，他有些颓丧，这时单位要举办合唱比赛，他是办公室工作人员，负责组织事宜，要请一名舞蹈教练，因此得以结识了大学老师段锦。

经过几次接触，他渐渐喜欢上了段锦，可段锦的反应有些讳莫如深，他摸不透段锦的心思。单位预演时，作为舞蹈教练的段锦也来了。关鹏的组织工作得到了副局长的认可，他很兴奋，这兴奋一方面是因为领导的表扬，另一方面是因为领导表扬他时，段锦在场。这是种微妙的心理反应。我是这么描写的：

> 关鹏忍不住得意地瞄了段锦一眼，不承想段锦也正拿眼风笼他。两人相视而笑，段锦还趁机眨了眨眼。她这个小动作不禁让关鹏浑身燥热起来。他抽空给她发了条短信，说：为了庆祝预演成功，我们去吃海鲜吧。不久便收到段锦的回话："好的，小警察。"

在这个场景中，我没有让关鹏有很多的言语和表达，只是让关鹏"忍不住得意地瞄了段锦一眼"。我觉得"瞄"这个面部表情，足以能够表达关鹏此时的所思所想。

"段锦也正拿眼风笼他"说明段锦对关鹏是很关注的,对他的职场表现是赞许的、认可的。"段锦还趁机眨了眨眼",则是一个富有潜台词的表情。以前段锦对关鹏不咸不淡,两个人的交往纯粹是出于工作需求,眨眼这个面部表情暗示了段锦的心理变化,因为只有内心对对方没有芥蒂、有亲近的念头时,一个女孩才会对一个男孩眨眼,否则,这个动作就有些轻佻,这与段锦端庄稳重的性格是不相符合的。从这次预演后,两个人开始正儿八经地谈恋爱。

怎样展现人物复杂内心,第四种方法是,运用感官感受,生动描摹人物心理状态。

感官感受包括视觉、听觉、嗅觉、味觉、触觉。

这里,我仍以《恶魔驾到奥列霍沃》为例。

> 莱克西倒在睡袋里,透过松树枝丫瞪着天空出神:半个月亮照亮着夜空,云的剪影时有时无地飘动。他蜷缩起身体,膝盖抵在胸口处保持着体温,每个被风吹过来打在面颊上的松针都会让他往回瑟缩。尼古拉又卷好了一支烟,耳朵边传来的是他吸烟的声音和苏尔科夫在睡梦中磨牙的动静。

这是莱克西在野外休息时的场景。这个简单的场景描写,包含了莱克西的视觉感受——透过松树枝丫瞪着天空出神:半个月亮照亮着夜空,云的剪影时有时无地飘动。包括莱克西的触觉感受——每个被风吹过来打在面颊上的松针都会让他往回瑟缩。也包括莱克西的听觉感受——尼古拉又卷好了一支烟，耳朵边传来的是他吸烟的声音和苏尔科夫在睡梦中磨牙的动静。

战争是残酷的。老兵尼古拉和苏尔科夫对他们此次侦察的目的很清楚，也深知他们随时有可能身处险境。俄国军人的尸体被四仰八叉地钉在电线杆上，割掉的生殖器被塞在他们自己的嘴里。在弗拉基高加索，士兵们被砍断的头会被扔在当地俄罗斯族人家门口的台阶上。

相较之下，主人公莱克西处于一种战争中的"懵懂状态"，他内心惶恐不安，可躺在睡袋里，还是忍不住去观察月亮，躲避松针，倾听尼古拉抽烟的声音。作者班尼奥夫用如此简单的场景，通过莱克西的各种感官感受，将他简单、宁静又时刻保持着警觉的心理状态描摹出来，可以说，这种感官感受既有主观体验，又有客观体验。

当老妇人给莱克西讲完恶魔的故事后，莱克西的感受是复杂的。他身上热了起来，他把枪放在地上，脱掉外套。这时作者班尼奥夫描写道：

> 太阳毒辣辣地烤在脸上，他能感觉到自己苍白的脸颊开始发烫。听着山野间的各种声响：对着乌鸦龇牙的狗的低吼声，乌鸦拍打翅膀的声音，流水声，松树枝丫断裂的声音。

这段是莱克西的一段听觉感受。

莱克西一直在纠缠是否放掉老妇人这件事情，在纠缠这个问题的过程中，他的潜意识一直在告诉他，放走老妇人是正确的选择。其实在莱克西放下枪脱掉外套的时候，老妇人已经趁机逃跑了，有意思的是，莱克西听到了狗的低吼声，听到了乌鸦拍打翅膀的声音，听到了松树枝丫断裂的声音，却没有听到老妇人的声音，按理说，老妇人跌跌跄跄在山谷里逃命的声音肯定比乌鸦拍翅膀的声音要明显，但是莱克西却没有听到。

莱克西为什么没有听到？因为他不想听到，他潜意识里屏蔽了老妇人逃跑时的声音。他在自我麻痹中进行了选择：刻意放走了老妇人。

可是不久，莱克西听到了口哨声。原来老兵尼古拉一直在跟踪监视他。过了一会儿，山谷里传来一声枪响。毫无疑问，是苏尔科夫枪毙了老妇人。尼古拉微笑着举起铲子，让莱克西去埋葬老妇人。

无数的细节铺陈、渲染、集结，所有的力量即将在残酷中拱出一抹明亮的霞光时，却忽而被黑暗吞噬了。

通过感官描写，班尼奥夫将士兵莱克西的心理描摹得极为纤细、透彻，甚至是惊心动魄。

徐则臣

作家
茅盾文学奖获得者

代表作
《跑步穿过中关村》
《如果大雪封门》
《耶路撒冷》
《北上》

嘉宾课　徐则臣：如何提高我们的写作能力

我从大一开始写小说，到现在已经是第24年了。这24年里，主要以写小说为主，同时也会写一些散文随笔。当然，因为一直在大学求学，还会写一些论文，但主要还是以写小说为主，所以聊的也是谈虚构写作。

这些年我写过一些长篇小说，可能有的朋友读过。比如《北上》《耶路撒冷》《王城如海》；还有一些中短篇小说，比如《跑步穿过中关村》《天上人间》《苍生》；像短篇小说《如果大雪封门》等等。这些作品因为获了一些奖，可能传播得相对广一点——获过茅盾文学奖、鲁迅文学奖、老舍文学奖等。这样一些奖，让这些作品更广泛地走入了读者，走入了民间。

怎样提高写作能力？

其实最重要的就是两个，一个是写作，一个是阅读；这两个问题是不可分的。但是为了把它讲得层次分明我还是把它分开来：

第一，从我个人的写作的经历入手，谈一谈在写作中训练所起到的作用。

第二，写作和阅读之间的关系。阅读对写作到底有多大的作用？两者之间深入的关系到底是什么？

第三，怎么样才能写出好的作品？

第四，继续谈一谈阅读。其实我特别愿意花更多的篇幅谈阅读，道理很简单，没有广博的阅读，就不可能写出好东西。作家毕飞宇说得非常直接，阅读是写作的母亲，写作是阅读的儿子。

我的写作经历：找到写作特色的四个维度

我开始写小说时是十八九岁，当时完全是出于爱好。其实早在高中的时候我就有过尝试，但是因为高考就放下了，没有真正尝到写作的滋味。

但后来进了大学，进了中文系，阅读和写作，阅读文学和文学写作就变成我的主业，或者说，是理所当然该干的事情。从那个时候，我觉得我应该当一个作家。然后就开始认认真真地，按照一个作家的要求，按我理解中的作家的要求，去阅读和写作了。在整个过程中也在一点一点地找写作的心得，阅读的心得。其实就是一句话，怎么样让自己写得越来越好，怎么样能让自己成为一个好的写作者，最终成为一个好的作家。

驱使一个人不懈地写作的动力，肯定是有很多。在不同阶段我们会都找出不同的写作的理由。比如说，最初真是因为喜欢，一个爱好对自己的一生到底有多重要，其实我们刚开始是意识不到的。真正开始写作，别人知道你会写能写，也许还能写好的时候，虚荣心，或者是对别人的一个交代，可能是促成你不断地精进写作技艺的动力。

再往后，当写作变成你的日常生活，变成你最重要的表达方式的时候，它可能就慢慢地成为你生命的一部分。

你要思考问题，要表达对这个世界的看法，要打发独处的那部分时间，寻求面对这个世界的方式的时候，写作就变得至关重要。

所以很多写作的人写着写着会说，除了写作别的我不会干了。不是写作让我们变得越来越不能自理，越来越低能，而是写作本身以及写作形成的思维方式，不断地充满我们的生活、覆盖我们的生活，最后我们无暇他顾，找不到更多的时间和精力去开发别的能力做别的事，写作几乎成为我们唯一的或者屈指可数的最重要的生活方式。

很多人说，写作最后变成我们生命的本能，变成我们生命本身，其实这样的说法一点都不夸张。

我的写作也经历了从无到有，从不会到会的这么一个过程。

对于写作，大家不要相信天才，鲁迅说过，天才的第一声啼哭也不是诗。我刚开始写作的时候，也觉得自己语言不行、结构不行、故事不行，表达的深度不够，别人不喜欢看。

我就在想，别的作家刚开始写作是不是也这样？我到图书馆去，找别的作家最早发表的作品。这么好的作家，小说写得这么好看的作家，最早的一些习作也并不是后来那么完美、那么优秀、那么面面俱到，那么有风格，有锋芒。

所以那些年，我就用很多大作家的成长经历来激励自己。

比如，寻找一种自己喜欢的那种语言；

比如，如何去练习编故事；

比如，如何尝试把自己觉得还挺有点意思的想法，通过形象的方式渗透到小说中；

比如，在作品中跟前辈作家、跟经典作品乃至跟身边的人达成一种对话关系；

比如，如何让作品能够呈现出我想要的那个味道、那个意蕴、那个感觉……

这些都要一点一点揣摩。

写作在很大程度上是一个手艺活，我们都知道《卖油翁》那篇古文。卖油翁技术很好，每次倒油一条线下来，直直地落入瓶中。"无他，唯手熟耳"。练多了，你就找到了方法，你就越来越有底气，你的动作就会越来越笃定，而不会慌里慌张、不会变形。

一个作家、一个写作者，如何在小说的四个基本面上，慢慢地找到属于自己的特色和表达方式？

首先，当然是语言。

文学是语言的艺术，如果语言不过关，文学作品肯定大打折扣，因为语言是文学最重要的、最外在的载体。就像绘画，它要有颜色、有线条；像音乐，它要有声音一样。语言是作家最根本的工具。

什么是好的语言？什么是自己的好的语言？

有的人以为，我写出来像鲁迅那样的语言，我写出来像马尔克斯那样的语言，我写出像钱锺书那样的语言，它就是好语言，就是我个人在语言上的成功，其实未必。

我最早特别喜欢钱锺书，就纯文学来说，第一个对我产生重大影响的作家是钱锺书。那个时候很小，觉得钱锺书特别智慧，特别幽默，特别喜欢他的语言，《围城》我能大段大段地背诵，所以我觉得，我这么喜欢这种语言，这种语言应该是适合我的。

很多年里，我的写作是在模仿钱锺书，让自己的语言有一股"钱味"，我的声音里有一股"钱腔调"。

但是写着写着我发现我跟钱锺书还是不太一样，我们的性格不太一样。这个时候发现自己更喜欢鲁迅，喜欢鲁迅语言里那种沉郁顿挫的、甚至佶屈聱牙的那种感觉、那种陌生感。有一段时间，我在极力地模仿鲁迅的语言，写着写着大家也觉得挺像的。

但是在这个时候我发现，每次要写东西的时候，我都在刻意用鲁迅式的语言写作。就像说话一样，每次站在台前，我都得用另外一种声音说话，得用谁谁谁的语言、谁谁谁的腔调说话。

意识到这个问题，我发现，鲁迅式的语言也不是完全适合我的。我们站到台前说的应该是非常自然、水到渠成、不加任何矫饰的张嘴就来的那种语言，那才是自己最本真的语言。**作家在写作的过程中非常重要的任务，就是寻找自己的声音。**

我写过一篇文章，题目叫《别用假嗓子说话》。很多人以为自己的语言、自己小说的呈现方式、自己的文字就是发自内心的，跟自己的内在是天然地贴合的，其实未必。你有可能是在借别人的腔调说话，一直活在别人的声音和语言的阴影里，跟自己是隔着的。

陈忠实先生有一句话，他说要寻找属于自己的句子。这个"属于自己的句子"就是跟自己的性格、跟自己的出身、跟自己的学养、跟自己最本质的那个东西，最贴合、最契合、最对应的一种语言。

这种语言一定要找出来，否则一辈子其实都是用别人的嗓子说话，一辈子用的都是假声。有的人写了十年、二十年，可能都没意识到自己用的是一个假声。

所以，年轻的朋友如果想写作，首先尽量地弄清楚：

我们的性格是什么？

我们需要什么？

我们的趣味和取向是什么？

鲁迅的语言当然好，钱锺书的语言当然也很好，张爱玲的语言也很好，但是好的东西未必就是适合我们的。而一个作家要形成自己的特色，在咱们的文学史、在咱们的文学创作中占有不可替代的一席之地，那他的声音也要区别于别人。

翻开我们的现代文学史，鲁迅的文章、张爱玲的文章、沈从文的文章、老舍的文章，即使把标题和作者遮蔽掉，只看说话的方式和语言风格，我们也很容易看出来是谁写的。因为他们的语言、他们的腔调、他们以文学的方式表达世界的方式，有非常强烈的辨识度。

年轻的写作者刚进入写作的时候，可以模仿，可以模仿得非常像，如果有能力，完全乱真都没有问题。但是我们不能一直乱真下去，不能一直戴着别人的帽子、打着别人的伞活在这个世界上。

语言之外，另一个很重要的问题是故事。

对于虚构作品来说，故事讲得怎么样，是衡量读者对作家、对作者和作品是否具有认同感的非常重要的标准。故事讲得不好，我们说这个小说、这个虚构作品失败了。故事讲得落入俗套，故事讲得特别简单，故事讲得特别恶俗，等等——都是故事的失败。

那么，怎么样才能讲出一个好故事？怎么样才能讲出一个曲折的故事？这其实是衡量一个小说家非常重要的标准。当年我读研究生的时候，我的导师曹文轩教授，跟我说过，一定要解决故事的问题，如果一个小说家不会讲故事，早晚会走入写作的瓶颈。不论我们有多么高深的、复杂的想法，它最终是需要借助于故事表达出来的。

固然，我们写小说可以直抒胸臆，像巴尔扎克、托尔斯泰那样，我们很多高深的结论、宏大的结论、抽象的想法，可以直接在作品里面说出来。但是在今天，在现代小说里，古典的、传统的现实主义写法，在作品里直抒议论的写法，现在是越来越少见了。

我们还是希望小说尽量减少说教的成分，即使有好的想法、想起到教化作用，也要通过故事、通过人物形象、通过言行、通过细节来向读者传达。这样，才能更加丰富，可展示的空间才会更大。否则当小说里充满抽象的结论，当你在写小说的过程中，其实已经在评价小说的时候，读者读到的可能就局限于你想表达的那一块，你已经妨碍了读者对你作品更开阔的理解和解读。对于一部尽量避免抽象的议论、结论性的东西的小说，读者反而会有更多阐释的空间。

大家都知道一句话，一千个读者有一千个哈姆雷特每一个人看《哈姆雷特》这部戏剧的时候，都能按照自己的理解阐释出一个新的不同的哈姆雷特。如果莎士比亚已经在作品里告诉你哈姆雷特就是一个什么样的人，他想写这部作品为了什么，他的想法框定住、固定住、狭隘化了，那么我们得到的可能也就是莎士比亚要表达的那个东西。而莎士比亚没有，因此我们完全可以从自己的角度进入《哈姆雷特》，得到属于自己的对《哈姆雷特》的理解。

那么故事到底怎么编？我个人有一个小的经验，我不知道对于其他的朋友合不合适。我刚开始写作，也觉得自己不会编故事，每次都觉得自己的故事很浅显，拐个弯小说就结束了，而别人的小说总是峰回路转、山路十八弯，看得曲折，跌宕起伏，特别好看。

怎么样把故事写得复杂？怎么样把故事写得符合逻辑、写得曲折动人？**当时我自己找了一个方法，每次写小说写到四分之三或者五分之四时停下来，然后去寻找不同的结尾**。每一个小说，我写五个结尾，即使这些小说都拥有共同的四分之三或者五分之四，但是他们最后成了不同的几个小说。

其中难度在于，从四分之三之后我们得有能力找出五条不同的道路，同时要使每一条道路从四分之三这个地方开始得非常自然、不生硬，符合故事人物性格等逻辑，这就极其考验作家的能力。

如果长时间这样练，每一个小说都能很好地解决，我觉得，一两年下来，故事的难题肯定能解决。我大概练了两年，现在我觉得如果仅仅就编故事而言，一个好作家一天编几个好故事肯定是没有问题的。

第三个问题就是技巧。

什么叫技巧？熟练之后可以一挥而就的，能够区别于其他人的，而且特别有效的方法，就是技巧。

两个卖油翁在一块，一个人很容易就把所有的油都倒到一个瓶子里，一点都不漏，他是有技巧的。另外一个人手哆哆嗦嗦，油垂下来的线条曲曲折折的，那它就是技巧不过关、不过硬。

所以，好的技巧是手要稳，线条要直，落点要精准，一点都不洒出来。这个技巧从一遍一遍的训练得来，最后得到了这样一种笃定的、稳定的、理直气壮的，而且落点十分精准的能力，它叫技巧。

我们过去有一句话说，舞千剑而后识器，操千曲而后晓声，其实说的就是这个道理。一千把剑你全试过了，最后才知道什么是好的武器、什么是适合你的武器。

过去习武，常说十八般武艺样样精通。肯定有人十八般武艺样精通，但是即使再精通，最后也只能选择一种武器。这种武器是最称手的，用起来效果最好，能够迅速地达到目的，才是最重要的。

操千曲而后晓声，弹过很多的曲子，终于知道音乐是一个什么东西，才能更好地创作它。这个技巧其实说虚很虚，说实也很实。

虚在哪里？虚在不同的作品、不同的细节、不同的场景、不同的故事中，所需要运用的技巧是不一样的。大家可以去看一看，找十部经典的小说，研究一下他们的开头，为什么如此地有所区别，而各有特色？就在于每个人进入小说都有他自身的技巧。

我们都知道《局外人》第一句："我的母亲死了。"

卡夫卡的《变形记》第一句是："一天早上，格里高尔·萨姆沙从不安的睡梦中醒来，发现自己躺在床上变成了一只巨大的甲虫。"

《百年孤独》："多年以后……"就是这样一个非常经典的句式。

如果深究就会发现，**开头的技巧，其实更多来源于作家看世界的方式**。在卡夫卡之前，我们认识的文学主要是传统古典形态的现实主义文学，比如托尔斯泰、雨果、巴尔扎克等作家。他们从来不会这样写，不会冒失地、突兀地上来就说一个人变成了甲虫。他会告诉你这个人是谁、为什么变成甲虫、变成甲虫的过程中出现了什么情况。巴尔扎克写伏盖公寓，就要把伏盖公寓360度无死角地写一遍，让你知道伏盖公寓是一个什么东西。

他们的写作中是一边写，一边解决悬念，而到卡夫卡这里，上来就制造悬念，一直在制造悬念，最重要的是不解决悬念。某个地方很突兀，后面就要解释清楚，卡夫卡不认为自己要承担这个责任。

比如他的《乡村医生》里，医生想走、需要一匹马，那匹马就来了。如果在现实主义的逻辑里，为什么想要一匹马，马就来了？这匹马跟你什么关系？你通过什么方式把它给召唤过来，通过意念吗？通过巫术吗？我们需要作家给出答案。

但是卡夫卡不管，不给答案，按照自己的逻辑去走。为什么到了卡夫卡，可以有这种逻辑，这种逻辑是怎么来的？他看待世界的方式为什么跟巴尔扎克、雨果、托尔斯泰有如此巨大的差别？

深究下去会，卡夫卡已经处在另外一个时代。这个时代是什么？就是一个现代的、一个工业文明的、一个体制的，能够不断地压迫人、挤压人、让人异化的时代。那个时代里，人跟体制、跟社会之间的关系，就是一枚鸡蛋跟一堵墙的关系。

同样在加缪的《局外人》中，为什么上来一句就是他的母亲死了，不是在昨天，可能就在前天或者什么时候？为什么能够如此冷酷地、简洁地、一点不带感情色彩地提起自己母亲去世的事儿？

在古典小说中，这是一个巨大事件，是一个非常悲情的事件。无论是作家还是普通人，叙述母亲去世都会饱含深情。但是在莫尔索这里，所有的情感都被过滤掉了，让你觉得，这是一个多么无情的儿子。

他为什么无情？为什么薄情寡义？继续往下看，就会发现莫尔索这个人真是对这个世界极其不耐烦，甚至对于活着本身也觉得索然无味。只有什么都不在乎的这样一个人，才有可能在提及母亲去世这件事时这么无动于衷。

而马尔克斯的那个经典开头，里面有好几种时态。把整个的小说所要呈现的时态，全部提纲挈领地给表达出来了。

以上这三个人，每个人都代表着一种文学的流派，甚至代表一个文学的时代。技巧看起来很简单、非常外在，但是一个作家采用什么样的技巧，最终形成什么样的技巧，跟他对这个世界的看法、跟他的三观有极大的关系。

小说还有第四部分，我一直称之为意蕴，也就是所谓的思想。

这个小说到底要表达什么？他写得如何，能不能以理服人或者让我们感受到别样的东西。我把思想称为意蕴，因为意蕴是一个大于思想的词。意蕴中不仅包含了抽象的思想，同时也包含了感性的我们能感受到，但是又说不出来的，只可意会不可言传的东西。

比如我们看到一个东西会说，哎呀，真漂亮，看起来总是让你有话说，但你又说不出来。那个东西其实就是意味。

意味怎么来的？其实是一种关系。几个东西放在一块，让你觉得有可说的，但又说不清楚的关系。意蕴既包括思想，也包括作品呈现出来意味，当然也包括作品所呈现出来的美。美不一定是好看，它也可能是让人们觉得难受的，但是又觉得特别有意味的形式。

在理解文学中的美的时候，我们不要把它简单理解为正向意义上的好看、美妙，它也可能是反向的丑、恶。审美中其实包括了审丑。

一个作品有意蕴，意味着什么？意味着我们不同的人看这个作品，能得到自己要得到的东西，也就是说这个小说可供阐释的空间是比较大的。

小说内部有奇异丛生的东西，就像刚才举的那个例子，一千个读者有一千个哈姆雷特。因为《哈姆雷特》有足够的意蕴，所以我们每个人才能够找一个点进入，然后获得自己要得到的那个东西。

有一个女作家叫陈染，有个作品题目叫《凡墙都是门》。一部好的小说，肯定要有门、有窗户，要进入这个房间，不经过门也可以经过窗户，但这个房间是有墙的，墙是进不去的。

但是更好的小说是什么呀？连墙都是门，就像崂山道士一样，想进去直接穿墙而入，看起来是墙，其实是门，好的小说应该做到这一点。陈染的题目我觉得特别好，可以用来解释小说的意蕴是什么，就是"凡墙都是门"。

写作的基础：阅读的三个阶段

其实语言、故事、技巧和意蕴的获得以及经营它们能力的提高，说到底都有一个共同的基础，就是阅读。

如果没有大量的阅读，我们可能根本不知道语言的世界有多么广阔，有多少种好的语言，到底好在哪里？独特性在哪？如果不知道这些好的语言，你可能就很难形成自己独特的语言。

条条大路通罗马。我们每个人去罗马，却只能找到自己的那条路，但是如果你不知道其他的路，自己走的这条路，你可能走得跟跟跄跄、心猿意马、三心二意，走得特别没有效率。

想对写作有充分的认识，必须展开大量的阅读，没有足够的文本、经典的作品打底子，文学是什么，好的语言是什么，好的故事、好的技巧、好的意蕴是什么？我们根本就不知道。

美食家之所以能成为美食家，是因为他们吃过很多东西，不仅吃好东西，也吃过很多坏东西。通过不断地试错、不断地甄别，最后才判断出哪些东西是真正的好、哪些东西是值得推广的，哪些东西是可珍惜的，不是大路货。我们都有这样的经验，每一个行当里面的人，看那个行当里的样品，一眼就能看出来它好在哪里，这就是内行看门道。是因为看了很多很多，最后终于看出了门道。

写作也是这样，没有大量的阅读，就不可能建立起对美的认识、对美的判断和标准。而这种阅读是终身的行为，跟写作并行的。

阅读在整个写作过程中，会有一个什么样的性质变化？

一开始阅读肯定就是兴趣。

我们喜欢看小说，不断地看、不断地看，看到最后自己也有了表达的欲望，认为这件事如果是我说出来可能比作者说的还好，慢慢地，自己就变成了一个写作者。这个时候的阅读，其实是一种没有特别大的功利性的，普泛的、兴趣式的阅读。

但随着写作进入了正道，要想把写作变得更好，那么这种阅读就具有针对性了。

我想解决什么问题？比如最近我的小说里面有战争场面。我没经历过战争，想去看一看，过去写战争写得比较经典的那些作品研究揣摩人家是怎么写的，如果你来写怎么样既写得精彩，又能区别于它们，既可信又独特。

再到后来，**对于一个作家来说，写作归根结底可能会变成阅读式写作**。什么叫阅读式写作？写作需要很多材料的、经验的、观点的支撑,我们必须通过他人的写作,通过一些前文本和潜文本,激发我们、照亮我们、唤醒我们。

我们有很多的记忆,但是它沉睡了,需要在阅读的过程中,通过一个字、一个词、一句话、一种表达方式,把沉睡的记忆唤醒。

我们想象力的展开,我们某一个思想的成熟和圆满,可能需要在阅读别人的作品中获得激活和完善。它们像灯光一样照亮了我们过去想得不是十分清楚的,还处在一片幽暗中的想法、细节、故事。

同时,从最基础的作用、最功能性的意义上来讲,阅读会给我们提供很多实实在在的素材和硬知识。

我们不可能占有所有的人类经验,而写作,恰恰是需要上穷碧落下黄泉,一切存在甚至不存在的东西都可能进入我们的作品。

这些知识,这些硬货,从哪里来?

比如写战争。战争的场面可以虚构,但是战争的武器、非常具体的武器,一把手枪有多重,一挺机关枪有多重,一颗炮弹有多重,得写得差不多——必须掌握它们最科学、最准确的一些硬知识。

所以,最终我们的写作可能是建立在大量阅读基础上的写作。

尤其作家进入中老年以后,活动的范围受到极大的限制,即使要做田野调查,有些地方可能也去不了。那么我们看不见的东西就不能写了吗?肯定还要写。

怎么办?就是阅读。过去一直说读万卷书、行万里路。还有一句话,阅人无数,因为小说最终要写的是人,不认识人、不理解人、不了解人,你就写不好人。不管是读万卷书、行万里路,还是阅人无数,说到底都是阅读。它最终给我们写作准备了一个丰富的武器库,让我们在写作的过程中像打仗一样,可以随手拿到我们希望的武器。

所以,如果要让写作长久地持续下去,那么我们必然要从事一种阅读式的写作。

古往今来有那么多的经典作品,有那么多的经典作家,我们的写作不仅要向他们学习经验,靠近他们,同时还要避开他们。

为什么要避开他们?人类的经验、人类的思维方式在很大程度上是趋同的。如果选择一条最方便的、最快捷的那条路,走着走着就走到那条人流如织、摩肩接踵的康庄大道上了,因为那条路最顺当。

而写作有时候恰恰需要离开大路,走出自己的一条羊肠小道,甚至是自己披荆斩棘、筚路蓝缕,只有自己能走、只有自己能走得通的一条前无古人的路。作家的独特性才能得到最大限度的彰显。

翻翻我们的文学史,一部经典、一个大师,他们之所以能够在文学史里面长存,不是因为他们写得跟我们一样,而是他们写得一人一个样,才有存在的价值和存在的必要。

写作训练的五种方法

写作分两个阶段。

第一个阶段就是写。

首先要写,不写什么都没有。很多朋友说,唉呀,我有一个很好的素材舍不得写,因为我现在还不具备特别好的写作能力,如果写砸了就浪费了。千万不要这么想。

写作不存在浪费，不写才是最大的浪费。写作从来都是这样，写完一个好素材，越写越熟练，越写越有心得以后，这个世界的好素材会源源不断地涌过来。现在的素材很好，以后的素材会更好，所以千万不要有这种想法。写了再说，写不好重写，写砸了也无所谓。

只有写了这个，才能遇到下一个，只有写了第二个，才能碰上第三个，否则我们就永远站在第一个面前，一辈子跟它较劲，最后一个字没写，一生过去了。

同时，要把自己写开了。什么叫写开？意思就是写到游刃有余，举一反三，水到渠成的程度。

很多小朋友写作文，没想到写什么，把腰杆挺直，像挤牙膏那样一点点挤，每一句都很简单，写了上句不知下句，这肯定不是写开了的状态。写开了是什么？会觉得话语源源不断地涌过来。这不是说拿起笔就开始胡写乱写，就跟话痨似的，不是这样。

写开了的状态也可能是写得很慢，可能是"吟安一个字，捻断数茎须"。写得特别艰难、特别慢，不是没的可写，而是要在写作的过程中做出选择。

同样一个意思有好几种表达方式，要选一种最好的、最满意的。写得慢不是因为没有词汇，而是为了选择最好的那个词汇，我们放慢了这个过程。

我想大家都有这个经验，在写日记的过程中，洋洋洒洒非常自如，无数意象、无数词语和句子、无数的想法纷至沓来，其实就是一个写开的状况，就是左右逢源、步步生莲的感觉。

写开了还不够，还要写好。

写好是什么？就是有能力写开了之后，进入一个更高的层次。就是形成自己的特色，形成自己的辨识度，找到自己的声音和腔调，找到独特的以文学的方式进入世界的路径。

很多人说，我刚开始写作，想着每一句话都有用、每一个词都包着大金牙，一看金光闪闪都是好词，叠床架屋似的那些好东西，其实大可不必。我一直主张，刚开始写，就要自由放松地写，不用管这句话好不好、有没有意思、经不经典，先让他说出来，写出来才是最重要的。就像一个水龙头，如果最初在打开它的时候，每次都想要很好地控制这股水流，每次都开到一半。固然能很好地控制水流，但是长时间下去这个水龙头锈了，等想把它打到最大的时候已经打不开了，它的水流永远这么小。

而如果一开始就把水龙头打到最大，让它自由地流淌、尽情地流淌、随心所欲地流淌，可能流出来的水一时半会无法控制，会在大地上到处漫流，可能会出现一些混乱、一些失控。但是即使大洪水，最后也会慢慢形成自己最科学的通道。

大水漫灌的结果是，假以时日它会在这个大地上找到自己的那一条通道。看看长江、黄河，从高原上一路下来，它有无数的支流，能走的地方它全走，最后还是慢慢形成了自己的通道，而这个通道，最后我们把它叫作长江和黄河，她会自己选择。

天下的道理都差不多，**在写作的过程中，我们一定要在开始时让自己写开了，写得百无禁忌**。所有的规律在形成之前都是没有规律的。而所有的事情在成长过程中会自己寻找规律，就像刚才说的大水漫灌，最后它依然会形成自己的主渠道，自我驯服，找到自己的方向的。

还有一个我们写作中经常遇到的问题，写不下去。

很多朋友跟我说，我也很想写，但就是写不下去，一篇文章我就是写不长。散文写1000字不得了了，要写到3000字，怎么使劲都弄不出来。我在中学的时候也有这种困扰，觉得一篇文章为什么写不长，但那个时候特别喜欢李敖，也喜欢余秋雨的散文。哎，我发现两个人的写作挺有意思。

李敖文章的一个很大的特色就是不断地援引各种资料。当然不是为了引而引，而是引必要的资料，那文章的长度一下子就长了。

而余秋雨的散文，一个很大的特点就是有很多细节。读过《文化苦旅》里面《道士塔》的朋友应该都能想到那散文的开头，敦煌的道士王圆箓，发现藏经卷的那个过程。

很多人肯定这么写：一天晚上，道士王圆箓发现了这敦煌的洞窟里、墙壁后面藏有很多经卷。一句话就打发了。

余秋雨怎么写？余秋雨把整个的场景形象化了。一篇文章，因为有细节，能够让你产生极深的印象。同时文章一下子拉长，就单纯功利的角度想，它的确目的是达到了增加字数的目的。

如果实实在在真的写不下去怎么办？有很多作家朋友，经常会留下烂尾楼，写不下去了，算了不写。换一个，又写不下去又扔掉，最后成了一堆烂尾楼的楼长。他们问我，你有没有烂尾楼？我说我没有，我不允许自己有烂尾楼。

为什么会有烂尾楼？大家不要觉得是因为这个故事讲不下去了。故事跟故事的确是不同的，但是写作不同的故事时，存在一个抽象的界限，就是讲到某个地方，你已经达不到它所需要的那个能力。

所以，作家有一栋烂尾楼，就有无数的烂尾楼。就像跳高一样，在北京这个高度你跳不过去，换到上海，这个高度你依然跳不过去。

怎么办？要逼着自己跳过去，即使你跳得很难看，跳得跌跌撞撞的，摔了一个大马趴，你都得尝试着跳过去。

写作就是必须硬写。"硬写"，很多人都认为它不是一个好词，但事实上有时候的确需要硬气。

我在写《耶路撒冷》的时候，因为篇幅比较大，在写作的过程中肯定会遇到很多问题，我写不下去了怎么办？扔掉吗？我已经写了30万字。剩下的东西我肯定不能扔掉。

我在案头放了一堆大长篇，都是50万字以上的。我随手翻，不是学习他们先进的写作经验、更好的写作技巧，而是挑毛病。《红楼梦》《铁皮鼓》《追忆似水年华》或者《静静的顿河》，在某些地方是不是还值得商榷，是不是可以处理得更好？

或者说，其实这个地方，作家已经写不下去了，但是他还是硬写下去了。很多名著在创作的过程同样遇到我们会遇到的问题，但是他们不让自己就此止步，继续走下去。

一部小说不可能每一个地方、每一环节都足够结实，都有足够的说服力，每一环节的逻辑都很强悍，要允许它存在某个虚弱的地方；任何一个人、任何一个事，都不能说从头到尾都经得起推敲，我想这是一个常识。

对待小说也是这样，不能求全责备，该跳过去就得跳过去，该硬闯就得闯。不是每一条从头到尾，都要优雅地走过去，有的地方可能就得跟跟跄跄、跌跌撞撞地过去。走不过去，接下来的路就永远走不完，所以写作的过程中，要及时调整自己的状态，要硬写。

硬写也未必就一定不好，有的时候只有在硬写的过程中，才能在非常有限的空间内、在极限的运动中发现自己的潜能。不把自己逼到死角，有些能力是激发不出来的。不逼着自己硬写，这个高度永远是过不去的。所以，硬写有时候反而成就了一部好作品。

另一个问题，遣词造句。

我们一直都在困惑，什么样的语言是最好的语言，形容词一大堆、叠床架屋的，甜蜜蜜的、金光闪闪的、散金碎银那样的语言是吗？肯定不是。无数的作家都说过，最好的语言就是准确的、洗练的语言。如果能够一语中的，就不要绕那么多的弯子，走直线、找线段。

但是有的时候，你又不能走直线，**该拐的弯你得拐，该绕的路你得绕。因为小说是包藏的艺术。**小说跟散文或者跟论文的区别是什么?

以俄罗斯套娃打比方,散文、论文是把套娃一层层打开,不断呈现,最后让读者发现,里面藏的是什么。

写小说是完全相反的过程,是把套娃一层一层合上的过程。通过不停合上、拧紧,把作家所要表达的那些东西一层一层藏进去。读者的阅读,又是把套娃一层层剥开的过程,你不仅要看最后一个套娃里面藏的那个东西,同时也在享受打开套娃的过程。

所以,小说里该拐的弯要拐,该绕的路要绕,该经营的复杂形式必须经营,否则有些东西是呈现不出来的。

作家固然要通过小说去回答问题,但更多的可能是提出问题。给不出答案不是作家本人智力有问题、能力不济,恰恰说明这个世界足够复杂,恰恰说明小说对这个世界的预言是有效的。

鲁迅说过一句话,大意是文学的功能就是揭出病痛引起疗救的注意:以作家敏锐的感知力,把可能出现的那些事物呈现出来,让读者、让专家在呈现出的故事中,再以专业的眼光发现问题。

在写作非常具体而微的一些部分,我们需要最简洁、最准确。在大的方面,有的时候需要迂回。但这个迂回不是啰唆也不是绕,迂回也是需要简洁准确的语言去做到的。

这就是说,即使我们经营着含混的、多义的、奇异丛生的细节、故事、意象、想法,它们如果分解下去,依然可以用最准确的语言实现每一个小的部分。

对词句的驱遣能力是需要大量训练的。

2010年，我在美国艾奥瓦大学参加国际写作计划，待了4个多月，这是全世界最有名的写作工作坊。是由聂华苓老师和他的先生保罗·安格尔创立的，也是世界上开设最早的写作工作坊。

当时有32个国家38名作家一起参加。那个时候是我开始对创意写作理解得比较深，比较彻底和透彻的一个时段。

我在写作工作坊的同时，还参加了他们的翻译工作坊。拿出我的一部小说，让翻译专业的学生们翻译，最后拿到课堂上讨论，针对这篇小说，每一个词、每一种表达方式用哪一个英语单词表达最合适。大家争论并综合了观点以后，最后形成一篇能够达成共识的译文。

整个讨论过程就是词句的推敲：为什么用这个词而不用那个词？为什么用这个表达方式不用那个表达方式？这是很有意思的。

我还见过另外一个创意写作的训练，训练小孩的。比如，老师规定今天要写1000个单词，一篇文章。只要求学生必须用100个名词、100个动词，其他就不管了。

如果这一关过了，接下来：今天要求1000字里面有150个名词、150个动词，只要这300个词目标实现了，其他就不管了。老师通过这样的加码——数量的增加，来锻炼学生对词的选择和运用。

有些写作的确需要天分，天分不够的人怎么训练可能都难以达到一流，但是有一些最基本的东西，还是可以通过训练习得的。

创意写作相当于什么呢？相当于爬山。有很多人是从山脚一点点往上爬，从山脚一直爬到山顶，那需要更多的体力，时间会很漫长。

但是有一些人是直接坐索道，花5分钟、10分钟直接到了半山腰。这个就有点像创意写作。

创意写作能够提供很多的有效方法，让你迅速地到达半山腰。虽然你比别人、从山脚下爬上来的那一群人要快，但是并不能说明你能最终成为最早的、最顺利的登顶者，这都不好说。

当山下的那一群人上来，跟你一块从半山腰往上爬的时候，就需要一些天赋。比如说，肺活量怎么样，体力如何，意志力怎么样，你是不是随随便便放弃的那种人，你的呼吸道如何。越往上爬，自然环境越恶劣，对人的体能、心智、意志的考验就越强烈。

这个时候就看谁的综合素质最好，谁能够率先登顶。

另外一个问题是修改。

很多人都问，需不需要修改？当然需要，这是毫无疑问的。天才的第一声啼哭不会是诗，天才的第一稿也不会是完美的一稿。虽然写作中永远不存在完美的东西，但我们仍然可以无限逼近它。

通过什么？就是修改。**而修改最好的方式是什么？我一直认为，修改的最好的方式就是删。**不停地删，今天删一遍，明天删不动，过几天再删，删到不能再删的时候，它可能就是最好的——你能力范围内最好的一部作品。

我们看待写作经常是这样：捡到篮里都是菜，舍不得。已经辛辛苦苦写出了的东西，每删一个字像割一块肉似的。但是好的小说必须经过删减，因为我们写作跟说话一样，听人说话的时候觉得，唉，这个人说话还挺简洁的，没有什么废字，但是如果录下来呈现成文字，就会发现还是有很多啰唆的地方，还是需要不断地删。

我建议大家写完一部作品，先放一放。一个星期以后再看，一边看一边删，删完了再放一个星期，拿出来再删，不停地删，不停地删，直到最后删不动了，好，可以出手了。

同时在删的过程中，也可以修改。对故事的形态，以及它所表达的那些东西进行调整。

比如，篇幅减少了，一句话能表达的东西，我们不能用三句话来表达。小说的密度、小说的节奏、小说的结构，甚至小说的一些基本的概念，在不断地压缩的过程中都要发生变化，这种压缩是必要的。

我们都知道物理有压强概念，每一个作家的写作就像作用于一定受力面积上的力一样，想在短期内一下子增大，可能性不大。但要想让小说的压强增大，改变不了力，却可以改变它的受力面积。受力面积是什么？就是篇幅。

所以一定要删，不要舍不得删。我个人认为，删减是写作最大的修改方式。

还有一个问题，如何经营细节。

小说其实就是一个细节接一个细节，用无数的细节、足够的细节，最后组合成一个好的小说。

纳博科夫说细节是上帝。没有一个好的小说家不看重细节的。好的小说家谈小说，很多时候谈的其实都是细节，不要看细节小，每一个小的细节都能体现出大的东西。

我想我们写小说都有这个经验,一部短篇小说,如果里面有三四个好的细节,就会对这个短篇小说特别有信心,觉得它成了、可以撑起来了。

举一个被人举过无数次的例子,鲁迅的小说《孔乙己》。老师肯定跟我们说过,《孔乙己》这个小说体现了什么什么,有什么微言大义,表达了什么重要的思想。但是这些东西现在我们都能回想得起来吗?可能不能。我们能回想起来的可能就是孔乙己的细节,比如:

用手走过来的;

在一帮短衣帮中,他就是一个长衫客,坚持要穿着破烂的长衫;

然后在柜台上排出九文大钱,那个"排"字,就是这个情态一下子呼之欲出;

还有那个"回"字有四种写法;

"多乎哉?不多也"。

我们现在能够记住的可能就是细节。因为它们最深入人心的。如果细节让人记不住,小说可能也就烟消云散了。所以好的小说一定要有细节、一定要有好的细节,这就要最准确、最精当地抓住**最有表现力的那一瞬间**。

人物的细节要抓什么?要抓语言。

既包括话语语言,也包括体态语言。把最有表现力的,跟个人的身份有独特对应性的细节给找出来。比如说《红楼梦》里面写凤姐,性格很豪爽、很外露,那么就是"未见其人先闻其声"。你不能想象这个事儿，会发生在林黛玉身上，林黛玉绝对不是这么张扬的、外露的一个人，也不能想象凤姐会像林黛玉那样整天哭哭啼啼的，或者最后患上肺结核。

这就是细节，典型人物的典型性格，决定了典型细节。细节一定要准确。准确的细节都是生动的，对象有一一对应的关系。写一个工人就像一个工人的样子，写一个农民就像一个农民的样子。

江苏有一位老作家叫高晓声，写过一部很有名的小说《陈奂生上城》。陈奂生是个农民到城里来，第一次享受到席梦思和沙发在上面跳来跳去。一个睡惯了席梦思的人，怎么可能会在床上跳来跳去，那不符合他的性格。一个人物的形象能够立起来，最终靠的是细节。

《静静的顿河》里面的阿克西妮亚和娜塔利亚，一个是格里高利的妻子，一个是格里高利的情人，这两个人物写得都极好。因为她们的性格特征差异，她们身上的细节完全不一样，你再想起阿克西妮亚的时候，想到的是一个泼辣的、真诚的、敢闯敢爱、敢爱敢恨的哥萨克女人。而娜塔利亚，她深爱自己的丈夫又忍辱负重，但到了最后，她不惜伤害自己来表达对丈夫的爱。即使在临死之前，她对自己的丈夫都没有我们通常认为该有的那种恨，还是对她儿子小声地说，不要恨你爸爸，要让他好好地待你，还让她儿子把她对丈夫的爱表达过去。

这就是完全不同的性格，通过细节表现出来，所以好的小说一定要有好的细节。

另外一个很重要的问题就是意蕴，或者意味。

英国有一个美学家叫克莱夫·贝尔，他说过一句话："美是有意味的形式。"意味是什么呢？其实就是事物之间的相互关系。

大家可能对装置艺术有所了解，知道有一件艺术品，就是一个男厕便斗，取名叫《泉》。

艺术家从一个杂货铺里面把这个小便池给买过来，在上面写了字，给它取了名字叫《泉》，然后签了一个日期，放到展览馆里，一下就变成一件非常重要的艺术品。如果一个便斗放在厕所里，那它就是一个便斗，它跟厕所的关系决定了它只能是便斗；但是如果这个便斗，写上了"泉"字，又签了一个日期，放在艺术展上的时候，便斗身份就发生了变化，它跟周围的环境、跟周围的作品之间的关系就发生了变化。

好的小说、好的故事，其实也是这样。

我们为什么说有的故事好细节好，是因为细节跟细节之间产生了某种让我们觉得特别有意味的联系，产生了某种意蕴和意义，最终决定了我们评价一部作品的价值。它包含人物和人物之间的关系、意象和意象之间的关系、细节和细节之间的关系、人与物之间的关系等。

有很多人，在写作时说，唉呀，我没有非常明确的想法，没有高深的思想，这个小说能不能写，能不能写好？完全可以。

即使没有特别明确的想法，**只要小说人物之间的关系、人和物之间的关系、物和物之间的关系、细节和细节之间的关系能够产生出某种意味，意蕴和意义就会自然地生成。**

我们会看到：某些作家本人未必有多高深的想法，但是作品足够复杂、经得起阐释，就因为他有一种能力，让他作品中的人物、人和物、细节和细节，包括结构本身形式本身，产生出某种意味。

从这个意义上说，有的时候作者少说话，反而可以以少胜多。有些作家老是担心读者理解不了他高深的想法，就在作品里面不断絮絮叨叨。一边写小说，一边在解释小说，这样反而可能坏了事儿。

而有些作家一声不吭，只是认认真真地讲故事，提供细节和人物。一个个丰沛的细节，构成一部非常结实的故事，而读者在理解这个故事、这篇小说的时候，反而能够获得更多的东西。

《静静的顿河》就是这样。肖洛霍夫唯一的责任就是讲好故事、贴切地把人的细节和故事讲出来，让故事本身去说话，而不是作家在说话。这个小说现在回头去看，能够感到非常强烈的故事力量，只有故事才能具备的力量。我建议大家如果没看过的，可以去看一看，如果看过的也可以再找来重读一下，感受这种故事的力量。

阅读的重要性：通过阅读提高写作能力

当年曹文轩老师跟我说，如果有十分时间，六分用来阅读，四分用来写作，他的意思就是和阅读的时间要远远大过写作的时间。

我是一个写作比较慢、产量也不大的作家，把这句话稍微做了调整：如果我有十分时间，六分用来阅读，三分用来生活，一分用来写作。

因为所有的写作最后都要落实到阅读式的写作，我们必须为自己写作的可持续发展早早地打下坚实的基础。

生活很重要，因为文学源于生活。但是有的时候，不是说有了生活你一定能写得好，没有生活一定写不出好作品。

比如说阿根廷作家博尔赫斯和土耳其作家帕慕克，后者是2006年获诺贝尔文学奖的作家。这两位作家，如果以我们对生活的标准来看，应该说生活比较贫乏。

博尔赫斯，早期是阿根廷图书馆馆长，到50岁因为家族的遗传病，眼睛瞎了，本身生活的范围就极其狭窄，后来又看不见了。他的阅读和写作都是通过口授、聆听来完成，你说他能有多少生活？但是这不妨碍他成为一个伟大的作家。

帕慕克是一个土耳其上流社会的公子哥，生活非常优渥，而且没怎么工作，一直待在家里面写作，活动范围也很小，但是他依然写出了伟大的小说。

那么，他怎样获得我们写作中需要的生活？其实很简单，就是阅读。阅读让他得到了承载生活第一线的那些写作者的经验和素材。他们有一种能力，把第二手、第三手乃至第四手的材料，转变为第一手的材料。莫言老师说，作家要有同化别人生活的能力，这个能力其实也是在不断地阅读和写作的过程中获得的。

说写作要写开，阅读其实也要读开。什么叫读开了？读多少才算读开了？

我们都见过中药铺，每一味中药放在一个小盒里、小格子里，或一个小抽屉里，这味药是当归，那个是黄芪，那个是蝉蜕，那个是桑叶，等等。对于老中医来说，他的眼里固然有每一个格子，但是在看病、他开方子的时候，所有的格子对他来说都是一个格子，他考虑的不仅仅是一味药，而是所有的药共同作用后产生的效果。

写作其实是一样的。每一个作家的素材库都是一个个小格子，但真正的写作则是动用所有的格子。这些格子采取什么比例、怎样搭配，需要在瞬间就完成思考。老中医，不可能再去查每一味药的性能、药与药之间的关系，再花时间配制。他会在一瞬间把药方开出来，在一瞬间把所有的药的性状、功效融会贯通。

阅读其实也是这样，如果我们没有老中医的能力，读一本书就是一本书，每一本书在一个格子里，读100本书、1000本书，那就是100个格子、1000个格子，而一旦读到融会贯通了，那1000个格子其实是1个格子，而1个格子也可能反过来是1000个格子。

但是，读多少才能让自己读开了？说实话我也不知道，谁都不知道。你只管读，但问耕耘不问收获，就像埋头赶路，一直闷着头走，突然一抬头发现天高地阔，那时你就做到融会贯通，就读开了。

所以，我们在阅读的过程中，与其为读多少焦虑，不如直接去读，只管读。读到一定程度以后，皇天不负有心人，你每读一本书就能想到无数本书，这个时候就是读开了。

有的时候，读一本好书不一定能获得最大的营养。如果有一定的阅读基础，读那些二流的三流的甚至坏书，获得的营养反而更大。

拿到一篇不好的文章，从看第一眼就不顺眼，那你就会想，如果是马尔克斯，他会取什么样的题目；如果是鲁迅、福克纳、莫言，他会取什么样的题目？

第一句话，你也会这么想，通篇读下来、读到一些细节的时候，你也会这么想，看起来读的是一本书，其实你已经在不停地比较、不停地对它的修正的过程中，已经读了很多本书。

从这个意义上来说，读一本好书，你可能接受的是一个人的好；而读一本坏书，或者读一本二流三流的书，在质疑、在批评、在校正的过程中，你可能已经读了很多人的书、很多本书。当然前提是你得有足够的阅读量，有能力去想到之前读过的那么多的书，到这一点，我想可能就实现了读开的目的。

讲师代表作

换肾记　任晓雯

前一日,梁真宝喝多了水。

妻子陈佩佩曾用一片口香糖哄他,"多嚼嚼,就不渴了"。他背着她,把口香糖粘在桌板底部,又跑去厨房,灌下两杯白开水。他感觉自己像个突然获释的重刑犯,不安与期待,胀住整个胸膛,须得放纵一下不可。

他捏着空水杯,感觉身体里的水,沿了胫股,汇至双脚。脚掌宛如胀满的皮囊,沉甸甸的,一摁一坑,久久不退。他用抹布擦干杯子,放回原处。拖着两条腿,坐到方桌前,戴起棉纱手套,挠挠身上的痒处。日渐灰黄的皮肤,像是覆了一层尿色。背部、腿臂、胸脯,长满小红疙瘩,一个都不能抓破。他挠得专心谨慎,仿佛从事什么精密工作。其间,他数次起身,把体重秤从大橱底下踢出来。陈佩佩闻声过来,给秤归了零,扶他站好,又跪在地上看刻度,"怎么涨了一斤"。

　　最难忍受的，是入暮时分。窗户对面的高楼，在金红色夕阳里，回光返照般亮起来，继而转淡，轮廓模糊，最终消匿于黑暗。梁真宝感觉自己将赴刑场。夜晚要来了，当他躺在床上，身体里的水分，会从脚底逆流而上，均匀摊平，仿佛他是一只被放倒的闷罐子。周身似有无数小虫蠕爬。他每次都叫醒妻子，诉苦、哭泣、咒骂，让她陪自己失眠。"我感觉马上要死了。"他会说。

　　这种时候，陈佩佩总要逼问，是否偷偷喝水了，或者吃了她藏在顶柜里的水果。他否认再三，又承认下来。陈佩佩拿指甲弹叩他的脑门，用教育儿童的口气说："快三十岁了，还管不住自己。"

　　"透析室的老刘，经常吃方便面，十几年过去，还好好的。"

　　"你的目标不是十几年，是四十年，五十年。只要坚持透析，保持良好生活习惯，不会有大问题。"她每次如此说，流利得犹如背书。他每次都像第一次听，捏牢她的手，说一句，摁一记。

　　听罢，他会说："有个肾就好了。"

　　"求求严素芬去。"

　　"求过了。"

　　"再去求求。"

　　话头便转到严素芬身上，说着说着骂起来。困到骂不动了，才作罢。

　　是夜，他们没有谈及严素芬。陈佩佩甚至不逼问丈夫，是否偷吃偷喝了，也不指责或安慰他。只说："熬一熬就好，明天就好。"

梁真宝在黑暗中点头，"明天就好了，明天肯定会好吧？"

"睡好了，就会好。"陈佩佩拉扯被子，调整姿势。

梁真宝意犹不尽，想多聊几句，"上个礼拜看到你吃橘子，香是香得来。我馋不过，偷吃两瓣。心悸了好几天，浑身没力道。不敢告诉你。"

"你以为我不晓得吗。买回来的东西，我都算过只数的。"

"真的假的呀。"

陈佩佩不答，旋而起了鼾。鼾声过分响亮，犹如一匹奔跑过后的马，在张着鼻孔喷气。他疑心她假睡，等了等。将被子堆给她，下床走去北房间。

梁真宝在房外站立片刻，打开一道门缝，探入脑袋。他闻到老年人气味，宛若隔夜肉食一般，微微腐朽的气味。没有鼾声，没有腹鸣声，甚至没有呼吸声。唯有一台老式"三五"座钟，咔嗒咔嗒，每秒都似有一把小铡刀落下。有那么一秒，梁真宝以为母亲不在房内。他经常梦见母亲消失，半夜惊醒了，便要过来张一张。

"妈，妈。"梁真宝轻唤，将门缝推大，又摸摸索索开了灯。床上无人，枕头歪斜，褥子凹出一个短小的人形。梁真宝捽住门框，又喊，"妈。"

"阿宝，"他听见母亲在身后，"我没有逃跑，我去厕所间了。"

梁真宝抹抹眼睛，扭过头去。

"我晓得你不放心，经常夜里厢过来监视我。"

"不是的，我半夜困不着，随便晃晃。"

"房门锁死了，能跑到哪里去。再不放心，用手铐铐牢我算了。"

"不怪我，不是我的意思。"

"阿宝阿宝，你是啥意思，我也拎得清。这许多日脚，你跟我讲过贴心话没有。永远是同一句话，翻来覆去千百遍。现在你满意了，总算不来烦我。"

过去三年多，梁真宝见了严素芬，便叨念："妈，我想要个肾。"口气仿佛在说，我要一个铅笔盒，或者，我要一个新手机。严素芬自小在每件事上满足他，除了这一件，"不行，我没有。""你有的，你有两个。""我会死掉的。"

有那么几次，梁真宝透析归来，双腿抽搐不已。严素芬用毛巾为他热敷，将他双腿搂在怀中按摩。陈佩佩道："妈，他只要一个肾。"严素芬涕泪齐流，"不行，我会死的。"

陈佩佩从网上打印了资料，论证人类少一个肾，照样活蹦乱跳。严素芬戴了老花镜，认真研读。梁真宝道："妈，我想要肾。"严素芬收拢眼镜，挂在围兜上，饺子皮似的招风耳，在脑袋两侧微微一颤，"我生你的辰光差点死掉，还想我为你死一次吗？"

"不会死的，怎么会死，"陈佩佩拿出自己的配型报告，插到婆婆面前，一页页地翻，"我跟你儿子没啥血缘关系，都想送他个肾，可惜老天爷不给机会。"严素芬咬了嘴唇，憋红了脖颈，面孔躲来躲去。陈佩佩睃她几眼，拍着那沓纸，跌足道："哪个当妈的有你自私，看到儿子吃苦头，不肯出手帮一帮。"她号得胸腔起回音，身体一抽一抽的。严素芬擦擦她飞溅过来的泪水，也哭起来。陈佩佩见状，反倒眼泪一收，抹了面，对丈夫道："你妈再不讲理，我就跟你离婚。"

梁真宝道："妈，佩佩要跟我离婚。"

严素芬道："她不会离的。结婚的辰光，梁家送过三十万礼金，他们陈家还不起。再说她的上海户口，还是我们给的呢。"

梁真宝嚅嚅嘴，不说话。

陈佩佩的眼睛，抽缩成倒三角："难道我是你家用钱买来的吗？上海户口了不起啊。老太婆，一只脚踏进棺材了，还越活越来劲。人总要死的，难道不死吗？真宝他爸怎就瞎眼娶了你，怪不得被你早早气死。真宝，你说是吧？"

梁真宝眼眶濡湿了，叹气道："我不晓得，我要死了。"拖着两只脚，走去卧室，关上门。门外，婆媳越发喧起来，一来一往，调门攀高，彼此碾压，在梁真宝耳中嗡成一片噪声。继而疲沓下来，趋于安静。有人打开电视机。电视里，又有男女争吵哭泣，间杂了哀乐似的插曲。厨房里砰一记，似有碗盏跌碎。哗啷啷挪动桌椅。梁真宝感觉有一道黑幕，垂落在自己与整个世界间。又仿佛自己退缩成了婴儿，所有响动听起来不可理喻。

约莫半年前，严素芬出走过，住去女儿家。陈佩佩携了梁真宝，上门将她讨要回来。严素芬对女儿说："他们想把我绑到医院，挖掉我的腰子，你也不肯救救我。"梁带娣说："你从来心里只有儿子，出了事体才想到我。或者你让一步，去医院做个检查，费用终归我来出。别太担心了，换肾是有讲究的，亲生的也未必配得上。你老住在我这里，不是个办法。我房间小，搭了折叠床，转身都没地方。"

严素芬哭一场，跟了儿子回家。等待检查的日子里，陈佩佩天天为她买鸽子。严素芬说胃口差，吃不下。

陈佩佩道："你不是最爱吃鸽子吗？常说一鸽胜九鸡。"

严素芬道："我又不是猪，喂得肥肥的，好送去杀了是吧！"

陈佩佩忍了火气，不与她争。严素芬半夜起床，摸到厨房，吃掉早已冷却的鸽子，喝光凝了油脂的汤，用草纸裹起筋骨皮杂，扔出窗户。翌日，她赶了早，到玉佛寺烧香求签。三次都是上上签。她定下心来。

检查过后，等了十五天。陈佩佩一早去领报告。严素芬在家看看电视，敲敲胆经，又温习广场舞。梁真宝道："妈，你晃来晃去，晃得我头昏。"

"啥人叫你看牢我，做你自己的事体去。"

"我能做啥事体。佩佩不许我打游戏，电脑手机都没收了。"

"好了好了，我也是心里烦躁，随便寻点事体做做。等一歇帮你揩身。"

"我不要，皮肤痒。"

"晓得你皮肤痒，我特地求了个中药方子，揩了就不痒了。"

"我没心情。"

"别瞎想八想了，老天爷会帮我们，我去庙里烧过香的。"

严素芬用苦参、防风、当归煎了水，往浴缸里灌。手机铃声响。她擦干手，往北房间去。梁真宝赶在她前面，吼道："快接快接，肯定是佩佩。"严素芬从五斗橱的第三格抽屉里，取出她的翻盖机，接了，听得那厢轻微啜泣。"佩佩吗？还在医院吗？报告哪能讲，没事的，好好讲，别太难过了。"

"妈，谢谢你，拜托你。"

"啥意思？"

"你能配上五个点。医生说，真宝以后排异反应会很小。喂喂，在听吗？让真宝接电话。"

梁真宝夺过电话，不及言说，哽咽起来。小夫妻对哭一响，梁真宝道："你快回来，打的回来，今朝不要舍不得钞票。"放下手机，不见了严素芬，便"妈，妈"地喊，到处找。

严素芬在卫生间，靠着浴缸，木木然盯住半缸淡黄的水。水面腾起一股子药味，熏得梁真宝打喷嚏。"我要去带娣家，"严素芬一字一顿道，"这里待不下去。"

梁真宝掩了卫生间的门，后背压住门板。

严素芬又道："国家法律规定了的，必须自愿捐肾，你们不能强迫我。"

"你不自愿吗，那干吗检查？花掉两万多块钱。"

"是你们逼我检查。"

"是你自己同意的。"

"我们两个都会死在手术台上。"

"不会的,我们找最好的医生。佩佩以前有个学生家长,是肾内科主任,留过洋的,全国有名。佩佩早就联系上,人家愿意帮忙。一直就只缺个肾。"

"我就晓得是陈佩佩。阿宝,别听她挑唆。很多人换了肾,反倒活不过一两年。我年纪也大了,身体里拿掉一件大家什,还哪能过日脚。你爸死得早,我养大你和带娣,吃了多少苦。好不容易熬出头,宝贝儿子却望我翘辫子。"

梁真宝无言以对,捂住后腰,缩矮下去,"我要死了,我要死了。"

严素芬撑几撑,站起来,想绕过儿子,去拉卫生间的门。左挪右让,绕不过去,便坐到马桶盖上,也捂住后腰。仿佛那里头的肾,已被拿走了似的。

母子对峙到陈佩佩回家。严素芬做好吵架准备。陈佩佩没有吵,冲进北房间,抄走严素芬的手机、存折、身份证、户口簿、房产证。严素芬揪她头发,抓她手,用两只松软的拳头捶她。陈佩佩将她推到床上,关了门,在球形门锁芯里,插一根拉直的回形针。拽了梁真宝回南房间。

梁真宝道:"你忒凶了吧,她毕竟是我妈。"

陈佩佩道:"是啊,你妈最亲。从你生了毛病,她出过多少力啦。就我整天围着你转,转到啥时候去。"

"佩佩,我晓得你受苦。以前我不懂事体,整天打游戏。以后身体好起来了,一定弥补你。帮你做家务,给你买漂亮衣服,和你去欧洲旅游。"

"我还要生个孩子。"

"那就生个女儿,更体贴父母。"

"我们年轻,生活没开始呢。不像那老太婆,啥都经历过,现在就是吃饭拉屎,天天等死。我早猜她会反悔。从不拜菩萨的,突然跑到玉佛寺。我才不怕呢,我去静安寺烧过三次香,还在功德箱里捐了五千块。静安寺比玉佛寺灵验,我又那么心诚,舍得花钱,菩萨肯定保佑我们。你看,果然配型配上了。"

"配上了也没用。"

"那就关着她,关到有用为止。"

"不大好吧,阿姐那里哪能交代。"

"梁带娣巴不得老太婆消失。老太婆每次找她,都是问她要钱。"

梁真宝不言语,坐到桌前,顾自搔起痒来。陈佩佩出去买了把链子锁,绕在自焊的铁门上。用蜡线串起钥匙,挂在脖颈里。这才拔了锁芯里的回形针,放出严素芬。

严素芬早已哭得满面发红,提了一袋替换衣裤,径直往外走。开防盗门,开铁门,见了链子锁,拉扯几下,对陈佩佩道:"啥意思,当我劳改犯吗?我要喊救命了。"

陈佩佩将她摔进屋,门一关:"死老太婆,没人救你。"

严素芬跑去阳台,喊"救命,救命"。楼下围了人,纷纷介往上张望。有邻居来敲门抱怨,陈佩佩道了歉,送几只土鸡蛋。

严素芬闹过一时辰,嗓子痛哑,便拿一把扫帚,在阳台上挥舞。

天色暗了，看客陆续散去。陈佩佩和梁真宝吃过晚餐。陈佩佩盛一碗饭菜，放到北房间。收拾过碗盏，给梁真宝服了叶酸片和乳酸亚铁片。正蹲在卫生间擦浴缸，听得外头砰砰响。跑出去，见严素芬把饭菜扔在客厅，还将电视机推下地来。陈佩佩将擦浴缸的抹布，甩在她脸上。严素芬扑来撕打。陈佩佩抓住她两只手，几欲将她提起。梁真宝站远了，劝道："好好说话，好好说话。"

有人按门铃，是个民警，"有群众反映，你家从早吵到晚"。陈佩佩抢在前头哭诉。梁真宝在旁垂了脸，哎呀呀叹气。民警说："这是当妈的不对，哪能不管儿子死活。小伙子真作孽，背也塌了，腰也弯了，缩了两只肩胛，好像七老八十岁。"严素芬嗄哑道："我的命不是命吗！"民警道："你已经老了。"严素芬吃瘪。陈佩佩给了民警一百元："麻烦师傅了，本想送你点香烟抽抽，家里也没备着，你自己买了抽吧。"民警笑了："以后有啥事体，直接寻我好喽。"

陈佩佩收拾了狼藉，打开电视机调试，见没有摔坏，便抱到南房间。又出门去，在楼里上下跑一遍，逐户打招呼："我家婆婆老年痴呆，吵到你们了，实在对不起。"

回了家，严素芬抵住铁门，不让她进。陈佩佩开锁推门，一掌将严素芬甩得趔趄，"就你这小身材，还想拗过我"。她故意放慢动作，将链子锁丁零当啷锁好，把钥匙挂回脖子上。

严素芬哭得满手鼻涕，躲进北房间，把门关严。陈佩佩帮梁真宝清洁了身体，扶他上床。说一晌话，将睡不睡的，听得脚步声。是严素芬进来，搦了把杀鱼剪刀，尖口压在手腕上，"你们逼我死，我就死给你们看"。

陈佩佩道:"死一个看看啊,算你有本事。"

严素芬一怔,又道:"我就死在这里。让警察抓你坐牢,让你房间里阴魂不散,再也不能住。"

陈佩佩被子一抖,躺下道:"少废话,要死快点死,别妨碍我睡觉。"

严素芬站在床尾,又闹了片刻,退出门去。

梁真宝道:"不要紧吧,她不会想不开吧。"

陈佩佩道:"她连肾都不肯捐,哪里肯死啊。"

梁真宝不说话了。稍后,仍不放心,走到北房间。隔着门板,听见严素芬的放屁声,跟吹长笛似的。"阿宝,是你吗?"她喊。他蹑足回了房,重新躺到床上。

严素芬安静下来。仿佛自知不敌,接受了现实。每次陈佩佩外出,她都盯住儿子唠叨:"阿宝,你是从我肚皮里出来的,我俩才是血连血的亲人。别理那陈佩佩,一门心思刮走我家财产。你想想,要是你我死在手术台上,我们的房子就落到她手里。她算盘啪啦啦,不要打得太快噢,逼我们做手术,又把房产证藏起来。还不如把房子过给带娣呢,带娣好歹也姓梁。"

梁真宝听不得,躲进卫生间。严素芬贴着门板说。他假装睡觉,她便站在床边说。一次,梁真宝道:"我在透析室认识个朋友,跟我差不多大,姓张。平常能说能笑的一人,前几日脑子出血,瞳孔都散了,鼻子出不得气,要插呼吸机。医生说是吃药透析十几年的并发症。他有个妹妹，配型配上了，婆家不准她捐肾。小张蛮作孽的，即使抢救回来，都成植物人，还不如死了好。你要不要看看他照片。叫张什么来着的，一下想不起来。"梁真宝作势从枕下取物。严素芬往后躲，"我不要看，不要看"。自此不与儿子多言。

逢到小夫妻出门透析，严素芬瞬即活络了，满屋兜转，搜寻钥匙、证件、财物。她打开大小柜子，逐样摸捏，还把折叠的衣服，一件件抽出来，摊开了，里外正反地检查。南房间大衣柜里，有只上锁的抽屉。她忌惮陈佩佩，迟迟不动。某日，忍不住了，用螺丝刀撬开。都是梁真宝的证件，学生证、毕业证、结婚证、绘画比赛奖状、职业培训证书……还有一本粘贴式相册。

严素芬捧在手里，逐页翻看。眼见梁真宝在照片里，一点点幼稚下去，面孔渐次圆短。童年的几张，是黑白的，边角发黄了。有一张是尚未去世的丈夫梁栋德，抱着两岁半的梁真宝。梁栋德头路三七分，面孔滴刮四方，像台电视机。两只女人样的吊梢眼，乜斜着严素芬。一件带帽滑雪衫，把他整个人鼓囊囊撑起来。她记得那时他已患病，衣服底下，肋骨毕显。梁真宝或是不喜父亲身上的药味，捏了小拳头，试图挣脱出去。他胸前的白饭兜，是三角形的，脑袋上头发根根直立，嘴边滋出一泡涎沫。

严素芬的食指肚，在照片上滑移。时而摁住梁栋德，时而摁住梁真宝。他们的面孔那么小，似要从她指间漏出去。不知多久，听得链子锁当啷响。她跳起来，把相册塞回抽屉，推几下，合不拢。身后起了呵斥声："进我们房间干吗！"陈佩佩的语气，仿佛老电影里的女八路说：别动，举起手来。

严素芬想从气焰上压倒她，挺了挺背。感觉有一脉筋，硬邦邦勒在肉里。无数说辞在脑中浮动，却都稍纵即逝，抓握不住。她转过身，见儿子儿媳一边一个，堵住房门。梁真宝缩着脖子，显得比陈佩佩还矮，面色像在太平间里冻过一晚。陈佩佩逼近严素芬："你偷什么了。"严素芬后退一步，脱口道："好吧好吧，我自愿了。"

梁真宝晓得，母亲只是一闪念。她几乎是被陈佩佩架着，一径办理亲属证明、协议公证、医院手续的。等待手术的三个月里，严素芬变得沉默。这是从没有过的。陈佩佩曾说："你妈是世间第一唠叨。有时真想抓一脬屎，塞在她嘴巴里。"现在她不再抱怨，每天为婆婆买鸽子。严素芬毫不客气，整只搛到碗里，咂咂地啃，嘶嘶地吮。

梁真宝成日躲在卧室，避免与母亲照面。她面皮紧绷的模样，足足老了十岁。手术日期将至，她又多话起来，总想逮住梁真宝诉说。梁真宝或应付几句，或假作不闻。仿佛她的话里有陷阱，稍不留神，就会被她套牢受死。

这个夜半，空气黏潮，灯光缟白。严素芬看起来，像一条即将消遁的影子，唯独剩了张嘴，不停开阖，变化形状，"阿宝阿宝，你是啥意思，我也拎得清。这许多日脚，你跟我讲过贴心话没有。永远是同一句话，翻来覆去千百遍。现在你满意了，总算不来烦我。"

梁真宝拖了两只胀水的脚，退往客厅。她跟过来，继续道："在你眼睛里，我不过是只活腰子。"他撇着头，无法集中精力回话。幸而陈佩佩冲出来，"明天都要住院的，还不睡觉"。拉了梁真宝回房。

陈佩佩为丈夫掖好被子，摸摸他额头，责备他不该乱走。梁真宝一夜无眠。天色微亮时，浅盹片刻，即被唤醒。他起床，称了体重，吃了鸡蛋红薯，坐了半小时马桶，又称了体重。陈佩佩为他备好饼干面包、替换衣裤。带刻度的水瓶，不多不少，灌100毫升白开水。又打开急救箱，数点退烧贴、血压计、电子体温计、红外线治疗仪，加添了酒精棉和一次性口罩。

陈佩佩帮梁真宝脱掉睡裤，检查大腿根部的透析导管，再帮他穿上阔腿裤。当她拿出长袖T恤，他咕哝道："这么热的天，还穿长袖。"乖乖地由她摆弄。经年的透析，使得他的手臂血管，犹如老树根一般，盘盘匝匝凸起。陈佩佩替他捋下袖管，理了理衣衽。

严素芬也装扮完毕。染过的头发往后梳成髻，掩住头顶一涡新白。又抹了头油，头发黏成一簇簇，贴住头皮。两只招风耳越发醒目了。她穿黄绿小花的乔其纱短袖衬衫。黑色牛奶丝跳舞长裤，裤缝镶了两道金边。脚上的磨砂皮船鞋，还是全新的，姜黄姜黄，鞋头有个小蝴蝶结。再戴上金耳环和珍珠项链。珍珠跟蔫掉的玉米粒似的，大小不一，凸凹错落，盘在细颈子上。

陈佩佩啊呀笑了："妈不是去住院的，是去跑亲戚的。"

严素芬道："最后一趟了，总要体面些。"

陈佩佩皱皱眉头，转问："给你煮的鸡蛋，怎么不吃。"

"现在不饿，等一歇饿了，路上找地方吃。"

"住院东西准备好了吗。"

严素芬提出一只尼龙购物袋，隔了袋壁，摸摸捏捏："牙刷、香皂、草纸，都拿了。"

梁真宝随了严素芬，站到走廊上。陈佩佩关灯、闭窗、检查煤气，各房间看一遍，解了链子锁，放在茶几上，这才出门来。三人一串地下楼。严素芬道："你们一前一后，押犯人吗！"陈佩佩讪讪不语，搀住梁真宝。严素芬沿了绿化带的边角走，尚未出小区，便喊起饿来。

陈佩佩道："面包吃不吃？"

"太干了，早上要吃点湿的，暖和的。"

"公交站那里有豆浆摊。"

"我要坐下来，安安稳稳地吃。"

"那路上看看。"

他们过了马路，坐公交车，在第三站下来换车。严素芬抱住街边梧桐树，说："我饿得前胸贴后背，要昏过去了。"

陈佩佩说："这里没有吃的，索性去医院附近吃。"

严素芬将那树搂得更紧了，反复道："我要饿昏了，我要饿昏了。"

梁真宝道："往前面走走吧，反正时间还早。"

陈佩佩叹口气，胳膊一挥："走吧。"

严素芬这才松手，顺了上街沿走。十字路口，有人施工，路面被一径翻开，围起黄色警示牌。严素芬道："做手术的辰光，我身上皮肉也是这样翻开吧。"无人搭理。

沿途的美发店、扦脚店、贴膜店、服装店、小吃店，统统没有开门。梁真宝越走越慢，张了嘴巴呼吸。陈佩佩道："妈，往回走吧，真宝吃不消了。"

"好像前面有家饭店，我看到了。"

"哪里？"

"那里。"严素芬随手一指。

走到她指的地方，是一家房产中介。严素芬故作吃惊道："哪能一桩事体，明明在这里的，老大一家餐馆。我以前来过的，二十四小时营业。"

陈佩佩咬紧嘴唇，鼻翼猛烈张翕。

梁真宝拍拍她手，轻声道："算了，小事体，依着她吧。"

严素芬继续往前。小夫妻跟住她。过两个路口，拐弯，总算发现一家。黄底红字招牌，写"刘阿婆小菜"。严素芬推店门，推不开，站在原地犹豫。店内身影晃动，一个花白头发的胖女人开了门，又返身进去。

严素芬回头嚷道："我说有一家的吧，哪能会记错。"头颈一缩，从塑料空调帘子间钻入。

店堂有十来平方米，摆放着四张方桌，八条板凳。严素芬选中靠里一桌，捻了捻桌面，挥赶几下苍蝇："老板娘呢？"胖女人从后头转出来。梁真宝夫妇也进门坐定。陈佩佩取了餐巾纸，为丈夫擦汗。

严素芬睃着墙上彩图菜单，大声说："我要梅菜扣肉。"

"肉还没买呢，啥人老清老早吃这个。"

"我平常也不吃的，今朝必须吃好点。等一歇到医院，啥都没得吃。老板娘，你晓得吧，我要做手术了，割一只腰子给儿子。看看，你们还有葱炒蚕豆，我三年没吃蚕豆。看到蚕豆，就想到腰子，心里不适意。"

陈佩佩道："妈，少说点，吃了就走。"

老板娘道："吃烧卖豆浆吧，早上不卖炒菜的。"

严素芬道："那来两笼烧卖，一份豆浆。帮忙开开空调，热死了。"

陈佩佩道："真宝会感冒的。"

"你们坐到门口头去，别对着吹就好。"

老板娘打开空调，回到后间。俄顷，端来食物，铺在桌上。又抱来小孙子，孵在空调边，看严素芬吃。

严素芬道："你是刘阿婆吗？真福气，抱孙子了。孙子叫啥啊？"

"叫洋洋。"

"哦哟，你叫洋洋啊，乖不乖啊，洋洋。"严素芬戳着筷头，朝孩子哇哇几声，把孩子逗哭了。这才心满意足，攥起烧卖来吃。一边吃，一边说话，糯米渣从嘴角里喷溅出来："刘阿姨啊，羡慕煞你。我儿子腰子坏掉了，不会生小囡了。我辛苦一辈子，从没做过坏事体，老天爷却让我断子绝孙。"

陈佩佩道："妈，我们赶时间。"

"不要催，急赤拉吼的，倒被你唬住。我问你，做啥要住院。住院费介么贵，又不能报销，白白里被斩一刀。明朝再去医院，直接做手术好喽。"

"真宝还要透析一次，医生指定今天住院。"

严素芬扭头对老板娘道："我儿子每个礼拜透析三趟，钞票刺刺叫出去。媳妇本来是小学老师。现在的小学老师，你晓得的，给学生子开开小灶，外快哗啦啦进来。她嫌忒辛苦，老师不当了，整天在家晃了两只手，啥都不做。治病开销都是我女儿来。"

梁真宝道："妈，佩佩是为了照顾我。"

陈佩佩道："跟她说什么，我做啥她都看不惯。"

严素芬恍若不闻，继续对老板娘道："我女儿忒辛苦了，一直相帮她阿弟。换个肾，三十多万块呢，她在外面借了债的。我都想把房子留给她。我有套两室一厅，在内环里，靠近地铁站。十几年前买的，老房子拆迁费，加上所有积蓄。算是送给儿子的婚房，也是我自己的养老本钿。"

老板娘道："房价涨得快，买房的都发财了。"

"发财有啥用，生不带来，死不带去。吃了一辈子苦头，早就想穿了。刘阿姨，你不晓得，我老公死得早，我为了两个小囡，再也没寻男人。又是屋里厢，又是厂里厢，忙得我两脚扛在肩胛上。我工作起来也是最卖力的，当年在翻砂车间，跟男同志做一样生活。每年评到三八红旗手。领导把我照片贴在厂门口，人进人出，全都看得到。厂长每趟开会表扬我，讲我觉悟高，凡事以集体为先，对国家贡献重大。阿宝，姆妈的光荣事迹，从没跟你讲过。你说啥人比我高尚，啥人有资格批评我。瞎掉你们的狗眼乌珠。我要算是自私，雷锋叔叔都不敢夸自己无私。我今朝要把腰子送给儿子了。我为了儿子，一条老命搭进去。"

老板娘搂紧孙子，不言语。

陈佩佩道："老板娘，我先结账。"

严素芬道："没吃完呢，急啥，我跟刘阿姨投缘，多啰唆几句。啥人晓得过了今朝，有没有明朝。我有个小姐妹，叫翠珍，老早厂里跟我最要好的，每年到桂林白相。女婿给她买包，巴巴里（即巴宝莉）的，还在桂林给她买了一套房。我本来想等儿子讨了老婆，有人照顾了，我就跟翠珍一道旅游。我从没去过桂林，桂林山水甲天下，我再也没机会去桂林了。"

"妈，你说这些，人家听了不舒服。"

"刘阿姨，你看看，这就是外地媳妇。没大没小，当了别人指责长辈，真是要不得。我跟我家阿宝讲，外地人看中你的房子户口，不是看中你的人。阿宝吃死爱死，不肯听，我也没办法。反正我两脚一蹬，一分洋钿都不会留给她。留给她做啥，她跟我啥关系。我一辈子为别人活，也没捞到个好。命苦啊，没人关心我，都不把我当人看……"严素芬哼哼唧唧，一口豆浆呛进喉咙。顿时又咳嗽，又喷嚏，鼻孔嘴巴齐射，搞得满桌涕泪浆沫。

老板娘怀中孩子又哭起来。老板娘道："先结账吧。"

陈佩佩结了账，赶着严素芬走。严素芬磨磨蹭蹭出店，又不肯动。

陈佩佩跺脚道："你到底想怎样。"

"我想先小个便，医院里脏，没法小便。"

"那你小在那棵树边。"

"有人看见。"

"哪有人。"

"我腰子不舒服，有点酸。刚刚吃豆浆时酸起来的。"

"少来。"

"手术钱能退吗，改天行不行。"

陈佩佩道："肏你妈，死老太婆，我忍了你一早上。"揸开手指来抓她。严素芬退开，将尼龙购物袋奋力甩向她，转身朝马路上跑。她跑起步来，仍像在走路。双脚磨着地面，往前拖滑。皮鞋在脚跟上一步一甩。微热的晨风卷过她，头发、衬衫、跳舞裤，都颤动回应，似要将她往风的方向上带。她果真顺了风向，斜斜跑到路当中。在浅灰沥青路面上，在黄白标线间，她的背影窄短，宛若中学生。陈佩佩走向她，仿佛高大自信的猫，走向一只老鼠。

有公交车驶来，陈佩佩停步等待。绵长的车身，遮挡了视线。她没有发现那辆奇瑞QQ，是何时冲过转角的。她听见梁真宝尖叫，便回头看他。又听见急刹车，便又循声转过脑袋。公交车过去了，严素芬趴手趴脚，俯在地上。奇瑞QQ僵在旁边，仿佛犹豫着，究竟倒车逃跑，还是往前补压一记。草绿色车身，贴满了卡通图案。它小得犹如玩具，不像是一辆能够撞人的真车。

空荡荡的路面，瞬间堆起了人。他们像是凭空从地底钻出来的。拎着小菜篮头，端着痰盂罐头，提着塑料面盆，牵着遛狗绳子，拿着蒲扇、茶缸、鸟笼，将严素芬层层包围。唯有一磨砂皮船鞋，逃脱看客的视线，飞在半米外，碾扁着，黄里沾了灰，像只破碎的肾。

金刚四拿　田耳

我好几年没见着罗四拿，罗代本也这样。他俩是一对父子关系，具体说，罗代本是老子，罗四拿就只好是儿子。

刚进腊月，村里先有一头猪掉进老蛙田那眼天坑，后有一只羊掉进孩儿坟后面的天坑。掉猪当晚，村里果然又死一人。羊是郭金宝家的，他儿子见羊掉进坑，赶紧跑回村大声叫唤，找人帮他找羊。天坑不是每个人都能下去，要找火焰高的人，他们肩有双灯，哪都敢走。

罗瞻先气息奄奄躺在床上，耳郭却罩得远，听见有人在说有羊掉进天坑了。过不多久，罗瞻先就发觉自己喘气变得浊重。他把罗代本叫来，说自己差不多了，要罗代本聚拢亲戚，给他接气，送他走最后一程。

罗代本当然要问他爹，那好，你先说说，为什么有这想法？

羊掉进天坑，必有人了命。罗瞻先喘着粗气说，算来算去，最该死的要算到我头上。

是算出来的，还是真有不舒服？

罗瞻先好好体会一番，肯定地说，真不行，今晚要走，有人在耳边叫我。

我们打狗坳有这风习，人在将死之际，所有亲戚朋友围着他，和他说道别的话，送他最后一程。这叫接气。罗代本倒不急着叫亲戚，前面罗瞻先也说过自己要死，亲戚朋友全叫来，他却又活过来。一次两次，虚惊一场，大家心里还欣喜；但事不过三，次数一多，亲戚朋友纷纷感到烦躁。罗代本打电话去叫，对方会问一句：这回真的要走？你肯定？

罗代本没法肯定，只好先找豁嘴老覃讨主意。

村里有几眼天坑，既深且陡，牲畜掉进去出不来，是凶事之兆。为什么是凶兆，只有豁嘴老覃知道。村里，每人都有专司的职事，老覃负责讲邪怪的事。你拎一壶米酒，去问他，就掉一只畜生进天坑，怎么有凶事？老覃只摆故事，你要不信，他再摆一个。只要不断往他碗里续酒，他就不断跟你讲，直到你背脊蹿起阵阵阴风，一个劲发凉。罗代本想问他，掉一只羊，和掉一头猪，凶险的程度是否一样？是否当天就死人？若非当天见效，前三后四死了谁就算应验，那岂不是扯淡？腊月正月，天寒地冻，不管有没有牲畜掉进天坑，也要隔三岔五地死人。

罗代本还没找到豁嘴老覃，四拿意外地将电话打来。四拿像传说中的游击队员，游击队打一枪换一个地方，四拿打一个电话换一张卡。一般情况下，罗代本也打不通四拿，只好等他打过来，而他一年难得打来几次。罗代本将情况讲给四拿，四拿不用歇下来想，眼一转就有主意，跟他爹说，你回去告诉爷爷，村里马冬奎的儿子在外面打工，出车祸死了，电话刚打回家。

这话怎么能乱说？马冬奎又没跟我家红过脸。

那就郭忠全家的儿子，反正都几年不回去。

郭忠全，你怎么能说他儿子？你妈没奶，你还喝过他婆娘的奶！

……随你便，那你想一个红过脸的，我也没吃过他家奶的，反正是要救人，再说爷爷迈不出门坎，不管说谁，他都不会去找人对证。

罗代本一想，虽然是损招，好歹也算一招，眼下没别的办法，不妨试试。又嘱咐四拿，你爷爷有一天没一天，你却好几年不回来。趁这次过年，回来看看他。四拿说，要回来，昨天半夜醒来，我心里说不来的酸楚，我想我是在思念故乡。

故乡？罗代本感到一阵牙酸，纠正说，是老家，是罗家垭打狗坳。

四拿的办法非常见效，罗代本跟罗瞻先讲有人抢着死，在外面打工出了车祸，罗瞻先就放了心，很快活过来。再过几天，四拿也真的回到打狗坳。那天我们正铺路，村级路已连上了乡级路，一辆中巴车开过来。四拿探出脑袋，戴一副变色镜。虽然变色镜严重遮住了脸，我更确定是他，他每次回来都要搞一些新标记。

四拿！我朝他招手。

村长在我身畔，抬眼看见四拿很高兴，说四拿你长高了哟。

四拿古怪地看他一眼说，村长，我坐着的。

村长说，来了就好，正缺人手。党的政策好，水泥都白给，我们只要有力的出力就行。你帮我们一块铺路。

四拿说，好的，我回去摆一摆东西就来。

我知道他不会来，这是明摆着的。他果真不来。村长还当他是几年前的四拿，我相信四拿比几年前有了更多见识，以及更远大的理想。

晚上四拿来找我，我备了酒，以及下酒菜，就在我家鱼塘边的茅棚。四拿老早就喜欢这地方，说这里可以当成我们一个据点。他走进来，我就看出他是要找我谈理想。果然，他抿一口酒，恨其不争地说，田拐，你一辈子待在打狗坳不出去，简直就是baotiantianwu！我听不明白，我认得的怪词没有认得的狗多。他又说了一遍，暴殄天物，就是说，你把自己浪费了。我说，哪有什么好浪费？我是个拐脚，出去谁也不会请我干活。他就说，天生拐脚必有用，有些事情肯定是专门为你这种拐脚准备的。我说，那当然，你是说打狗。我一条腿比另一条腿短八公分，天生如此，不怨爹娘，但我走路必须不断地下腰，狗见我就躲。

他喝两个二两五，就讲以前喝三个二两五才讲的话，比如一定把我带出去见世面，有钱一起花，有难他独当，诸如此类。他讲的这些话，我早已习惯，当耳边风。这么多年，他只要在村里，就总要找上我，跟我闲扯。他个矮，村长每次见他都夸他又长高了，可能是好心，但他听在耳里却有说不出的酸楚。一同玩大的一帮人，都比他高半个头，只有当我右脚撑地，走路下腰时，和他一般高，所以他和我特别有亲近感。我也一样，在打狗坳，我一旦晓得事，想挤进孩子堆一同玩耍，别人老是不要我，只有四拿不嫌弃我。我觉得我俩亲如兄弟，慢慢发现，他不一定这么看。比如，他夸我，老用一个词，忠心耿耿。我一开始真以为是夸我，后来觉得不对劲，什么叫忠心耿耿？查了词典，看了例句，这个词主要用在仆人和狗身上。我也不声张这些发现，直到那天，他自己憋不住讲了。

那时候他十六岁，我一样大小。那天我俩坐在油桐树上闲扯，我不惮于说出我的理想，进城，有间房，能上班下班。他嗤我一声，说他不但进城，还要干出点事业，雇几个城里人，长得有模有样。以后每年回打狗坳，都是前呼后拥，两个走前，两个走后，每人一身西装，戴墨镜，一只手自然下垂，一只手插进怀里……

我说，那是保镖。村里红事白事包夜场电影，经常放港产黑帮片。四拿这么一说，我分明有印象。

差不多是的。四拿也承认。说到这儿，他神思恍惚看向某处，看了许久，忽又将眼光拉回，定定地看我。我被他看得发毛。他说，田拐，我这个人日后一定会发达，你必须相信，我发达一定有你好处。我点点头，信他一回并不吃亏。

他又问，真的信是不？他逼视着我，要我当即表态。我只好重重地把头垂下，让他直视无碍看向我后脑壳。

好的，他说，那你给我磕一个头。

什么？

你真信我说的，就给我跪下。四拿不是开玩笑，脸绷得像皮筋一样紧，每个字用力吐出来。又说，以后我有钱，你就是我家总管，一辈子跟我过好日子。

我扑哧一笑，说跪就算了，不习惯。

他失望，喃喃地说，你这家伙，要来真的，就不肯信我。

又一次，大概七八年前，四拿从广东打来电话到南货铺，叫老虾米传唤我接。我去接，他便说，我这里有个职位，是部门经理。我认为你适合干这个。

为什么我适合？我都不知道是哪个部门的经理，具体要干什么。

你只管相信我。

我相信你，但我不认为我能当什么部门经理。

工资一个月四千起底。

吓死我了，赚这么多钱怎么花？

娶个老婆！

我学他的腔调：这实在是我人生规划之外的事情！

不要把我随便哪句话都当名言记下来！电话那头，他定然无奈地一笑。

他劝我有半小时，我反复跟他说有台水泵急修，他才想到结束。挂断前，他幽幽地说，你始终不肯信我。我能说什么呢？我对他的相信也只是点个头，而不是磕个头，心里有分寸。后来听说，本村和邻村有几个人被他拉到广东当部门经理，交了五千多块的保证金，干几个月没赚一分钱工资只好滚回来。滚回来的人，信誓旦旦地说，狗日的罗四拿，最好是不要回来。四年前，四拿回到打狗坳，那些人也没把他怎么样。他们邀成一群，找时间在四拿家里截住他。他便仰着脖子，别人只好勾着脖子，脸对脸，各自放了一通狠话。后面就无声无息了，见面照样打招呼，递纸烟。

那次他回来，我开始相信他已混成一条狠人，从外面学来一些狠劲。这种角色，哪天发达起来，还真不好说。

四拿回家两天，将铺盖再次卷成卷，来找我，要住进鱼塘边的茅棚。

又和你爹扯皮？

说来话长。他定睛看看我，又说，我要闭关一阵，想想以后的事。

我告诉他，我大爹从养老院例行回家过年，眼下也住那里。

没得事，我可以再开个地铺。大爹老熟人了，我们在一起正好搭伴。

他又住进我家茅棚。看样子，四拿还是当年的四拿。从前，他一旦和他爹扯皮倒毛，闹不痛快，就狗一样蜷进我家鱼塘边的茅棚，一睡一整天，躺在幽暗中，思考着一些别人无法想象的问题。以前我也陪他住茅棚，夏天一只一只地摁死花脚蚊，冬天拼命挤作一堆，听他逐一分析，附近几个村寨，哪个妹子尚有可能被我弄到手。

四拿要下榻我家茅棚，我在前面开路。走进去，是从光处进到暗处，里面的人先看清我们。大爹冲他喊，罗家老四？

他说，大爹，你老别来无恙？我看你像是回光返照，完全变年轻了嘛。

是四拿么？大爹眼神不差，但耳朵产生了怀疑。

大爹，你以前掉柴刀，都是我去帮你捡。

是四拿！

大爹以前喝醉，就拎一把柴刀往外跑，我爹在后头跟，看他搞什么名堂。大爹以前娶过一个生脑膜炎的女人，女人给他生过一个胖小孩。后来女人跌死，埋往后山；小孩夭折，埋在村东头那片孩儿坟。大爹是往村东走，要给死孩子坟头除草，除得寸草不留，把那坟包伺弄得像新埋成一样。但柴刀总是一次次掉落在那片孩儿坟，坟茔不大，坟头坟间，草却过于繁茂，挤成一团一团。柴刀掉进草窠，很难找见。也怪，别人都找不见大爹的刀，大爹只好叫四拿去，四拿一次次轻易找见。

我看得见一道刀光！

四拿喜欢把话往玄乎处讲，表情也配合得极到位。村里人公认，豁嘴老覃走后，指定是四拿接班。

次日听人说，四拿这次回来，又和他爹闹了一场严重的不痛快。以前他俩父子扯皮，事由摆上台面，村人各有倾向（小小的打狗坳，评理是最基本的集体生活），有说四拿脑子缺根筋，找不痛快，也有人偏说，罗代本也够古板。比如一次，四拿把头发染黑，也惹他生气。四拿原本一头黄棕头发，看上去像染的，所以染黑，想让人以为他没染发。罗代本在村口嚷嚷半天，说小孩不学好，染完头发就会往身上文鬼脑壳,然后拖一把马刀街面上砍人。大家就劝,四拿还没有一把马刀长,不会干那种事。这次两父子扯皮,舆论难得地一边倒,都骂四拿不是东西,出去几年变了坏种。

这次,罗代本替人杀猪时将这事捅出来:这小杂毛,出去跑几年江湖,自以为有口才,回到家,当着面,想说服他爷爷,反正是死,不如早点死。

……那怎么行呢?所有听说的人都义愤填膺,打狗坳和别的地方一样,坏种总是层出不穷,但也没见谁干这大逆不道的事。

我进到茅棚,四拿心情不错,正跟大爹讲自己见闻,天南海北的事,还扯到叙利亚和伊拉克,仿佛都去转过。大爹兴致高,他一直不喜欢看电视,不相信《新闻联播》的主持人,只信乡里乡亲讲亲身的经历。

我等四拿歇气,问他,你真的劝你爷爷早点死?

四拿冷静地看着我,问,我爹到底怎么说的?我就跟他学起来。我嗓门老气,学年轻人学不好,学他们的爹讲话,学谁像谁。四拿听后只是冷笑,跟我们说,原话不是这样,我爹最喜欢诬陷我,你们又不是不知道。

那你怎么说?大爹愿闻其详,四拿讲什么他都有兴趣。

我只是跟他说,看样子去不去也就最近的事情,不如趁着过年跨出这一步。过年大家都回家,一个打狗坳还凑得齐八大金刚给他抬棺。要是正月十五一过,年轻人都出门,他再死,就只好用郭小毛的拖拉机拖走。我知道,这几年村里有谁死去,都用郭小毛的拖拉机拖。四拿又说，郭小毛的拖拉机，以前拖猪拖狗，现在拖人。我们都是人生父母养，父母死了，应该众人抬着，走最后一段路。

四拿话讲得铿锵，理也占得稳，我却忽然记起来，四拿很早的理想，就是成为村里八大金刚之一。

每个村都必须挑出八条汉子，是为八大金刚，专管抬死人。年轻人都想加入其中，八大金刚，就是一个村庄的颜面。死了人，丧堂上，八大金刚挤满一张八仙桌，好酒好肉伺候。别村的人来吊唁，免不了往这边瞟一眼，心里想，这村的八大金刚比我们村威风，或者是，这个村要凑八个人，都紧巴。很小，四拿便羡慕八大金刚吃酒吃肉，顾盼自雄的样子。这些壮汉，一喝酒就拼上了，喝到半夜，第二天一早抬人，却不耽误。时辰一到，道士就发令：四大天王各守一方！四大天王并不现身，道士煞有介事，大家也相信，云里雾里的四大天王可不敢怠慢。道士又喝一声：八大金刚各在其位！八条汉子即刻动手，一条龙骨，两根横杠，四根抬扛，麻利地榫接在一起。抬扛压住肩头，为首的金刚吆一声，嗨呀，众人就齐声回，嗬呀。那棺材就稳稳升起。

只十来岁，四拿就想当金刚，为这他还发狠地练身体，挑柴比别人霸得蛮，十五岁能挑一百三十斤，上山下坡，走了十里地，几乎瘫倒，心里得意。他还主动跟我说，田拐，你砍的柴我帮你挑。他是要让肌肉长横实，那时开始，就把自己一点一点变成金刚。但没想，光有力气不行，身体一打横，就不往上长个。当他确认自己是条汉子，就去找八大金刚为首的石榜打商量。榜大叔，我来跟你混，也当一条金刚。我晓得,郭万才腿脚有风,抬棺用不上力。对此你有什么看法?四拿攒钱买了好烟,整条地送,搞关系。石榜掂了掂烟,仿佛好烟比差烟压秤。他说,八大金刚不赚钱,抬人基本上白抬。四拿赶紧说,我那份以后都孝敬你。

没问题,你这家伙心眼子开窍。但要干这事,我对你有个小要求。

你说你说。

那我就说啦!石榜把烟扔回,这才说,等你再长高一个脑壳,可以来找我。

劝爷爷早死,经四拿一说,也有理由。但说来说去,这事情显然是有,并非罗代本诬陷。大爹在一旁听完,也要表明个态度,就说,四拿,这就是你不对。有些事情能劝,有些不能劝,虽然罗瞻先随时会死,但你不能推一把。不推是他自己死,推了就变成你害死的。是不是这个道理?

四拿说,人活着,要讲活得长久,但也要讲活的质量,要活得好。

在我看来,活得长久就是活得好!大爹也是打狗坳一张利嘴。

大爹,你能代表一部分人,甚至绝大多数人的看法,但是,死了没人抬,扔在拖拉机上拖走,总不是你愿意看到的吧?

活得长短,跟死后用车拖还是用人抬,是两回事。

你想到死后是用车拖着走,还有什么心情活个长久?

他俩拌起嘴,我只好主持大局,岔开了问四拿:是你自己想着当一回金刚吧?

他没否认,还跟我说,要是我家死人,八大金刚我来凑,钱开双份,由我打头,由我喊号。

但你个头……你要抬棺,别的金刚跟你不搭调

这个问题,早就解决。现在有一种鞋,叫增高鞋,它可以拉平所有人的身高差距。

我说我知道,女的穿叫高跟鞋,男的穿叫增高鞋。

两回事嘛,他坚决反驳,严厉地告诫我,增高鞋就是增高鞋。

那年大年初三,有陌生女人跑进打狗坳,逢人就问罗四拿家住哪儿。大家纷纷指方向,还下意识瞟了瞟女人的肚皮。女人长相不赖,个头比村里女人都高,比罗四拿高半头。这种事,当然是重要话题。听人说,女人在罗家歇两晚,最后是被四拿撵走的。罗代本大骂罗四拿脑子进水,女人自己找上门,若是谈婚论"价",她家就不好意思高喊高要。再说这个女人,一看就是好劳力。

我和她感情不和!四拿这么跟他爹解释,而且,现在我心思也不在这上面!

你有什么资格讲感情不和?你又不是城里人,又没上大学读书。罗代本认定自己迟早要被这条崽搞疯掉,痛心地说,你那心思,是不是还想着你爷爷几时死?

所以年初三四拿又跑去茅棚找我大爹喝酒,把我叫去。我并没拒绝,这几天他事务繁忙,没空理我,现在正好问一问那女人的事。这

么个须尾俱全，看似愿意白贴给他的女人，竟然不要，说明他在外面还认得更好的女人。要知道，当年窝在打狗坳，他跟我一样，相亲回回不中，瞄准了目标靶靶零环，每次拽着自己身影，灰溜溜滚回家。

……其实是个概率问题。

概率？你说说。我好歹也读完高中，知道概率怎么回事，想听听，四拿怎么拿它跟女人扯上关系。他拿以前的事打比方，譬如有一阵，他帮着我打周边村庄女人的主意，看我这拐脚能不能娶上媳妇。经他周密策划，那事情还是落了空。为什么落了空？四拿说，你想想，周围四乡八村，看上去跟你有苗头的女人，顶多也就十来个。你就这么多选项，这个不答应，那个也不答应，你的好事就到头。如果你出去走一走，混一混，会撞到多少选项？我跟你说，你出去，就会碰上整个中国的女人。那是多大概率？百货中百客，别说你是拐脚，就算你断了两只脚，也会撞上一个死心塌地跟你过日子的女人。

为什么？

为什么？大多数女人喜欢钱财。没关系，总有些女人，偏就喜欢励志。

我能励什么志？

跟一个拐脚过日子，竟还过得下去，就特别励志，特别激发人的成就感。

四拿能说，我跟不上他思路。

那年过年，四拿爷爷又挨过一道年关，我家大爹，却觉得自己身体不行。本来他还到处能走，见山能爬，遇水能涉，但年初四那天，大爹在村口转了几圈，就躺进茅棚不肯动，要我给他送饭。我想叫人把他背回家，他不肯，跟我说他有了预感，鱼塘边的茅棚是他最后的归宿。

怎么觉得自己就不行了？见他饭量丝毫不减，我难免有疑问。

我怕活不过年初七！大爹答非所问。

年初七？七不出门八不归，年初七以前，出外务工的人都还待在打狗坳。我明白了，问他，大爹，你是不是想死了有人抬你上山？

大爹竟嘿嘿一笑。我这一下又猜对了。四拿这次回家，没有做通他爷爷的工作，却无心插柳柳成荫，把我大爹说服，要死趁早，有人抬上山。我这才意识到，让他俩同住茅棚，日夜长谈，是巨大错误。四拿能说，大爹并不容易被人说服，按说不会中招。但四拿出去晃荡，毕竟多有见识。见识这东西，对付没见识的人，往往管用。在我岔神的一会儿工夫，大爹把饭菜吃净，还意犹未尽抹了抹嘴。他哪是一个要死的人？我坚信大爹只是中了四拿的蛊惑，好在我有爹，他一定能除蛊解惑。大爹年纪虽大，毕竟长期靠我爹照应，所以晓得看谁脸色。我爹赶到后就把大爹训斥一顿：你还好意思当我哥？你身体明明一点问题没有，来了管吃管喝，还有睡处，去了有关饷的地方（养老院一个月还有百把块钱补助），怎么好意思想到死你说。你对得起党和国家的好政策，对得起养老院对你的养育之恩？一通抢白，党国组织全扯上，在气势上就摧枯拉朽。大爹只好缩着脑袋认错。

还想不想死？

瞎说说。

死也是瞎说说？我爹趁热打铁，说，你再好好活个几十年。你刚过七十，身体好好的，该硬的地方都硬邦邦。我们也不是守旧的人，养老院男男女女一大堆，有合适的老婆子再找一个，也不是不可以。

我，我注意一下。

少和四拿这种人来往，他出去几年，搞不定入了邪教。

我也补充说，大爹，要珍惜生命，远离四拿。

你们才是我亲人。大爹目光炯炯，向我们保证，四拿再来，我叫他想死的话自己先死，缺人抬棺我算一个。

我爹放下心来，冲大爹交代，过完元宵，准时去养老院报到。

说来也怪，过了元宵大爹没走，不是不肯走，脚软，躺床上下不了地，嘴还呻吟，一声长一声短，那韵律，装是装不出来。我去给他送饭，看那气色一点点地垮，赶紧叫车拖到县医院，请医生给他看。医生按部就班，望闻问切听，测压测糖，验血验便，浑身筛查，都没问题。医生就说，怕是老病。

这显然在大爹意料之中，听完松口气并嘱咐我，你把四拿盯紧，看着他别出远门。

他跟你下药了？

他答应过的，我死了，会找一帮人抬我上山。

我说，大爹，你死了管他什么事？这事他要不承认，我能怎么办？

我相信他，他跟我打过保证。

打保证？谁反悔谁是狗？

不要那么说人家，你不信我信。

回了村，我去找四拿，没想他还窝在家里没有外出。我把大爹的意思转达给他，提醒他要认账。他淡淡地说，好的，最近我不会离开，有些问题我必须在这里想明白。不离开当然好，同时我也请他不要去茅棚。他离开打狗坳，大爹心里不托底，说不定死得快；同样，他要是再去茅棚，给大爹加油打气，估计大爹也没几天活头。可以说，四拿好比一眼茅坑，近不得，离不得。

我等着四拿问一句为什么不要去茅棚，我会跟他拿茅坑打比，这厮没问。

那以后大爹一直没见好转，过了正月开始在床上抽风。把他抬回家，我和我爹轮班看护，但阻止不了他日薄西山的架势。我时刻去盯四拿，看他走了没有，回来就劝大爹安心，四拿虽然不讲人话，但还干人事，说不走就不走。大爹翻翻白眼，说他等着当一回金刚。

我并不看好这样的事，金刚要凑足八个，村里年轻人以及中年壮汉元宵之前都已走光，剩下老弱病残孕，据说还有代孕，都不是当金刚的料。邻村估计也好不到哪儿去，只要能走动的，都不好意思留在家里。以目前这状况，一个乡镇凑足八大金刚，都不容易。

过了清明，挨近谷雨，大爹真就死掉。记得那天艳阳高照，一个孤老离开人世，并没有激起悲悲戚戚的心情。我没去找四拿，这不关他事，虽然他跟大爹打过保证，但并没立字据打欠条。四拿自己找上门来，主动帮着料理后事。

灵堂打理好，我拉他到一边，说看样子你是说话算话的人。

你不要操心，金刚由我去找。他马上知道我要说什么。

这不是开玩笑。

我几时和你开过玩笑？他瞪我一眼，甩开我，又去放鞭炮。

道士看了日子，要摆五天，才等到吉日，好上山。坟地也选好，村东头棋盘坳，和那片孩子坟对山相望，爷俩好互有照应。村马路距坟地三百米，拖拉机爬坡厉害，可把棺材拖到墓穴旁边。车屁股朝向墓穴停稳，直接放绳垂棺，就像一种排泄，非常省事。大爹想有人抬着上山，四拿也答应帮他找人，但这事不能指望四拿。当然，若四拿真就找来了人，不妨当作意外的好事。四拿每天来灵堂，见缝插针地找事做，就想显得自己最卖力，但没见他提找金刚的事。我跟他开过一次口，不好再提醒。好在有罗代本，他找个场合，人不多，但有也两三个相熟的做旁证，所以这番话就传到我耳里。

人已经走两天了——你答应找人抬棺，他才走得这么急。罗代本说，现在这事你办到哪一步，电话总要打一打吧？

这个你不要操心。

我不想操心，可是恰好我是你爹。你抬抬屁股就走人，我还要在打狗坳活下半辈子。

我什么地方让你没脸做人？

八大金刚，你凑足一条腿了不？

既然你要操心，索性再教教我，怎么把人凑齐？

怎么凑齐？好的……罗代本掐起了手指，拇指是石榜，食指是郭宝海，中指是罗长平……以前的八大金刚，进城打零工有四五个，要打电话趁早，约好了，他们才能及时赶来。

四拿却说，打电话不是问题，价格谈到多少合适？

你自己想办法。你答应人家的时候，这些都应该想清楚。四拿，讲出的话就是欠下的账，怎么还，你自己考虑清楚。

我是负责找人，贴钱我可贴不起。

你这叫赖皮！

四拿一笑，只说，话别说早。经他爹提醒，他很快来找我，以及我爹，开口仍是叫我们不必担心，自打娘胎出来，他一直坚持用嘴说话，而不是用屁股。又说，村里原来的八大金刚，都是好劳力，现在城里打零工，有力气的一天赚三四百，再加误工费，来回车费，伙食，一个人少说要算到六七百块。一个六七百，是六七百，八个六七百，那就是五千多。而且，要是一个一个打电话，他们就容易自以为是，自抬身价，给他六七百，还摆出救苦救难雪中送炭的模样，花了钱，还欠下人情，摆明是亏本买卖……

我大概听出来，他讲一大堆，无非是三加二减五的意思。那些把话讲得很漂亮的人，你就怕他嘴里突然蹦出个"但是"。

我爹也不笨，索性问，你到底想说什么？

你们还是误会了，依我的经验，有些事，人越多的场合越能办成，因为有气氛，甚至是气场。这么说有点专业，我一下子没法跟你们讲透。而我，参加过三四千人的大会，那种激动人心的场面，我的妈，不管谁有资格站在中间讲话，只要不磕巴，都会得到热烈的响应，你想不自我感觉良好，想不要飘飘欲仙，都办不到！四拿说着说着，竟然进入回忆状态，忘了我们存在。

这跟找人抬棺有什么关系？我爹还是听不出来，我也是。

我是说……找抬棺的人，用不着一个一个请。这种事，好比买东西，拆零了买就贵，要打批发，批得越多越便宜。

哪里有八大金刚打批发？

话就只能说到这里了，说得太明白，效果可能打折扣。我只想问，灵堂哪时候人最多？

上山前一天晚上。

谁都知道，上山前一天的晚上，有一场最大的法事，到时道士打绕棺，唱通夜丧堂。以前，哪里道士丧堂唱得好，邻村有人找过来听。现在只怕人聚得不多，光有道士闹不起来，有钱人家还请一台草台班的晚会，唱歌跳舞小品，搞怪逗笑，极尽粗鄙之能事，都在上山前一天的晚上。

四拿又说，等道士打绕棺搞完，会吃宵夜，那时候人最多。你们只要稍微配合我，吃宵夜时支一张门板……不，要支两张，在整个灵堂最显眼的地方。

说来奇怪，上山前一天晚上，那餐宵夜，是让人记忆深刻的东西。

当晚，要将祭羊宰杀。祭羊白天牵去坟地，将一块土皮上的草啃净，晚上就杀它，毛燎尽，再用巨大的刀斧开膛。肉还热得烫，血还往外滋，就有一帮妇人快刀片成薄片，放进沸腾的酸汤锅，煮成汤粉的浇头。粉丝也要现榨，浇上一瓢酸汤羊肉，那种异香……我们一致认为，《舌尖上的中国》不拍酸汤羊肉粉，简直徒有虚名！

大爹停灵的第四天，也就是上山前一天，四拿没有现面。我爹联系好了拖拉机，那拖拉机前轮小后轮大，前轮是抓手后轮是推手，简直专门用来爬坡。道士打绕棺时，人果然来得不多，快到宵夜的点，就陆续赶来。熟人见面互开玩笑。这个说，你来得正是时候啊。那个说，想不来，行吗？眼睛躲得了，鼻头躲不了。

我端一盆切好的羊肉往那边赶，大锅下的柴爿子燃得噼啪作响。这当口，四拿又冒出来，肩上扛一捆短杠，一手拎着一个白胶壶，能装25斤酒的那号。他问我，门板支好没有。

就等你来，马上就支好。

不急，我还要折回去，还有两壶酒，一起提来。

这么多酒？

算好的，二十来条人，一条人三斤，应是差不多。

门板是很有用的东西，有时候摆死人，有时候当饭桌，有时候遮住自己以防丢人现眼。这大有用处之物，家家都有，我支一张是长条桌，支起两张就成方桌。我爹又将瓦数最大的灯泡拉在上面，晃人眼目。我放眼四周，已来了不少人，有的坐着吃，有的偏就蹲着吃，都在吃酸汤羊肉粉，吸溜汤粉的声音绵密厚实，经久不绝。现在碗小，一碗装二两粉丝，村里男人少说要吃三四碗。打狗坳最高纪录是十七碗，纪录保持者是……今晚躺进棺材那位。吃粉时，有人又提起这个，引发一阵唏嘘。

四拿走进人群，拍拍这个，叫叫那个，拉了一二十人围住那两块门板，一起喝酒。拧开壶盖，喝起来酒味比啤酒还淡，甜味却浓，更像饮料。其实，这叫"神仙酒"，用糯米和拐枣酿成，还加话梅，加杂花蜜，加姜丝，放进大竹筒子煮热。喝着浑不觉，喝到一定时候就像被人下了蒙汗药，叫一声"倒也"，你就倒。有的色鬼，就喜欢拿神仙酒去弄女人。而现在，四拿拿来这么多神仙酒，吓不着围上来的二十多个男人。他们当然都被神仙酒放翻过，心里却不肯信，这水一样的酒，真的放翻了我？不信邪，那好，再试一次。

酒喝开以后，有人就问，四拿，你不是答应说要请人抬田黑苗（我大爹）上山的嘛。怎么一个金刚都还没现身？有人跟着说，和活人开开玩笑，不能跟死人开玩笑，死者为大，要有报应。

我不骗田大爹，答应的事一定办到。四拿吸溜一口粉丝喝一口酒，显然也饿得不轻。又说，金刚我都请到了。

接下来，自然有人要问，在哪里？

四拿一脸神秘兮兮，将围桌的人都瞟了一圈，喝酒的就放下碗，知道四拿又要讲怪谈玄。豁嘴老覃几时也挤过来，扯起耳朵，想听四拿能讲出什么新花样。

真的请到了，这是档大事，开玩笑明天就落雷劈死哟。四拿又嘬一大口，说不要急的，金刚即使请到，也不是说来就来，他们那叫"现身"。要想他们现身，总要有些套路，总要敬些礼数。

怎样的礼数？心急的，自然还追问。四拿已得豁嘴老覃真传，知道如何一点一点吊起别人胃口。又说，酒喝完，我立马请金刚现身，让你们看个仔细。

桌上摆开下酒菜，有的再去要米粉，用米粉下酒。大几十斤水酒，不紧不慢地喝，也用不了多长时间。喝完，半数有了状态，有的开始说胡话，有的两两抱一起，抱得很紧，也有个别开始溜桌子。

有人还能记事，冲四拿说，四拿，少耍花样。酒壶把把都空了，你再不叫金刚现身，我们就捉着你打油槌。

……已经现身了。四拿嘬着最后一口。

众人面面相觑，愈加糊涂，又问，在哪儿，在哪儿？四拿，今天这番话兜不圆，小心田黑苗半夜带你一起走。

这不都看见了嘛。四拿嘿嘿哈哈，指指这个，又指指那个。

明白过来的人，有的冷笑，有的嚷嚷。这玩笑有些离谱。这一桌男人，大都是半劳力。八大金刚哪是随便凑得出来，棺材不是谁都有资格去抬。但是，四拿有种当这么多人开玩笑，又能把他怎么样？别的人不痛不痒说几句，便要忙别的事，罗代本认定自己今天又挂不住脸了。生出这样的儿子，他只好一次又一次挂不住脸。他摆出要发作的模样，冲四拿说，你有种，你今天敢在这里开玩笑！这里面哪个有金刚的体质？

我们都是金刚。四拿蛮有把握地说，为什么一定要是八大金刚？为什么不能是十六个？要找十六个人抬棺，我们个个都有资格！

十六个？

找八个找不出，就十六个，两个抵以前一个金刚，我看没问题。他又指指我，田拐都可以当金刚。我有一种鞋，他一穿两只拐脚就能变得一样长。他都可以是金刚。

噢，是的，抬棺的人越多，级别越高。最先呼应的，是豁嘴老覃，没准是四拿找好的托。他还说，两个人抬是滑竿，四个人抬是花轿，八个人抬是大官坐的官轿，十六个人抬，我看是以前皇帝才有的资格。

是的，不能等了。四拿什么时候站了起来，又把别的站着的人吆喝着坐下，只他一人站，这才继续往下说。不能等了，要是老去等八大金刚，我们每个人都只好被车子，被拖拉机像拖死狗一样拖走。人生父母养，生下来是被人迎接，走的人也应该被大家手把手送走。

他喘喘气，旁边的人递烟，燃上。他狠狠地说，今天你不抬人家，明天也没人抬你。我们每个人，都必须是金刚。

场面上没了声音，每个人的表情都有些凝滞，想着、感受着，在自己死后，有人抬或是被拖拉机拖走，这滋味有多少差别。

稍后，有人问，怎么抬？

问得好！四拿早就等着有这一问，他掏出一根短棍，说这是一根杠。他比画着：龙骨一根，棺材就平行吊在龙骨下面；横杠垂直于龙骨，前后各一根；以前的抬杠四根，左右垂直于两根横杠。而现在，他又弄出八根短杠，前后垂直于四根抬杠。每根短杠各两个人抬，正好十六人。

这两天我一直在琢磨，怎么弄才抬着舒服，是加四根抬扛，还是在抬杠上面再加短杠。想来想去，在四根抬扛上加八根短杠，无疑是最省事的办法。

这是很简单的设计，大多数人明白，有个别人偏要说，四拿你再讲一遍。

好的,讲是讲不清楚,现在大家都站起来。四拿退后几步,走到较空旷的地方,手一挥。喝酒的人即使摇摇晃晃,都随着他手势往那边走去。四拿见已开始掌控局面,又下了个指令,要所有人按高矮秩序排好。

有的人嘻嘻哈哈,郭麻子就说,罗四拿,你还捉着我们搞军训?

谁和你开玩笑?郭麻子,现在不是你说话的时候,快站好队!四拿的语气,忽然就变得严厉。郭麻子一看别人已经渐成队形,赶紧比着高矮,找自己位置。

不久,我也当上金刚,抬了一回死人。罗瞻先很快也去了,我去抬,一只脚穿自己的鞋,一只脚穿四拿借我的增高鞋,两只脚就一齐用上力。

大爹上山时,来送他的人很多,留在村里的男人,个个都变身金刚,围在棺材周围。十六个抬棺人可以随时被替换,因为都是老弱病残,谁体力稍有不支,吆喝一声,马上有人替他。一路不停地走,人不断地替换,喊号子的声音始终不绝于耳。整个队伍像在搞接力赛跑,像是火炬传递,人一多,自有一股热火朝天的气氛。一些人原本是旁观,看着看着,不知不觉,袖口一绾,拢上前来报名说,我来替一替。

大爹没有子嗣,所以我这侄儿要拦棺,要摔盆,充当孝子的角色。我爹在一旁监视着我。在他看来,这好比一次难得的彩排机会,下次该他走,我就可以很熟练地当孝子。要是他不盯得那么紧,我也想挤进抬棺的队伍,冲各位金刚说,来,我也替一把。

罗瞻先肯定是知道我大爹死得很风光。整个打狗坳还能走路的男人,都给他抬了棺,所以罗瞻先后脚跟着走,想有同等待遇。走之前,他特意交代四拿,说抬棺的事,你要当总指挥。四拿哪敢拒绝,胸脯一拍说,你放心,别人家的我都尽心尽力,你嘛我更是要弄得隆重气派,弄得轰轰烈烈。罗瞻先上山的时候我也当了一回金刚,要是没有四拿,我不敢想象我这拐脚,也能当一回金刚。我左脚穿着自己的平底鞋,右脚穿着四拿送我的增高鞋,抬棺走半里地,别人强行将我替下。

我决定出去看看,再不出去,我就只能一辈子待在打狗坳。四拿也是出去长了见识,才能变成一号人物。他自己也说,以前搞业务员,费尽唇舌,也没做成几单好生意,但嘴皮子到底是磨快了,回到打狗坳,竟然管用。我决定跟着他出去混,不一定赚着钱,只求开开眼界,改变心境。天下之大,不定还真碰到一个一心想嫁给拐脚的漂亮妹子。

我去找四拿,告诉他,我已经打定注意跟他出去,鞍前马后,忠心耿耿。他脸色犯难,跟我说,不行,兄弟,我已经决定留下来了。

当村长助理?

村里什么事也瞒不住,我知道村长要他当村长助理。这也是村里那些自觉得差不多活到头的老人强烈要求,他们相信,抬棺这事需要四拿主持,若没有四拿,换一个人主事,没准抬棺的人就凑不齐了。村长不是干部，每月有一千五百块的误工补助，村长助理每月一千二。

四拿跟我说，他打算干这个。

一千二？

一千二。他用力地点点头。

为什么？

为什么？问得好！这几乎成为他口头禅。他抽着烟，仔细地想了一会儿，告诉我，出去十来年，我发现外面人不需要我，谁都不需要我。但这次回，打狗坳竟然还有人需要我。

需要你抬棺材。

那也是需要！需要我抬棺材，我才能变成金刚。

你已经把太多人变成金刚，所以，在我看来，似乎不缺你一个。我还是想他带我出去混事，若没有他，外面显得太大。

他拍着我肩说，田拐，所以你要出去，你出去转一圈，再回来，说不定就明白了。哪天我接了村长，你也可以来当我的助理。

我爹帮我看了个宜出门的日子，我拿着很少的行李上路，四拿也来送我。他把外套披在身上，双手反插在胯骨上，让我想起很多年前焦裕禄的画像。道别后我没有回头，径直奔向三岔口，在那里搭车。我脚上穿着不同的鞋子，一只是平底鞋，一只是增高鞋。这增高鞋是四拿带回来的，现在送给我了。另一只，他也一把揣进我的怀里，说这只穿不上，也算是个纪念。

寻三哥而来　石一枫

那男人不是个一般人,起初孟琳琅竟没看出来。下午,她骑着电动车进小区,就觉得背后有人跟她。心里一虚,停车回望,干道空无一人,岗亭里的保安在刷手机。琳琅再想上车,一个膝盖火辣辣地疼,手也扶不住把似的。

好在家也不远了,她索性推车挪了一段,从车把上摘下菜来。

进屋先洗菜,开火,做的是海带炖排骨、茄子熬鲇鱼;此外切了一盆面。然后才到一楼厅里乱翻,总算找出两个创可贴,随便粘在伤处。这时就听有人敲门。小区装有对讲,但外面那人只是敲,不疾不徐。琳琅心里便又一虚,跑到二楼,蹑脚上了露台,隔着两盆半死的花木往下张望。就见门前站了个男人,穿身工装,已然脏得看不出是灰是蓝,胯上斜吊着一只单肩包。身量不高,也就一米六出头。看侧脸有三十多岁,额前半秃,仅剩的短发形成一个锋利的尖儿。他不像快递，并且琳琅也没叫快递。

然而琳琅还是下楼开了门。一是因为男人敲得很有耐性，咚咚，咚咚，周而复始，仿佛与屋里的人角力；更重要的是她听见男人叫了两声，河南口音，口称三哥。这几年管三哥叫三哥的人不多，而琳琅知道，三哥的旧相识才叫他三哥。三哥也让琳琅叫他三哥。那么琳琅想，来找三哥的应该不是那种她所害怕的人。

但等开了门，还是反应过来有点冒失。三哥就批评过琳琅：你那脑子转到一半儿，事儿就做到脑子前面去了，这不好。三哥还说：幸亏是个妇女，要是男的就会吃大亏。所以琳琅心里再一虚，没看门口的男人，而是掠过男人耳侧，望向他身后。小路，花坛，树木，远处是个湖。物业的人正在除草，邻居一如既往地不见踪影。将目光收回时，才发现男人的耳朵与别人不同：个儿小，轮廓扭曲，像被揉搓成了一团。那是一只不甚惨烈的残耳。琳琅这时又诧异男人是怎么进来的，不过转念一想，也许门岗把他当成哪户邻居家的工人了吧。这个别墅区入住寥寥，断续有人装修。

她嘴上问：找谁？

男人重复：找三哥。尉三。

这三哥果然是那三哥。琳琅又问：那你是谁？

男人说：我是郑六啊。

六比三小，要称哥。但琳琅说：三哥不在家。说完又后悔——她的意思就是，这里也是三哥的一个家。同时她还诧异，这男人是怎么找到的三哥这个家，不过转念又一想，大概是三哥老家的人口口相传,而三哥也只在这些日子以来行事谨慎,以往对村里亲戚全不提防的。这倒是三哥的大意之处了,琳琅想,有机会也要批评一下三哥。

叫郑六的男人看似远道而来,却没露出失望。又问:什么时候回?

琳琅说:说不好。他忙,到处跑,到处有家。

郑六又问:你是三嫂?

琳琅不知该不该接这称谓,反问:那你看我像保姆吗?

郑六如同吃了一瘪,不语。这时琳琅才细看他的正脸,小眼阔嘴,胡子拉碴。郑六却又低头,看向琳琅膝盖上的创可贴。琳琅穿得满身精致,但他偏偏盯着伤处。又片刻,两人互相把眼挪开。琳琅再问:找三哥什么事?

郑六说:也没大事,回头再说吧。

说完转身,沿小路走出去。也没说去哪儿,也没说还来不来。

琳琅怔了一怔,没叫他,径自回屋。心里却有些悬着,更加后悔刚才开了门。好在呆坐片刻,屋外再没动静,她又出去转了一圈,别墅区里一如既往的寂寥。玉兰没有树叶,花瓣碎了一地。等转回来,煤气灶上的两样炖菜也好了,砂锅里飘出黏腻的香。又换锅开火,做了一盆同样气味浓郁的面,而后将吃食统统装进一个硕大的分层保温桶,出门骑上电动车,重新往小区外面驶去。几年前,她还蹬着自行车满城跑,现在却对两个轮子的交通工具难以驾驭,一摇三晃,差点儿又把自己甩下来。

等琳琅骑着电动车回来,天色渐黑,她又见到了那男人。这次是在小区侧面。一堵两人高的砖墙，墙上拉了铁丝网还竖着碎玻璃，以狰狞捍卫着静谧。郑六端坐在路边一块废弃的水泥板上，一侧放了个包裹，大约是捆扎起来的被子。城乡接合部风尘仆仆，不时驰过的大卡车震得地面微微颤抖。墙影里，面色模糊，身形如钟。

他在这儿待了多久？是不是等了一天甚至更早就来了？而琳琅下午出门没发现他，是因为前往菜市场走的是另一个方向。琳琅忍不住捏了把刹车，硕大的保温桶敲击车头，令男人猝然抬脸。

她尖着嗓子说：我说了，三哥不在。出门了。

郑六的声音仍然又低又哑：出门也有回来的时候。

琳琅便叹一口气，指指那团被子：你就打算睡这儿？

郑六不语。琳琅又说：跟我走吧，天气预报说晚上有雨。

郑六还没琳琅高，在暗处站直的身影却如同耸起一座小山，山上还晃悠着个包袱。片刻，两人行进在马路上。行进的方式也让琳琅略犯了一下难：如果骑车带着郑六，无论从技术还是别的方面来说都不妥，但推车步行她又腿疼。膝盖仍像着了火似的，不仅外皮发烫，里面也承受着炙烤。她一迟疑，却见郑六在身后挥了下手，短粗的胳膊仿佛没关节，直上直下。那意思是你走你的。琳琅只好上车，低速行驶。从后视镜里，就见郑六背着包袱跟在身后，并未奔跑，步子迈得稳当，却始终不曾落后。琳琅有些试探，也有些挑衅地拧了拧油门，电动车跑快了些，耳边嗖嗖有了风，郑六却仍不疾不徐，与她之间的距离像被无形的绳索固定。这男人御风而行，速度与姿态不成正比。

未几，他们绕小区半圈，望见大门却不进去，而是拐上大马路岔出去的一条小马路。这里是镇上的商业街，因为附近建起几个小区而繁华了许多，饭馆排档鳞次栉比，连网吧都有好几家。琳琅将车停在不大不小一家旅馆门口，下车等待须臾而至的男人。郑六到了，头上没汗，只是微微喘气，呼吸均匀。

又不等他说话，琳琅已经进去开好了一个房间。她这才对郑六道：有熟人求到门上，三哥都给安排安排。三哥不在规矩还在，你也不用客气。

郑六看似懂了琳琅的话，但又愣神瞪着服务员，仿佛搞不明白登记身份证这道手续。该是没住过宾馆吧。琳琅又提醒，只有本人出示证件才能入住，这是规定。郑六便掏兜，掏出来的不是钱包而是一张牛皮纸，像他的耳朵一样皱巴巴的。展开，露出证件和一叠钱，也都是皱巴巴的散碎票子，两毛五毛都有。

这就让琳琅心里一酸。她想起自己刚来北京的日子，不认识三哥的日子。接着就将保温桶递了出去：没吃饭呢吧？

郑六装看不见，半晌咕哝一声：不饿。

琳琅懂得，那是从怯懦里滋生出来的傲慢。不止眼前这男人，自己那些七大姑八大姨也常摆出这副嘴脸。只不过自家亲戚的怯懦与傲慢里还藏有一丝鄙夷，倒像琳琅欠了他们似的；相形之下，郑六的装腔作势就简单多了。她嗤笑，将保温桶蹾在旅馆前台上：东西没人动过——你是三哥的客，不让你吃剩的。

这说的倒是实情。只可惜面条泡了许久，已经软了。而每个礼拜有两天拎着一桶吃食出去，再拎着一桶吃食回来，是琳琅一段日子以来的例行公事。不等郑六再说什么,她掏出手机来交了旅馆押金。房间订了两天。然后才转向郑六,口气里有了一丝同情:来一趟没见着人,也帮不上你什么忙,请体谅三哥。我替三哥跟你道个歉。也别白来,北京好歹转一转,这里离城里远,不过坐车也方便。

又说:我还有事,就不能顾着你了。

又说:想走就走你的,不用再打招呼。见了三哥,我就说你来过。

她还真像个三嫂。交代完一通,这个插曲就结束了吧。处理得有里有面,三哥知道了也不会怪她。对于那些找上门来的旧相识,尤其是从老家来的人,过去三哥的手面还要阔绰许多。有的给介绍工作,安插在自己或上下家的队伍里,有的甚而活儿都不用干,好酒好肉供养半年,走时还给封个大红包。只可惜现在不是过去了,怪只怪这男人运气不好。这么想着,琳琅不容置疑地出门,将郑六抛在身后。无疑,背后的郑六正在目送她,也不知那目光是感激还是不满。总之与自己没关系了。琳琅轻松下来,但没走两步,膝盖一软,差点儿单膝跪下。好容易站稳,心下就是黯然的了。

然而只过了一天,琳琅便第三次见到了那个名叫郑六的男人。这次是在早上,她刚起床,还没弄早饭,就听见敲门声响了。咚咚,咚咚,不疾不徐。

琳琅立刻知道是谁,心里沉了沉,嘴上也没有好声气:等等。

然后开始女人那一套:各种洗,各种抹,各种修。膝盖还疼,昨晚涂了红花油,但不见效果,上下楼梯时都快前腿拖着后腿了。再想,昨天是怎么摔的?还不是觉得身后有人,心里就慌了。所以这笔账就记到了郑六的头上。不仅洗抹修,她还坐到餐台前吃了半顿早饭。然而琳琅毕竟不是那么沉得住气,也不是那么端得住架势的人,一杯牛奶下肚,到底坐不住,又到窗口张望一眼,而后悻悻开了门。

开门劈头道:你怎么又来了?不是说了嘛……

郑六抬起短粗的胳膊,仿佛没有关节:走也得把东西还了呀。

琳琅低头,看见保温桶。昨天只想打发他,倒把这个忘了。接过掀开,俩菜一碗面已经不见踪影,不锈钢盆刷得没有一丝油花。琳琅反而有些不好意思,脸也不是僵着的了。吃饭还帮刷碗,这在三哥的客人里从未有过。而听他的意思,这就要走了?她扭身将保温桶放上厨房餐台,然而又一回身,却见郑六也进了屋,在客厅里不疾不徐地逡巡。

琳琅立刻又悬起了心。别说三哥交代过,家里不能来外人,仅说她一个女人住在这里,蓦然闯进脏兮兮的一条汉子,那也……别墅区又是那么偏远,那么空旷。她想制止这男人,却不知说什么,话哽在嗓子眼儿。

郑六却保持着探查的目光,突然又宣布:这房子,缺点儿手艺。

琳琅的目光跟着郑六的目光,沿客厅天花板溜了半圈。昨夜果然下了雨,导致墙壁上方的转角处又有几大团洇湿,泛出浅绿色的霉斑。这个毛病琳琅也知道,前两天还叫物业来修过,不过物业的人客气倒是客气,干活儿就不行了,忙叨了半天,该漏还漏。琳琅还想起刚搬过来时三哥的评价,也是这么一句,缺点儿手艺。那时琳琅不懂,看不出富丽堂皇的欧式装修手艺缺在哪儿了。三哥还说过,要不是人家非拿这房子抵债,他才不想要呢。

也许是想起了三哥的话,当郑六有了进一步行动时,琳琅竟未阻挡。门外檐下就摆着工具和梯子,还有半口袋腻子,是上次物业的人落下的;郑六转身搭了梯子,扛着东西三步并两步上了屋顶。屋顶倾斜,垒着层叠的灰瓦,他行走其上却如履平地,两脚好像扎了根。弯腰探查片刻,又对来在院子里的琳琅道:打些水来。

琳琅如同得了命令,上二楼取了个塑料盆,从露台递给郑六。大半盆水在她手上颤颤巍巍,郑六只需单手一端就接了过去。同时对她解释:屋顶返潮,一定是防水做得不到位,而这种房子又有一层保暖材料,里面是中空通着的,哪儿漏补哪儿,当然没有效果,还得找到源头上的漏点才行。嘴上说着,手上不停,将瓦片一块一块掀开细看。又没一会儿,几处漏点毕露无遗,现调腻子封上。郑六干活儿利索,而利索的某种境界仍是不疾不徐。雨后的太阳升上来,照得焦黄的一张脸泼出光亮。

琳琅就在露台上看他干活儿,她现在也没事做。

再没一会儿,郑六起身,顺梯子从房上下去。琳琅这才想到,还没给人口水喝,赶紧进屋,从二楼下来,到一楼冰箱去拿饮料。下楼梯时一震,膝盖又疼起来,前腿拖着后腿。来在面前,郑六并不接她的饮料,而是蹲下身去,一双铁钳般的手从前后两个方向握住她的膝盖,隔着裤子摸索几下,猛然一发力。琳琅只听见咔吧一响,声音直贯头顶,一阵剧痛让她惨叫起来,半个身子像过电般一抖。再看自己的腿，当然没断，不过裤子上多了几道污痕。郑六从琳琅手里摘下冰镇可乐，按在膝盖后面，说了声，夹着。

他搀扶琳琅，在台阶上坐下。琳琅觉得膝盖虽然还疼，但只剩下了外面的疼，里面陡然松快了。一上午的工夫，这男人修好了房顶，也猝不及防地修好了她的腿。当铁罐的冰凉沁入皮肤，她心里的扑通乱跳也缓和下来。郑六这才解释：你的腿扭了关节，到医院也得正骨。不能拖，否则以后阴天会疼。

琳琅打断他：你还会这个？

郑六说：小时候调皮，磕了扭了是常事，村里老人教的。

琳琅又看他的残耳，只觉得形状瘆人，又想起三哥跟她说过，他们老家一带有养大牲口和练武的传统。牲口就不说了，单讲过练武的门道，也都是些趣闻。譬如铁布衫是真的，不过就是增加抗打击力，用大棍子揍出来的；还有水上漂，看上去是踩着水面腾跃，其实就是靠脚快，滞空期间踢出几个水花造成的视觉效果。琳琅也问三哥，那你也练过？三哥扑哧一笑，说，老一辈习武之人，五三年枪毙一拨，八三年抓走一拨，剩下的也没几个了；年轻人早就不兴这个，屁用没有，还尽给人当牲口使。

而这男人大约是练过的吧，怪不得。但琳琅再对郑六开口，便不觉带出了和三哥相类似的嘲讽，当然这嘲讽也有了亲近的成分：哟，看不出你还是个人物。

郑六却恭敬道：早年跟着三哥，学的才是吃饭的本事。

琳琅又问：你们搭伴干过活儿？

郑六道：何止搭伴，一起拉出来的队伍，在县里装修宾馆，给市里翻新影剧院，也算闯出了一点儿名号。

琳琅又问：那后来呢，你怎么没跟他一起来北京？

郑六讪讪道：我没出息，回家伺候老娘了。当年三哥还不让走，是我辜负了三哥。如今三哥已经是大老板，要不是家里拉了亏空，我也不好意思求到门上……

说来说去，眼瞅着又绕回到了那点儿事上。从老家来找三哥的人，无非也就为了那点儿事。不过琳琅的确听三哥说过早年发迹的过程，县宾馆和影剧院都确有其事。这个郑六倒让她有点儿作难了：听来还真与三哥有交情，因而不好随意打发，但眼下这个状况，想帮忙恐怕也不现实。脑子里转了一转，她就问：

所以你来，是非要见着三哥，否则就不走喽？

郑六局促，看向正门一角的餐台，餐台上放着保温桶：今天真是送东西……

琳琅一笑：我看你挺老实，不是那种张嘴就要钱的人。来这一趟，其实还是想找个活儿干吧？那这么着，三哥不在，我倒有事麻烦你，等完事，我给你钱。

郑六沉吟，更加讪讪：话也不是这么说的，还是想看看三哥……

琳琅再次截断他：这儿是三哥的家，帮了我的忙就是帮了三哥的忙。三哥领了你的情，等将来再有什么也好说。

郑六半晌不语。琳琅道：也就半天工夫，工钱你说个数。

郑六还不语。琳琅道：那我定了啊，反正不让你吃亏。

又说了句等着，吩咐的口吻，意味着雇佣关系已经达成。然后琳琅进屋，开始了新一轮的洗抹修，换了套见人的衣裳，明艳地开门亮相。这时雨后的太阳高悬，郑六坐在阴影里，背后就是车库，里面停着一辆黝黑的奔驰轿车，车牌不是北京的，然而号码好，连着几个8。这车也有日子没动过了，那同样来自三哥的叮嘱。琳琅却抬手指指台阶下的电动车，晃了晃钥匙。郑六不以为怪，接过钥匙拧上去，弯腰拔了充电插头。琳琅斜坐在电动车的后座上，一手抱紧一只皮包，一手抓住郑六的工装后摆。女人骑牲口的姿势，电视剧里看过。

车子出门，琳琅一边保持着平衡，一边发布指令：左，右，我不说话就直行。

转眼出了小区，继续发布指令：左，右，我不说话就直行。

两人在烈日下飞驰。路线是早就规划好了的，先去邮局。这年头来此处办业务的人很少了，都是不会叫快递的老头老太太，大厅空空荡荡。琳琅径直取了张单子，填汇款。她一笔一画地写，地址是三哥老家。郑六就站在一旁，眯眼瞅着汇款单，如同不认识字。然后排了不一会儿队，窗口里的办事员貌似对琳琅也熟了，并不提醒谨防诈骗之类，只等琳琅从皮包里掏出一方钱递进去。转眼办好，琳琅仍然抱紧皮包，对郑六说，下一个地方。

下一个地方就远了许多，幸亏头天晚上给车充满了电，否则还真跑不下来。太阳越发炽烈，琳琅从皮包侧兜掏出阳伞撑上，仿佛在车后绽开一顶小小的华盖。前面的郑六被晒得发烫，附着在那件工装上的空气都在蒸腾，产生了折射的视觉现象，但他连领口都不曾松开。

他们出来的地方已在城外，又往更外的地方开出许久，这时就从荒地里露出一片楼来。其实都是水泥框架，还只盖了一半，如同地里钻出的灰色的笋。四下却又没有工地的喧闹，连塔吊都不见踪影，只见到几条土狗在铁皮围墙外踱来踱去。

琳琅说声停车，下来却不率先迈步，而是瞪眼等着郑六。三哥说让她来个地方，没想到是这么个地方，不免有些打鼓。郑六仍不动声色，锁了车，不疾不徐跟在琳琅身侧。两人便从铁皮围墙的豁口进入工地。狗们起先龇牙咧嘴，坚定地捍卫地盘，但突然又往外跑开很远，聚拢到一片垃圾堆上才敢发出吠叫。对于它们，郑六就像身上有刺一般。琳琅却只是掏出纸巾捂着嘴，高跟鞋谨慎地在土路上试探着下脚，像鹭过水塘。迎面碰见个看门老头，说找经理，又说是三哥叫来的。老头掏出手机打电话，不多时，工地侧面一排铁皮屋子开了扇门，一个胖大汉子冒出来，满身油汗，闪闪发亮。

胖子一边披上工装，迎到琳琅面前：三哥多久没个消息了，兄弟们还以为——

琳琅冷冷道：别人有可能，三哥不至于。你跟着三哥又不是一天两天了。

胖子道：那是。我也这么跟他们说的，可他们不信。

琳琅跟那胖子走向铁皮屋子，先探了一眼，又打量打量左近的其他窗口，而后仍然犹豫着，并不往里迈步。郑六却将身子横在门前，又把胯上那只单肩包往前拽了拽。这人看着愣，却一眼看穿了琳琅的担忧。而这也是琳琅叫他来的缘由了。门外有了保镖，虽然只有一个，琳琅方敢随着胖子进屋。也不多说，拉开皮包，从里面抓出几方钱来。反复几次，在桌上散乱堆着，倒让人诧异皮包那么能装。

而胖子笑道：三哥尽玩儿幺蛾子，这年头还有谁用现金。

又略一估算：不过数目还差着呢。

琳琅正色，说出三哥教给她的一段话：知道不够，你多担待着。三哥的意思是，咱们挑头的吃点儿亏不算什么，先把兄弟们的工钱结了，好歹稳住队伍。眼下都难，等缓过来，人在就有盼头。别的不多说了，希望你能再信三哥一次。

又补充说：三哥把车都抵出去了，收的是现钱，就为在别人那儿瞒过这笔账。

还说：你也别玩儿幺蛾子，前两次的克扣，三哥是看破不说破。

胖子听了似乎一凛，看向门外的郑六，目光在他的残耳上停留片刻，转眼又笑了：我信三哥。以前大水漫灌，现在形势不好，当然不是一个玩儿法。

琳琅点头，看胖子写了收条，揣进皮包。皮包已经外鼓中空，一按四下漏气。胖子又说，替兄弟们谢谢三嫂，琳琅不应。出门，快步离开工地，穿过铁皮墙的豁口站在马路旁，这才揉着膝盖舒了口气。郑六开着电动车，无声地跟上来。

琳琅不看郑六，说了一句：要不是看在那些钱的份儿上，他们能活撕了我。

郑六瞥了眼后座：还去哪儿？

两人再去的地方，却又往城里折了回去。离开一条大路，四下不再风尘仆仆，一条林荫道直通几座庞然的建筑。进到院子里，连标牌也都变成了英文的，别说郑六不懂，琳琅也看不明白。好在来过几趟，知道大概方向。紧赶慢赶，总算赶上了学校的家长开放日，停车场上已经满满当当的了。琳琅让郑六把车停在两辆丰田保姆车中间，自己走向不远处的教学楼。走不几步，回头一望，看见郑六立在电动车旁，双手捂裆，好像在和旁边两个穿衬衫戴手套的司机比谁站得直。她咯咯一笑，示意郑六到树荫下歇着。

学校里的事情倒也简便，家长会听了个尾巴，取了考试成绩单，揣进皮包里出来。停车场里，车辆纷纷启动，杂乱地往外挪着，好像一种名叫华容道的益智游戏。开车的有司机也有家长，互不相让，乱成一团。这时又从某幢建筑里走出一队女孩，都是十三四岁的模样，穿着百褶裙与长筒袜，上身是短小的西装外套，也不知是cosplay还是国际学校的校服。女孩们看见父母家人，纷纷雀跃着打招呼，加剧了停车场门口的拥堵。偏有一个染了头紫发的女孩低头含胸，躲着众人闪开。

又有别的女孩对她喊：尉梓桐，你妈换车了，连司机都换了。

说时指着停车场门口的琳琅、郑六和电动车。女孩们叽喳而笑，脸上的浓妆遮掩不住一派天真的刻毒。叫尉梓桐的紫发女孩从脖子上拿起一个酷似哨子的小物件，放在嘴里吮了一口，吐出一片白色烟雾，朗声道：

我还换妈了呢，这是我爸的三儿。

那一脸的坦然和冷酷，令其他女孩受惊似的闭嘴，粉的绿的蓝的瞳孔却聚焦在琳琅身上。琳琅也是一脸的坦然和冷酷,远远喊向尉梓桐:你又好几门不及格,等我告诉你爸,下个月停了你的信用卡,看你拿什么买化妆品,买手办。

尉梓桐停住脚,又吐出一口白雾,同时吐出的还有两个字:骚逼。

琳琅不动声色,两人遥遥错肩而过。上了郑六的车,琳琅眯着眼,远望林荫道上的百褶裙和女孩们纤细的背影,嘴角上翘,神往地笑了。

也不等郑六再问,她拽拽工装后摆:回去。

但等回去,两人仍没散。琳琅说跑了一天了,让郑六陪她吃点儿东西。他们就坐在马路旁的一个排档上,此处的特色是黄泥烤鸽子。鸽子没吃两口,琳琅倒灌了不少啤酒,又支使郑六去给她买了包烟。她一手端着酒杯,一手夹着烟,以老家妇女的惯用姿态盘腿坐在长凳上,脸上洗抹修的成果全乱成了一团糟。她不看郑六,也不让郑六走,每当郑六局促地或呆滞地将眼神挪开,她就说:你听我说呀。

说的是三哥:真他妈背,好不容易傍上一个,还是个手里没剩几个钱的。原来据说还是可以的,几百个人的队伍呢,都是从老家拉出来的,后来就不行了,到处都在拖欠工程款,老本儿投进去也回不来。生意难做就难做呗,人家也难,可他又跟别人不同,爱充大个儿的,供着村里一伙儿孩子上学,自己垫着底下人的工资。说不为别的,就为人家叫声三哥。三哥三哥,叫得轻巧,难处还是让他担着——尽是他妈的你这种货色。

还说：他老婆比我精，早跟他离了，几套房子分到手，剩下个闺女不认他，倒让我来管。那小婊子还以为一辈子不愁钱花呢，将来没准儿像我一样，也到夜店去陪酒。等人家管她叫骚逼，看她想不想得起我来。

还说：要不我再给你唱个歌吧，我原来特会唱王菲。

说时招手，叫过一个卖唱的残疾人，点了一首，朗声唱道：谁说爱上一个不回家的人，唯一结局就是无止境地等，是不是不管爱上什么人，也要天长地久求一个安稳。噢，噢，难道真没有别的剧本，怪不得能动不动就说到永恒——

郑六不语，稳重地吃喝，将鸽子一一肢解，撕成条状送进嘴里。片刻琳琅哇了一声，他抄起一个空盆，恰到好处地送到琳琅嘴边。琳琅专心吐完，收敛了神色，那一瞬间显出一分庄严。她打开皮包，从里面掏出一叠票子，揣到郑六手里，说别嫌少。郑六不接，琳琅说，跑了半天，你应得的。郑六还不接，琳琅将钱甩在桌上，说我跟三哥一样，不拖欠人家的。而后又说，回吧，见不见三哥都一样了。

她将郑六扔在桌旁，起身去开电动车。到底是混过夜场的，吐完霎时清醒了许多，再加上刻意小心，一路上骑得出奇地稳当。路上灯火辉煌，恍惚间竟觉得白天的太阳又回来了。没一会儿进了别墅区，四下才复归静谧，只剩几点流火，随着夜风掠向脑后。琳琅迎风流泪，到家门口抹了一把脸才进去，倒像家里有人等着她似的。

然而家里果然有人。她将客厅的灯开得大亮，踢踢踏踏去二楼上了个卫生间。膝盖是比原来好多了，肿起的地方也都消了下去。又想起明天的任务，便折下楼来，去看冰箱里剩了什么菜，如果不够，早上还得跑趟菜市场。可刚走下楼梯，就见一楼全都黑着，她正在纳闷刚才是否忘了开灯，就有硬东西顶在腰上，男人的声音从暗处响起：别出声。琳琅只感到手腕一紧，胳膊也被人往后撅过去。当然不敢出声，任由人家将她捆了，嘴上贴块胶布。对方动作麻利，尽管这种经历从未有过，琳琅也认为来的应该是老手。她最怕的还是来了。而又一晃，灯重新亮起，却不是吊顶水晶灯，而是墙边的小射灯。这就看见了三个男人，两高一矮，两胖一瘦，都一袭黑衣，戴着黑头套。

琳琅配合地保持安静，被两个胖男人架到沙发上坐好。瘦男人靠近过来，面罩底下嗡然响起：姓尉的什么时候回来？

琳琅摇头，也不知是表示否定，还是表示不知道。但她料想，这些男人摸上门来，必是认定三哥住在这里，既然破门而入还设了埋伏，也是不见着人不罢休的意思了。她还回想起三哥在这间客厅里与人打电话的情景，肢体的影子像树枝摆动，或哀求，或咒骂，或说些琳琅不懂的暗语。也不知是哪个电话招来了这伙人。

只可怜自己被绕了进去。幸亏刚才上过厕所，否则没准儿要尿一沙发。

而瘦男人大概只想认一认琳琅的脸，并不觉得有审讯她的必要，因而对一个胖男人哼了一声，射灯倏然而灭，继续守株待兔，不过多了一个琳琅。客厅里恢复了黑暗，甚而恢复了空旷。不知过了多久，人声唯一一度再次响起，是另一个胖男人按亮手机刷了两下，估摸着是犯了网瘾的习惯动作。瘦男人便哑着嗓子说：你能不能专业一点？

偏在这时，门就被敲响了，咚咚……咚咚……不疾不徐。琳琅一怔，刚想扭动身体，被那硬东西顶到了脖子上，立刻又软了。她瞪大眼，借着窗子纱帘里透进来的月光，看着两个胖男人从两侧夹住门框，一个拨了下门锁。

门霍然拉开，风吹得琳琅一阵清凉，但却没人进来。门里门外屏着呼吸。一个胖男人看向瘦男人，瘦男人刚刚摇手示意别动，另一个胖男人却探出头去。他的脑袋刚进入门框范围之内，硕大的头颅就一颤，脖子咔吧响了一声，面朝下扑倒在门口。剩下的胖男人刚要扑出去，被门外的人用肩头扛住，打着踉跄进屋里来。来人欠身，迎面两拳，脚下使了个绊儿，胖男人轰然而倒。挣扎再起，被人用膝盖照肋上一磕，又倒，只剩下哼哼了。

琳琅想叫郑六，说你他妈瞎了你没看人拿刀顶着我呢？然而也只能哼哼。这时却感到脖子上一松，硬东西挪开，借着月光瞥了一眼，原来不是刀，而是一根铁棍，一尺来长，通体白亮。刚才吓蒙了，尖的粗的都分辨不出来。而挟持着她的瓶男人也哼哼了一声，对俩胖男人表示无奈与失望，接着站起身来，瓮声瓮气道：

兄弟，我不伤人，你别报警，可以不可以？

郑六的身影浸泡在月光里，一团黑：兄弟，这办法公道。

瘦男人朝门口走去，手上短棍挽了个花。郑六空着手，反将单肩包往后拽了拽，吊在屁股上。瘦男人又道：你是个脑袋清楚的人。

郑六道：我还有事，你替人干活，大家留个退路。

瘦男人点头，将短棍反别在腰上。琳琅看到两个男人在门口对视，月光泼了一身。然后动手，也就是手脚并用地乱打，但撞击肉体的声音砰然作响，仿佛劈进骨头里去。瘦男人高，动作大开大合，郑六矮，出手短促。未几郑六失去重心，被瘦男人按倒在地，然而郑六原地打转，又将瘦男人带到地上。两人滚了一滚，分开。瘦男人单腿跪地，按着一边肩头，咔吧一按，给自己接上。但左臂已然垂着，软塌塌的像条蛇。

借着月光，他盯了盯郑六的残耳：跤耳……刚才大意了。

我这是野路子，站着施展不出来，郑六道，兄弟，你可惜了。

瘦男人脑袋一歪，头套下面似乎透出惭愧。然后站起身来，依次踹踹地上的两个胖男人。栽了，走人。胖男人还要嘟囔，瘦男人踢得更狠了。郑六靠近琳琅，扯下她嘴上的胶布，背后拽了两拽，绳子就开了。琳琅猛喘了几口气，蹬着腿瘫软片刻，似乎又听见瘦男人说：告诉姓尉的，他捅的娄子太大，回头还会有人找他。躲是躲不掉的。

琳琅支起身子，扒着沙发背往门口看，已然空了大半，只剩下郑六。郑六道：来时就盯上他们了，领头那人一看就干过警察，做事知道方寸，料他不会用刀子，所以我才敢进来。但他说的应该不假，你也躲躲吧。

说时往门外走去，单肩包在屁股上一拍一拍。琳琅脱口道：三哥没躲。

郑六没停，琳琅又道：想见三哥，明天中午一起去。

郑六身形一慢，也哼哼一声，兀自走了。琳琅这时才有点儿后悔，想自己是不是又把事做到脑袋前面去了。然而也罢，该睡觉睡觉。生死都经过了,还怕睡觉?门锁形同虚设,但一点儿不慌,和衣躺在沙发上。次日睁眼,已经大亮,昨夜的一地月光如同潮水,将搏斗的痕迹统统带走,连家具的位置都未曾挪动过。

琳琅从冰箱里取菜,开火,做了海带炖排骨、茄子熬鲇鱼,又下了碗面。都是三哥的口味。开门骑了电动车,来到小区门口,正看见郑六。郑六被拦在岗亭外,保安仿佛没见过他,正在粗声粗气地盘问。琳琅上前招呼一声,换了郑六坐在后座,起步时又是一摇三晃,郑六腿短,伸出两脚乱踢,妄想帮她找回平衡,再加上背上扣的包裹,如同一只笨拙的龟。好在路是再熟不过的,每个礼拜跑两趟,监护室也只在这两天的下午允许探视。

没人知道三哥躺在这家医院里。既不是三甲也不是私立,门诊后面只有小小的一栋住院楼。来这儿住院的都是从大医院转出来的康复病人,拄着拐或坐着轮椅,看着精神倒好。他们进门时,正碰上男护工在逗一个老头:是不是又想抽烟了?

还拿烟凑到老头鼻子上:虫虫飞——

老头两眼亮晶晶的,前襟上都是哈喇子,婴儿一样雀跃。琳琅对郑六晃晃保温桶,有些得意地说:这也是跟人家学的法子,指望他闻着味儿会有反应。

说时登了记,领着郑六进入走廊尽头的一间病房。床上躺着一人,也三十来岁,身量魁伟,鼻子上和胳膊上都插着管子,一条腿打着石膏。他闭着眼,一动不动,脸面倒收拾得干净,头发也刚剪过,显得挺利落。

琳琅以为郑六会叫三哥，然而郑六无动于衷，只是无声关了房门。

琳琅将保温桶打开，几只小钢盆依次放到床头柜上，屋里充满黏腻的香味。一边忙活，一边介绍：有两个多月了。那天夜里说出门见个人，也没开车，刚出小区就被车撞了。司机没跑，让保安给我打了电话。我到的时候，三哥人还清楚，把撞他的人放走了，只让他别声张，又让我把他送医院，还交代千万别让人知道他伤了，别让人知道他住这儿。也让我到外地躲一阵，我不干，说你可别想趁机甩了我。他拿我没辙，反又托付了几件事让我做，你也都看到了。但送进来的第二天，人就昏迷了，死活没反应。医生说是颅内伤，十天半个月也是它，十年八年也是它，让我做好准备。

说到这里，琳琅一顿，又扑哧一笑：我老怀疑他是装的。你不知道三哥这人多鬼。

郑六仍无表情，比床上的三哥更加平静：听你说的，倒不像仇家干的。

琳琅道：该是碰巧吧，恰好让他撞上了，恰好又在这个节骨眼上。有时我也想，倒不如落到仇家手里算了，那就算怨，也知道怨谁……

但说到这儿，她就见郑六把单肩包往前一拽，从里面掏出刀来。刀比匕首略大，造型古朴，手柄磨得乌亮。拆下皮套，鱼肚子似的流着光。郑六也没让琳琅别出声，然而琳琅果然不再出声。仿佛经了昨夜的事，她练就了在胁迫中保持冷静的能力。

她猛然明白，原来郑六是仇家。兜了一圈儿，到底中了仇家的套，而这仇家是她领来的。当然也不能全怪她，郑六装得还挺像，并且不知道几分是装，几分是真。反正小区多半是翻墙进去的，还有住旅馆的身份证，也不知到底是不是他的。除了郑六这个称谓，甚而不知这人叫什么。但对方敢在医院动手，就说明全不顾忌后果，是以死相拼，这仇大了。因而无论怎么拦怎么叫都是没用的。

琳琅瞪着郑六，郑六瞪着三哥，都像不知怎么办才好似的。

又过了片刻，郑六开腔说话，像与睡熟了的三哥聊天：咱们两个的事情，本来也可以算了。当初两支队伍抢标，都是带着兄弟们讨口饭吃，我伤了你的人，你报官，这我认了，可又何必把别的案子也扣到我头上，是怕我牢底坐不穿吗？多坐几年倒也没什么，主要是你还不给我挑个好名目，强奸犯是那么好当的？老娘到死也不肯见我一面。有心尽孝，没脸回家，这就是我必须找你的缘由了。

琳琅听懂了大概。她又听见郑六说：三哥，咱们都是要脸的人呐。

说时扬起刀来，指向三哥头颅。这就是要动真格的了，琳琅终于尖叫出来。声音在走廊滑过，片刻有护士跑进来，问：怎么了？

护士看向床上，三哥仍闭着眼。郑六两手捂裆，肃然站着，胳膊压着单肩包。琳琅轻托三哥的脑袋，将底下的枕头取出来。枕头漏出荞麦皮，洒了半床。护士笑道：我还以为醒了呢——再给你取个新的来吧。

琳琅谢过护士，却不敢看郑六。但她懂了郑六的意思，颤声说：我替三哥谢谢你。

郑六道：三哥应该谢谢你。

说完飘然而去。后来琳琅只记得自己坐在床头，补那个枕头。一共三刀，刀刀刺了个对穿，并且排列整齐，如同用测子测过。她还记得三哥的手动了动，像是在掐床单。然而三哥后来坚称，他是第二天才醒过来的，对那天的事一无所知。

平行　弋舟

自从退休那天起,他就开始思考"老去"的含义。其实,很久以来,"老去"这个事实已经在他身上悄无声息却又无可置疑地发生着——不知道何时,他已经变成了秃头,性欲减退,眼睛也老花了。但对这一切,他都熟视无睹。他罔顾秃了的头和老花了的眼睛。在他的意识里,这些细节只是"老去"的外衣,顶多算是表层的感觉材料,而"老去"应该是某种更具本质性的突变,生命由此会有一个质的翻转——就像扑克牌经过魔术师的手,变成了鸽子。

这种偏执的思维方式也许来自他的职业。退休前,他在一所大学里教书,尽管他教授的是地理这样一门看似刻板的学科,但却并不妨碍他养成了那种善于抽象性的思维习惯。他习惯于将大千世界进行去粗取精、去伪存真、由此及彼、由表及里的分析。

退休意味着老年的正式降临,一种源自生命本身的紧迫感随之而来。他认为自己必须面对这个重大的问题，想清楚它，从而全面、客观地把握它。如此一来，就像一个浸泡在水里的人，自己却对水温毫无体察，他已然深陷在老年的岁月里，却对老去的含义孜孜以求。

老去是怎么回事呢？他绞尽脑汁地想。这成了他退休后的一门功课，每个夜晚入睡前，每个清晨醒来后，他都会在心里向自己发问。有时候，内心的诘问不自觉脱口而出，还会令他像一个真正的老人那样喃喃自语起来。这样的时候，他不免要梳理一番自己的生活，但生活本身却并不足以给出他所认可的答案，那无外乎就是由"秃了头、老花了眼睛"这样的碎片般的材料构成的浅显的表象。而他，需要的则是一个本质性的结论。

日复一日，十几年过去，中风袭击了他。好在救治得及时，并没有给他落下格外影响生活的后遗症。在床上瘫痪了一段日子后，他只是变得有些痴呆了。最初他记不清亲人的名字，后来干脆时时需要反复回忆才能记起自己的名字。十几年来困扰着他的那个问题却历久弥新，始终盘桓在他的脑袋里，以至有时他会突然口齿不清地向着虚无发问：老去是怎么回事呢？中风清空了他的脑子，只留下了这个唯一的问题折磨着他。原本堪可承受的冥想变成了备受煎熬的拷问；然而事物却总是有两面性，这个问题同时又激发了他几近告罄的记忆力，让他以此为基点，有限地恢复了一些脑力。

春天里的一天，就像醍醐灌顶了一般，他想起了自己的一位老同事。他们都是"困难年代"毕业的大学生，就读于同一所著名的大学，不同的只是一个学了地理，一个学了哲学。毕业后他们分配到了同一所学府，后来一度又结伴被"下放"到边远地区。共同的履历让他们成为心有戚戚的朋友，尽管平时交往不多，但彼此之间却都怀着一份默契。他不记得已经多久没有联系过这位老同事了。如今，对于具体的生活，他顶多只保留两天左右的记忆，两天前的事情对他的记忆来讲都是遥不可及的。但他觉得这并不重要。重要的是，现在他终于想起这位教授哲学的老同事了，由此唤醒的记忆接着提示他，这位老同事睿智、深刻，差不多就是那个问题完美的回答者。他决定去向这位老同事请教。他让儿子送他去这位老同事家。其实他们住得很近，都在学院的家属区里。具体方位他当然是记不得了，好在他的儿子对一切都还算熟悉。在儿子的陪同下，他登门拜访了这位老同事。

老同事鹤发童颜，腰背挺拔，但精神却有些萎靡。对于造访者的到来，老同事并没有表现出太大的热情，甚至还流露出了某种令人难堪的冷淡。老同事甚至都没有给造访者让座。

他自己落座了，一时却不知从何说起。他的儿子为此显得有些尴尬，站在父亲身边向主人问好。

"我一点都不好，"老同事居然生硬地回答，"你不要跟我说普通话，你的普通话说得一点都不标准。"

"伯伯您真幽默。"他的儿子只好讪笑着给自己找台阶。

老同事不再理睬他的儿子，转而看向他。"你怎么变成这副样子了？你都不知道自己擦口水了吗？"老同事就这么刻薄地向他发问。

他下意识地揩了一下嘴角，果然有口水抹在了手指上。他感到有些羞愧，同时也生出了一股冲动。"退休这么久了……"他说，"有个问题我始终没有搞明白。"他的口气好像是在为嘴角溢出的口水辩护。

可是，老同事一点也不接受他这样的辩护。"你从来就没有搞明白过什么，"老同事不屑地说，"你只知道经度和纬度这些没用的知识。世界的本质是什么，你何时搞明白过呢？"

关于"世界的本质是什么"，"下放时期"他们有过激烈的争论。那时他们都很年轻，在繁重的劳动和"触及心灵的检讨"之余，私下里一个以地理学为武器，一个以哲学为武器，各自立论，相互辩难。这是支撑着他们的精神生活。从那时候起，哲学便对地理学充满了蔑视。但他从未因此恼火过，这不仅仅因为那是一个哲学强势的年代，还因为，从年轻时候起，他就是一个温文尔雅的人。他的这种性格，维系住了两个人之间的友谊。而且，"下放时期"他们所蒙受的一切困厄，似乎用哲学来分析更能够给予他们撑下去的理由。"下放时期"的哲学是那么有效！为此，他在心底是对这位老同事怀有敬意的。

"你说得没错。"他像个小学生那样的态度端正，"但现在我对一切问题都不关心了，我只关心一个问题。"

"什么问题？"老同事似乎被勾起了一些兴趣，"人在四十岁就应该不惑了，你都老成了这样，差不多活了两个四十岁了，居然还有问题！"

他看出了老同事的兴趣，却不急着说了，顽皮地揩着自己的嘴角。

"我对你的问题毫无兴趣！"老同事干脆任性地说。

"好吧，"他用妥协的口气说，"我的这个问题就是有关老年的——"

老同事翻着白眼。

"老去是怎么回事呢？"他顿了顿，严肃地说出了他的问题。

"这会是一个问题吗？"老同事的这句话他太熟悉不过了，他们曾经无数次在这句话的提领之下开始对话。他想，如果不出所料的话，老同事下面大约又会说起康德或者海德格尔的名字。记忆像沙尘一般涌进他已经萎缩了的大脑，每一个能够被他记起的瞬间都像一颗颗粗糙的砂砾。但是，老同事接下去的话却令他感到了意外。"这难道不是一目了然的事吗？"老同事出其不意地问道："——你早晨还会勃起吗？"

"勃起？"他喃喃地重复了一遍这个词。

"二十岁每月六次，三十岁每月七次，五十岁五次，七十岁两次。"老同事屈指对他数算道，"明白了吗？老去就是这么回事儿！"

"哪里有这么简单！"他激动起来了，觉得这笔账跟"秃了头、老花了眼睛"一样，都是些障人眼目的把戏。

"射精次数二十岁一年一百零四次，其中自慰四十九次；三十岁一百二十一次，自慰十次；五十岁五十二次，自慰两次；七十岁二十二次，自慰八次。"老同事兴致勃勃地继续着他的计算，劈头向他问道："你现在一年自慰几次？"

"没有，我已经很久不做这种事情了……"他支支吾吾地回答，开始拼命回忆自己最后一次自慰是在什么时候。

"那你已经老得不能再老了！"老同事大声训斥道，"老去就是这么回事儿！"说完他扭身离开了客厅，好像已经愤慨到了不能自已。

这组如同方程式一般玄奥的数字令人眩晕，主人已经离去的客厅里依然回旋和充斥着数字的风暴。他惊诧莫名，感到匪夷所思。用数字来说明问题，从来就不是这位老同事的风格啊，这更像是他所擅长的强项。他不知道教授哲学的这位老同事从何处得来的这些数据，仅仅这份记忆力就令他自愧弗如；同时，"很久不做这种事情了"的认识，也令他突然感到了隐隐的伤心。这个认识以前他也有过，和"秃了头、老花了眼睛"这样的现状一同出现在他的意识里。但那时他的心是麻木的，并不会为之所惑。他不知道为什么此刻自己会因为这个事实而伤心，他想，也许这组数据从一个学哲学的人嘴里说出，才格外地令人惘然吧！老了恐怕就是这么回事吧？——一个哲学家开始列数勃起和射精的次数，以此来雄辩地说明问题。

"爸爸，我们走吧！"主人一去不回，他的儿子终于忍不住对他说。聆听了这样一席话后，他的儿子显然有些无所适从。

他还陷入在沉思里，嘴角的口水一直滴到了胸前。这时候老同事再次回到了客厅，脸色依然有些激动之后的潮红。老同事直接向他走来，把手搭在他的肩上。

"对不起，"老同事说，"我是有些粗鲁了。那组数据是以美国人为对象做的统计，可能和我们会有些差异。我也是刚刚在一本画报上看到的——就在你们进门前。"

他没有接话，他觉得对方还有什么话要说。

"好吧，这都不重要。"果然，老同事声音低下去说道，"我太太上周刚去世，我情绪很不好。"

"哦，"他由衷地说，"真是件让人难过的事。"

老同事站在他的身边，搭在他肩上的那只手在微微颤抖。"太难了，我们在一起生活了快五十年，我根本没办法适应没有她的生活。"老同事脸颊搐动，忍不住抽泣起来，"没有她，我连自慰的兴趣都不会有了！"

他看到自己的这位老同事哭了。这个桀骜的哲学家，这个从来蔑视经度和纬度的人，在丧妻的悲痛里哭了。这好像让他此行得到了一个答案。老了恐怕就是这么回事吧？但他还不能完全被说服，他只是隐隐约约感到了一丝烛照般的光亮。他无法感同身受地理解老同事的悲伤，他觉得这一切还是和他有些隔膜。因为他在四十岁的时候就和自己的妻子离婚了，他无从以丧妻这样的处境来参悟"老去"的真谛。

当天晚上，他临睡前的最后一个念头依然是那个问题；第二天清晨，他同样依然被那个问题唤醒。甚至，和老同事见过一面后，他想要解答这个问题的愿望变得更加强烈了。老去究竟是怎么回事呢？它居然可以将一个学哲学的家伙改造得那么脆弱和失魂落魄！

昨天的拜访给了他灵感，他自然地想到了自己的前妻。虽然生活在同一座城市里，他和自己的前妻却三十多年都没有见过面了。尽管人海茫茫，尽管世事无常，但身在同一座城市却彼此经历这么漫长的距离，不能不算是一个小小的奇迹。三十多年，几乎是将他的岁数对折了一下，前妻如今在他的记忆里完全算得上前世一般的存在。那么，他想去造访自己的前世，以此来观照垂暮之年的自己。没准，对于那个问题的回答，就藏在他与昔日妻子的重逢里呢。这个念头让他兴奋不已。他十分迫切地想要见到自己的前妻，看一看那个女人老去之后会是什么样子。

　　他的儿子依然和自己的母亲保持着联系。当他将他的愿望讲给儿子时，儿子并没有表现出多大的诧异。他的儿子是位公务员，已经有了一定的级别，身上有着一种他和他前妻都没有的冷漠气质。

　　"好吧，我来安排。"他的儿子说，"你们是该见见面了。"他的儿子为什么这样说呢？潜台词无外乎是——既然你们所剩的时间都不多了。"下周日吧，其他时间我没空的。"他的儿子说。

　　其实他恨不得立刻就实现与前妻的这次见面，他认为，这次见面，没有儿子在场可能效果会更好。但是如今他离了儿子就寸步难行。如今，除了在小保姆的陪同下偶尔出去散散步外，他已经很久不曾出过远门了。这里所说的"远门"，不过是指学校家属区大门以外的所有地方。中风以后，他不但腿脚迟钝，连大脑都是迟钝着的，只身一人，他会走不动，会记不得路，会迷失在无尽的"远门"里。他只有按捺住自己急迫的心情，等待"下周日"的到来。对于自己如今的状态，之前他从来没有抱怨过，即使中风康复期瘫痪在床上的那些日子，他也不曾为自己行动的不便而沮丧。他不觉得一张病榻和一个世界有多大的差别。他是教授地理学的，世界的物质形态早已经令他厌倦。但是这一周的等待却令他生出了绝望感。他终于认识到了，随着年华的老去，他正在逐渐丧失着独立自主的人格。他只能仰仗他人，必须仰仗他人，被搀扶、被引领，否则，他压根无法自由地去回溯他的从前。

儿子将他的这次回溯安排在一家星巴克咖啡店里。当天他特意换了一身西装，打了红色的领带，还刮了胡子。兴奋的心情让他仿佛变了一个人，思维和行动都敏捷了不少。他乘着儿子的车来到了约会的地点。前妻却姗姗来迟。等待的过程中儿子不断接听着电话，一副日理万机的样子。

"有事的话你就走吧，到时候来接我就行。"他对儿子说。

他的儿子狐疑地看着他。"也好。不过我还是有些不放心，"儿子调侃着说，"万一你们打起来怎么办？"

"怎么会。"他难为情地笑了。

"现在你可不一定能打过她了，她很健康，天天跳广场舞呢。"他的儿子说。

"怎么会。"他再一次温和地说。的确不会，他一直是一个温文尔雅的人，即便当年闹到离婚的地步，他也没有对自己的前妻动过一根手指头。

儿子像是得到保证后松了口气，"那好，两小时后我来接你。两小时够吗？"儿子问。

他矜重地点点头。

儿子刚刚离开,前妻就出现在了他的面前。她的出现令他眼前一亮。这也许和她的着装有关,她穿了一件亮度很高的明黄色的风衣。看上去,眼前的这个女人居然还有着一种毫不勉强的风韵。尽管,这种风韵是一种老年女性的风韵,但性别的因素依然在她身上熠熠闪光。她没有像大多数老人那样,活成了平庸而中性的人。并且,在他眼里,前妻的风韵中还有着一种别样的威仪。这真是一种奇怪的感觉,即使在他脑力丰沛的时候,对于这个女人,也从未有过"威仪"的感观。前妻的职业是舞蹈演员,年轻的时候,性格就像她的腰身一般柔软,"威仪"压根就和她扯不上关系。

直到前妻在他面前落座后,他才找到了这股"威仪"之感的来源。他的前妻随手拎着一把雨伞。坐下后,这把雨伞自然地搭靠在她身后的落地玻璃窗上。这是一把老式的雨伞,黑色,紧紧地卷着,收进细长的套子里,笔直而又饱满,无端地令人确信当它展开时一定浑圆开阔,足以遮挡所有的风雨。是这把雨伞,赋予了一个老年女性以"威仪"之感,它就像一把随身携带着的、彰显身份的佩剑,充满了自尊的意味。前妻和一把雨伞同时款款地呈现在他眼前,背景是咖啡店落地玻璃窗外明媚的街景。在这样一个晴朗的春日里,她干吗要带着一把雨伞呢?他想。

时隔三十多年后,曾经的一对夫妻开始对话,而话题,却是从一把雨伞开始。

"干吗要带着雨伞呢?"他率先说出了自己的疑问。对于眼前的这个女人，他显得多么熟稔，仿佛白驹过隙，分离的时光只应该从昨天算起。

"人老了，总会懂得未雨绸缪吧。"他的前妻微笑着说。

话题如此直截了当地进入了他所期许的范畴，让他感到微微地有些头晕。"是啊是啊，我们都老了！可是——"他紧张地说。

"可是一切就像发生在昨天。"前妻打断了他的话，"我刚刚走在街上，心情就像我们离婚的那天一样。我是说，那种感觉就好像不久前才经历过。"

"哦……"他只好咽下已经到了嘴边的问题，本来他已经决定开门见山地向前妻发问：老去是怎么回事呢？它当然不是"懂得未雨绸缪"这么简单吧？

"那一天，我从家里离开，外面下着小雨，除了随身的背包，我什么也没拿，是你追出来给了我一把雨伞。"他的前妻意味深长地看了一眼靠在玻璃窗上的雨伞，"这些，你还记得吗？"

"不记得了。"他诚实地说，"你知道，我中过一次风，记忆力衰退得厉害，许多事情我都不记得了，有时候，连自己的名字都需要想上好半天。"他这么说并不是想替自己辩解，他只是不愿让前妻太失望。这时候，他才发觉"老去"原来可以成为一个很好的理由，在一切问题上借以为自己开脱。

"没关系，"他的前妻大度地说，"我们都老了，即使不中风，有些事情记起来都会吃力。要不是那天发生了后来的事情，我可能也不会记得这个细节了。"

"后来的事情？对不起，我还是什么也不记得了。"他歉疚地说。

"当然，你当然不会记得，这又不是你的错，那件事情你又没有经历。"前妻的语气里含有怜悯的嗔怪。"我走到街上后，遇到了一起抢劫事件。"她像煞有介事地说。

他惊讶地睁大了眼睛。

"在街角拐弯的地方，那个男人迎面向我走来。我都感觉到了，他像一头随时准备咬人的恶犬一样蓄势待发。女人是有第六感的，我当时紧张极了。"他的前妻继续说，昔日的余悸浮上了她的脸颊。"他肯定也很紧张，始终盯着我，但奇怪的是，就在我们近在咫尺的时候，他却突然放弃了伤害我的念头。他和我擦肩而过。潜意识里的恐惧已经吓软了我的腿，我根本走不动路了。当我回头去看他时，就看到了那恐怖的一幕——他劈手抢去了我身后一位女士的手包，同时伸手在她的脸上抹了一下。然后他就飞快地跑掉了。时间完全静止了，过了半天，我才惊叫起来。没错，不是那位女士惊叫，是我在惊叫。因为我看到那位女士的脸上绽开了一条猩红的口子，血像喷泉一样涌了出来！"

"哦！"他呻吟了一声。

"真的很恐怖，要知道，这一切本该是发生在我身上的！我本来应该更加倒霉，在那一天，离了婚，还要被劫匪割伤脸！"他的前妻吁了口气，仿佛溺水者从水底探出了头，"我确信，最初他是准备对我下手的，但一个细节令他转移了目标。"

"是什么？"他完全被前妻的叙述攫紧了。

"雨伞，我手中的雨伞，它就像一个护身符一样地保护了我。那个男人企图对我的伤害止步在那把雨伞前。可能他心里做出了权衡，攻击一个手握雨伞的女人，风险会变大。"他的前妻莞尔一笑，"那天的雨很小，我的心情又很糟糕，所以我并没有撑开那把雨伞，只是像一柄剑一样地拎在手里——而这把雨伞，是你追出来塞给我的。"

　　他分明从中听出了某种感激之情，但这种感激之情是他愧于领受的。"我并没有想到它会帮你这么大的忙。如果知道你离开家后会遭遇到这么危险的事情，我一定不会让你走的！"他动情地说。是的，他动情了，但他自己却没有意识到。他只是感到许多回忆被某种深邃的情感所唤醒。他仿佛再一次看到了年轻时候的妻子，看到了她曼妙的舞姿。那时候，她常常在舞台上穿着宽大的束腰长裙……

　　"我也知道你是无心之下做了件天大的好事。"他的前妻怅然若失地说，"但是老了之后，我却不这么想了。我觉得这一切都是天意和宿命，我觉得，这一生，你就是会在严峻的时刻挽救我。这么一想，我们之间所有的恩怨就都冰释了。从此每次出门我都会带着一把雨伞，我把这当成一个纪念或者仪式，就像自己每次走上舞台时先要起一个范儿——"她的手腕优雅地挥动了一下，说道："我不再恨你。"

　　"我也从来没有恨过你……"他嗫嚅着说。

　　"人老了，就是这么回事——会变得宽容，会从自己的经历中发现神的旨意。"不期然，他的前妻说出了这样的话。

　　老去是怎么回事呢？这是他期望得到的答案吗？他不知道。此刻,他只是被奔涌而来的情感撞击得胸口发痛。当他的目光再次落在那把雨伞上的时候,他痛切地觉得要说那是带鞘的刀剑或者上帝的权杖都完全可以成立。

痛切的感受贯穿了这个周日余下的时刻。

他的儿子准时来接走了他,驱车将他送了回去。父子俩在楼下的电梯口分了手。

小保姆不在家,不知道又跑到哪里去了,这种状况最近时有发生,已经引起了他的儿子强烈的不满。他昏昏沉沉地躺在了床上,过去的时光依然在胸中萦回:"困难时期"的爱情,"下放时期"的诺言,"开放时期"的婚变……他被某种懊悔之情所笼罩。他想,同样是老了,为什么他就没有学会宽宥一切?既然他和他的前妻此生是被宿命捆绑在一起的,既然他们共同吃了那么多苦,度过了那么多非常的"时期",那么为什么还要分离,为什么还要各自孤独地老去……他在这种情绪中睡着了。醒来后已经是黄昏。小保姆依然不见人影,而他却感到了饥饿。他从冰箱里翻出了一袋冷冻水饺,开火煮了吃。然后他又回到了床上。再次醒来的时候,他看到的是自己儿子忧心忡忡的脸。

起初他还有些摸不着头脑,在儿子对小保姆的训斥声中,他才逐渐明白过来。原来他煮过饺子后,又一次忘记了关闭煤气阀门。溢出的水浇灭了火苗,煤气却源源不断地泄漏着。幸好儿子适时而来——分手后儿子总是感到心神不宁,于是决定来看看。这样的事情以前也发生过一次,那次是小保姆回来得及时。这种事情太危险了,平时他还是汲取了教训的,甚至趁小保姆不在的时候有意训练过自己——开了火,然后回客厅转一圈,赶紧再转回厨房,看看阀门关上没有,一看,哦,关上了,可是出了厨房又不放心了,又转回来看一眼;如是来来回回地看,可心里就是不踏实,即便在梦里都觉着能闻到一屋子的煤气味儿。警惕性他是有的。但是今天他又一次犯下了同样的错误。老去可不就是这么回事吗?

盛怒之下,儿子赶走了小保姆——看起来,这个冷漠的公务员似乎有了新的决定。这也怪不得他的儿子,今天儿子若是晚来片刻,悲剧就已经酿成了。门窗洞开着,他的儿子在客厅和人通着电话,具体的内容躺在卧室里的他无从知晓,他只是能够隐约感受到儿子发出的官腔。他有些灰心丧气。空气中依然弥留着淡淡的煤气味,甜丝丝的,有种令人致幻的味道。

当天晚上,儿子破天荒地留下来陪他过夜。他却怎么也睡不着了,心里有些担忧和焦灼,觉得有某件不好的事情即将发生。

第二天一早,儿子为他做好了早餐。他一边默默地吃着,一边看儿子将他的两身换洗衣裳装进了一只纸袋里。随后,儿子驱车将他送到了市郊的那个大院。

他知道这是所养老院,是老人住的地方——他又不瞎,满院子的老头老太太,他还想不出这是个什么地方吗?他不愿意待在这里,心里抵触极了。但是他却突然变得非常消极,以一种漠然处之的态度看着儿子向一些陌生人移交着自己。他的鼻息里似乎还残留着煤气那甜丝丝的、令人致幻的气味。他的脑子像一台老朽的发动机,怎么使劲，也难以发动起来。愤怒和不满只是一个模模糊糊的轮廓，他已经无力调动和感知那些激烈的心情。这一刻，他很气馁，脆弱极了，仿佛是一个对着世界无能为力的儿童，面对加害，只能够坐以待毙。他天真地想，也许儿子只是将他暂时寄存在这儿的，过几天就会接他回家，就像过去他忙不过来时，也会暂时把年幼的儿子放在邻居家一样。

儿子把他安顿好，转身走的时候，他很想大声哭出来。可他看上去却非常平静。这不是因为自尊的缘故，他只是不敢放声哭泣。旁边围着一堆人，到了一个新的地方，他的胆子一下子变得很小了。

这样，他就开始了养老院的生活。

老去是怎么回事呢？这个问题依然困扰着他。尽管现在他满眼都是有关这个问题的答案。养老院里集中呈现着老年人的衰败：痴呆，病态，疯疯癫癫和邋里邋遢，有什么好说的呢？老去不就是这么回事！

这里不好吗？也不是不好，可他觉得他害怕这地方。里面的人对他也不错，见面就冲他笑，伙食也不差，可是他心里就是害怕。有时候院领导视察，挨间房子看望老人，每次他的心里都直打哆嗦，也不知道为什么，反正就是害怕。现在他明白了，为什么儿童们都排斥幼儿园——不是幼儿园的阿姨不好，是儿童们心里害怕。那种集体的、整齐划一的、四列纵队式的生活方式，天然就有着一种粗暴和残酷，完全有悖于人的天性。和他同屋的一个老头，常年卧床。老头睡在墙根，他的铺位在门口。这个老头早糊涂了，每天除了吃就是睡，睡着了说梦话，声音粗得吓死人，而且声色俱厉，看得出是在梦里和人凶狠地吵架；醒着的时候老头就瞪着眼睛看天花板，喉咙里呼噜呼噜地都是痰声，在他听来像是一声一声的恫吓。他都不敢看这个老头，每次偷偷看一眼就赶快把头扭到一边儿去。

难道"恐惧"就是老去的真义？可现实又唤醒了他"下放时期"的那些记忆。那时候他多么年轻啊，可当时的恐惧，又同如今的恐惧何其相似——世界对于一个恐惧者而言，如出一辙，都是一个莫测的迷局。这样的类比令他生出了逃逸的心。重温昔日的恐惧实在太令他绝望了。

出逃的前一刻，他收拾了自己的衣服——不过是可以塞进纸袋里的两身内衣。养老院还给他发了一身里面老人都穿的那种衣服，红颜色的，质量还好。他想了半天，该带走还是不该带走？他知道这衣服一定是儿子付了钱的，不是白给他的，那么他就该带上走；可他转念又害怕自己会因此背上偷窃的罪名。为此，他踟蹰了半天，最后还是决定不带走。这个决定有悖于他一贯的节俭作风。他的心里还是害怕。紧绷的神经唤回了他的生命经验，他惨痛地记起，这世界总是会不由分说地给人栽赃。

天气晴朗。他在午休的时候踅到了养老院的大门口。门卫从窗户探出头来，问他干什么去，他镇定地撒了个谎，说儿子一会儿要来，他在门口迎一下儿子。说完他并不敢拔脚就走，他害怕对方看出破绽。他在门口站着，尽量不露声色地一点儿一点儿往外挪着脚跟。他偷眼观察，直到超出了门卫的视线，这才放开胆子快步疾走起来。

关于他这一天的行动，日后他的儿子百思不得其解。养老院在城西，他的家在城东，之间横亘着一座庞大的城市，几十公里的路程呢。他的儿子无法想象，一个随时会忘记关掉煤气阀门的老人，是如何穿城而过，回到了自己的老窝。他已经许多年没有出过"远门"了，活动半径基本就在距自家一里地的范围内；如今城市日新月异地发展，变化之大，有时候连年轻人都找不着北。他的儿子想不通，他是怎么摸索着走上了归家的路。要知道，他如今连自己的名字都时常想不起来了，他居住的地方，也早已经换了新的路名；他肯定不会打出租车，这已经超出了他如今的智力水平；从养老院出来，最近的公交车站也在几里地之外……但他就是凭着两条腿，凭几乎是某种神秘的直觉和突然焕发出的如同年轻人一般的体力，误差不大地反复换乘着公交车，用了大半天时间，成功地完成了他的逃离。

那一天，他一路蹒跚着，碰见公交车站就上车。他身无分文，但是没有一个司机向他索要过车票。他苍老的面容就是一张通行无阻的证件。一趟车不走了，他就换下一趟车，每次上车后，都会有人热情地给他让座。其间有一阵天空飘起了小雨，雨丝飘进车窗，令他不免想到了雨伞和手握雨伞的前妻。小雨很快就停了，阳光穿透云层，潮湿的路面闪着微光，世界显得格外明亮。他根本不担心自己会误入歧途。他的心里非常笃定。他好像能闻见自己家里的气味——那股甜丝丝的、令人致幻的味儿。这种气味由远及近，越来越浓，不过是按图索骥，他就知道没错了。就这样，他在这一天顺畅地奔向了自己的终点。

去养老院的时候，儿子开着车，他被不好的预感笼罩着，没有顾上看看车外的景致。这一天，深居简出多年的他，终于有了打量这座城市的机会。在他眼里，这座城市当然已经完全变样了，到处是林立的高楼，公交车一会儿就上了桥，在桥上转个弯，又上了另一座桥。他在这种陌生的、周而复始的运行中犹如滑入了母亲的产道，他觉得，一次新的重生似乎就在不远的地方等着他。这种感觉不禁令他百感交集，眼里不时地盈满了热泪。

他在黄昏的时候回到了自己的家。客厅的窗帘没有合拢，落日的余晖铺在木地板上，防盗窗的栅栏在木地板上洒下栅格状的影子——多像一个鸟巢啊！他欣慰地想。他就像一只归巢的倦鸟一般，跌坐在沙发里，手捧着头，感到了从未有过的疲惫。这样静静地枯坐了许久，直到天色完全暗下来后，他才起身进到厨房动手为自己做了一顿晚餐。他的确是饿极了。冰箱里只有半袋速冻饺子，但他已经记不得这正是自己上次吃剩下的了。

吃饺子的时候，他的心里浮上了某种强烈的不安，但他无法找到自己这种不安的根源。吃完后，他很认真地在厨房里冲洗了碗筷。他回到了客厅，打算看一会儿电视，但是他立刻恍悟到了什么，疾步折回厨房。他看到水龙头是关紧着的，但他还是伸手仔细地又拧了拧。这时他惊讶地发现，自己不过短短离开了几天，却已经有蜘蛛在水槽的边上织了网。这给他的眼前平添了一种废墟的气息，同时也中断了他内心悬着的那股不安。再一次打量了一番关紧的水龙头后，他如释重负地重新回到了客厅，心里有种对某件事情奇怪的不可避免感。

电视还没有打开，茶几上的那部电话却响了起来。

"爷爷，我猜得没错，你果然在家！"话筒里传来孙女惊喜的声音。

他的孙女正在读高中，夏天就要高考了。这孩子很懂事，经常会在晚上给他打来电话，陪他聊几句。他很看重这样的通话，但他知道孙女晚上的学习负担很重，他不能耽误她太多的时间。此刻，他并不能领会孙女的惊喜。"你吃饭了吗？"他按部就班地问道。

"哎呀你还顾得上问我吃饭没有！我爸找你都找疯了，养老院的人已经报警啦！"孙女快活地嚷嚷着，"可我总觉得你不会跑丢，我猜你一定是回家了！"

"是的是的，我回家了！"他说。

"你是怎么找回去的啊？爷爷我真佩服你，你这是飞越老人院！"孙女一惊一乍地说，"我这就给我爸打电话，让他别在街上瞎找了。"

"不要，你让他再找一会儿吧！"他也被孙女的快乐感染了，"谁让他把我扔到那里的呢？"

挂了电话后，他在一种松弛的情绪下回味着孙女所说的话——你这是飞越老人院！他注意到，孙女使用了"飞越"这个词。他觉得孙女说得真好，他可不就是像一只候鸟一样，自己"飞越"着回来了吗？他感到这个想法有着一种说不出的魅力，让他如同感受到了山重水复之后的柳暗花明。

此刻他觉得自己正在一点一点变得轻盈，僵硬已久的躯体也开始变得柔和，而头颅中却有沉沉的睡意袭来。他仰身躺进了沙发里，闭上眼睛，好让自己更加充分地体会此刻——他下意识地觉得，这将是重要的一刻。他恍惚地想，这一生，自己都力图与大地站成一个标准的直角，如今是时候换一个姿势了，不如索性躺下去吧，与地面保持平行。他觉得自己的身体像躺在云端上飘浮着似的，有种"已经没什么可再失去"的释然之情盈满了胸腔。他在上升，而一个答案在徐徐降临，在某个恰到好处的维度，两者完美地对接了。他的鼻息里弥漫着一股甜丝丝的、令人致幻的气息，好像这气味是从他身体里释放出来弥漫到了空气里的。他深深地呼吸着，深深地松下了一口气。多年来，那个一直困扰着他的问题终于迎刃而解，有了一个答案。

他高兴地想：原来老去是这么回事，如果幸运的话，你终将变成一只候鸟，与大地平行——就像扑克牌经过魔术师的手，变成了鸽子。

良宵　张楚

1

她刚搬到麻湾时，村人并未觉得有何异样。或许在他们看来，这只是位干净的老太太，衣着素朴，脸上一水褶子，梳了低低的发髻，站在樱桃树下，束手束脚，竟有几分与年岁不相称的羞怯。隔壁的妇人偶来瞅了几眼，闲聊几句，这才晓得是村里王静生的远房姨妈，怎么想起要到乡下住上段时日，这才劳烦她外甥在村西租了三间瓦房。行李也不甚多，几床被褥，一只泛黄的皮箱。随行的还有一只白鹅。白鹅也老了，翼羽暗淡，喙上的肉瘤失了色泽，在屋檐下怏怏卧着。若是人来，她就从包裹里掏栗子、榛子类的坚果，笑着塞进人家掌心，慢声慢语地催促道，吃吧，吃吧。她的牙齿大抵是假牙，白如玉米，笑时几乎不见牙龈。

翌日，鸡没叫上三遍就早早爬起，绕村子转了半圈。四月初，清冷了一冬的村子，难免透着些活泼。樱桃就不消说了，顶一树雪，招了细腰蜂，单说荒地里大片的紫云英，于风中凝敛成水晶，流出光和蜜来。后来她走累了，坐上块青石歇脚。不时有村人牵着黄牛、骡子从她身旁擦过，难免都瞥上两眼。她呢，但凡有人瞅她，都要笑一笑，嘴唇被暖阳打成瓣蔷薇。

也不喜欢串门。村子里的妇女，如果不是农忙季节，屁股底下是安了陀螺的。尤其是此处的女人，舌头都要比别村的长两寸。就有那好事的，借串门的名义来，吃几枚老太太的坚果，喝几盏老太太泡的茉莉花茶，再打听些该问不该问的话，想传与旁人听。可这老太太，就是安静的一只猫，村妇们在炕沿上东拉西扯，她也舍不得插嘴。问她退休前是干哪行的？她说，当教师。问她儿女几个？她说，两儿一女。问她多大年岁？她说，忘了。问她老伴是否健在？她说，去世二十多年了。人家问她话时，大眼珠子瞪得溜圆，而她呢，只眯眼盯着墙旮旯，有一搭没一搭地应着。有时那只老鹅摇摆着肥硕的屁股踱进屋，她就顺手抓了脖子拎上炕，箍在怀里，榆树皮手细细摩挲着。那鹅也不吭声，闭了眼，仿佛在她怀里死去一般。

闲妇们就渐渐没了兴致，不如何往来。只有个诨号"刘三姐"的，时不时跑上一趟，倒比王静生还勤些。蒸了野菜馅的饺子趁热端一碗来，炖了排骨趁热送几块来，亲闺女似的。老太太推辞几句，就接了，也不见有言谢的套话。"刘三姐"似乎也不在乎。在村人眼里，她本来就是个有点缺心眼的"女光棍"。所谓"女光棍"，是周庄、夏庄、马庄、麻湾一带独有的叫法，专指那些性情如男人的女人。哪个村不出一两个"女光棍"？譬如夏庄，最有名的女光棍是周素英，专跟男人赌钱闹鬼；譬如马庄，最有名的女光棍是刘美兰，整日里蹬着大头皮靴，领了帮唢呐手跑红喜白丧之事；麻湾呢，若说有女光棍，大抵就是"刘三姐"了。"刘三姐"其实长得还算英俏，只是脾性躁，嗓门粗，肠子直，有事没事喜欢扯着铁嗓子唱两句。

2

老太太过了五六日，将麻湾村周遭咂摸透了。这个叫麻湾的村庄，地处冀东平原，西行百里是燕山，东行百里是渤海，怪的却是靠山不吃山，靠海不吃海，反倒以植棉闻名。据说老辈子，宫里用的棉花全由此处沿京东北运河载去。不过现下却是荒了手艺，年轻的跑到城里做泥瓦匠，只有老农人种几亩棉花。麻湾呢，除了村西有块方圆百米的土岗，全然是平地。若是站荒田里环四周，便是由地平线草草勾勒的浑圆。现下清明才过，麦子返青不久，作物都还归仓，除了野花草，只有柳树顶了绿苞芽，飞着些酱色的七星瓢虫。

那天她从村西的土岗下过。虽走得慢，还是呼哧带喘，就顺势找了干净的一块地脚坐下。屁股还没凉，便听到不远处传来孩子们的叫骂声。手搭了凉棚去瞅，却是一个孩子在前边跑，一帮孩子在后身疯追。那孩子蹽得比野兔子还快，转眼就从她身边旋风般刮过，直刮到那黄土冈上。那帮孩子呢，也就不再穷追，只在冈下叽叽歪歪骂个不休。这麻湾的方言倒也有点意思，平心静气说起来时，三拐五拐的犹如唱评戏，骂起人来时则脆生利落，简直京戏里的念白一般。那帮崽子兀自咒骂一通，这才怏怏散去。

老太太瞪了瞪他们的背影，又去斜眼瞅那土冈。不会儿，土冈上便隐约探出个圆头，小心逡巡着岗下。大概看是孩子们走了，这才约略着直起身哆哆索索矗在那儿。孩子套件过了膝的破夹克，晃荡晃荡的，鸡胸脯裹件漏眼的长袖海魂衫。见老太太望他，竟俯身捡起块土坷垃扔过来，不偏不倚冲她额头上。老太太倒是吭也没吭一声，只顺手摸了摸额头，又朝那冈上望去。孩子就不见了。

晚上，老太太蒸了锅馒头，干嚼了半个，就披了羽绒服拎了马扎坐院子里。夜晚的村庄静得早，偶有耗子钻垛草鸡闹窝。墙头似有野猫出没。老太太定睛瞅了瞅，拎了马扎进屋，打开戏曲频道，正演常香玉的《木兰从军》，忍不住把睡着的老鹅抱上炕，揽在怀里，摸它温热的羽，摸它冰凉的喙，再闭了眼细细听戏。须臾，过堂屋传来轻微的脚步声，侧耳听，倏而没了，过了会儿，脚步声重隐约响起，老太太就问："谁啊？"话音未落已是一派沉寂。心想这双耳朵，真是一天不如一天了。

晨起时，发现锅里的馒头少了几个。心想不会是被野猫叼走了吧？出了院子，又想不起到哪里溜达，就念起了昨日那个野孩子，这么想着，吆喝了老鹅，慢慢悠悠朝土冈走去。她这院子靠村西边，离冈最近，不过三四百米，可若真一步一步量起来又无比漫长。想当年，她能一连串翻百十个筋斗云。

土冈矗眼前时，她叉着腰大口大口地喘息起来。冈也不高，只不过人太矮了，岗也不长，只不过人的胸腹太窄了。土冈四周除了杂生的几株野榆钱，便是蒲公英，蒲公英密密麻麻洇成一片，远看仿若一块安静的黄金，近看则是朵朵小向日葵。鼻子里涩香之气渐发浓烈，她从兜里掏出枚榛子，嘎嘣嘎嘣嚼起来。人老了，牙掉了，馋虫还活着，吃了一辈子的坚果看来是戒不掉了。后来她想，何不去冈上看看？就绕到那条斜坡前端详起来，这一看先就心虚。斜坡虽不是很长，却陡峭得很，别说是她，就是十五六的愣小子也会发怵。断了念想，捣着腰眼慢慢悠悠回了家。

这一晚，老太太做的炸酱面。饭后照例躺炕上看电视。说是看电视，不如说是听电视。眼皮子磕磕绊绊时睁时闭，只耳朵支棱着听胡琴声咿咿呀呀。待听到过堂屋传来"吸溜吸溜"的声响，这才骤然醒来，轻咳两声，声响就淹没在无涯的黑暗中了。她把电视声音调大些，轻手轻脚穿了鞋子下炕，猛一挑门帘，就见一团矮小黑影蹿到院子里。那晚夜空无月，她只瞅到影子晃荡着爬上矮墙，倏地下就不见。转身将过堂屋的灯打开，却见剩下的炸酱面没了，只碗边粘了硬邦邦几根。似乎就明白了。如果没有猜错，这偷食的人，除了冈上那野孩子，大抵也不会再有旁人了。心里难免嘀咕起来，这孩子是如何的一回事？为何吃不上饭？爹娘去做什么了？村里就没旁的亲戚了？便寻思有机会了，定要问问那"刘三姐"。

这"刘三姐"倒是好几日没来。听村子里的喇叭，好像麻湾村家家要签什么合同。自己这房子是租来的，倒也没往心里去。炕上坐了会儿，便又愣愣想起那野孩子的小眉眼，心格外绵软，竟隐隐盼起夜晚的降临了。翌日，未及晌午，老太太就盘算着晚上煮何饭菜。这几天不是干馒头就是稀面条，那偷食的孩子估计也吃不饱。思来想去，便要做菠萝酱鲫鱼。

小卖部里倒是有鲫鱼，可却没有菠萝，老太太就买了几根芹菜。芹菜味冲，又有股异香，虽不及菠萝，想必也不会差到哪里。回了家就刮鱼鳞剖鱼腹，将肠子肚子喂给老鹅。又将空鱼肚塞上姜片、葱段和豆瓣酱，才用铁锅小火炖起来。这是个岑寂的午后，同往常一样，只听得细春风拂过老屋檐，只听得嫩叶拱出苍树皮，只听得邻居猪圈的约克猪懒懒呻吟……这样闲坐了很久，这才把火关了。光一寸一寸缩，夜一寸一寸胀，她草草喝了碗稀饭，将过头屋的灯打开，早早猫进被窝，照例看电视。

孩子又来了，先是锅盖碰锅沿的清脆声，然后是电饭锅被揭开的嗞啦声，再是不当心被热气熏了手又不得不强忍着的"哎呀"声，饭菜入嗓猛然吞咽的咕咚声……最后，是窸窸窣窣的衣裤和门帘摩擦声。不过五六分钟，声音就消散在夜里，又是漫漫的静。她披上衣裳蹑手蹑脚踱到庭院。月亮大而黄，孩子正在翻墙，不晓得是如何了，这回翻了几次都没翻上去。后来，他从猪圈旁搬了块石头，探着身子踮着脚才够住墙头。怪的是他没立马跳过去，而是骑矮墙上，双腿耷拉着呆坐了良久。后来，老太太看到孩子的肩胛骨在月光下一颤一颤地抖索起来。

老太太没敢惊扰他，默然看了片刻回房，靠着门闩愣神。

3

翌日清晨便早早出门。老鹅在她身后摇摇摆摆尾随着。她知道村里有家小卖店，专卖冷鲜肉。那天，小卖部人倒不少，有人在扯成匹的帐子布，看来是村里有人过世了。老太太戴上花镜，观瞧半天，这才吩咐店主从猪背腿上割了一斤，而后带着老鹅回了家。中午时，忍不住一个人跑到黄土岗下坐了个把时辰。风比昨日暖些，吹得骨头酥痒，荒田里的紫云英被阳光照成一团紫雾。可孩子却没出现，她愣愣地盯了会儿野榆钱树，这才走了。及至下午，老太太切姜剥蒜，又配了红椒、桂圆、八角、茴香和十三香，用高压锅将肉焖了，肉香不久弥漫开来。

其间倒是有几个闲妇过来串门。她们有阵子没来了，进了屋先耸动着鼻子问"咋这香呢？"见是老太太炖肉，又夸她厨艺高超，接着喟叹起如今的儿子媳妇们，全是金贵命，虽然都是土里刨食的，却连饺子也包不好，年三十煮破了一锅，简直成了馄饨片汤。老太太只缩在炕脚听，一句话也不插。又听她们说，县政府的人来了七八次，看样子村子搬迁是避免不了的。老太太这才问了句：村子搬到哪儿啊？干吗要搬啊？她们的兴致就被勾起来了，哄嚷着说，麻湾和附近的周庄、夏庄，据科学家们检测，地下埋着大量铁矿。大量是啥概念呢？就是储存量位居全国第三。全国第三哪，可不是闹着玩的！这些人四五年前就来勘探，折腾了几年，据说明年就要动工采矿了，这不，镇上天天逼着签拆迁合同。用不了多久，麻湾就消失了，取而代之的，将是一个巨大的地下采矿场。老太太"咦"了声问道，你们搬到哪儿啊？没了田地，日子怎么过？她们就扬着眉角嬉笑说，我们巴不得搬到县城，当城里人呢。钱嘛，不是有赔偿款么？这世道，有了钱，啥都不用怕……

可算是走了。老太太捶了捶腰，不禁去看锅里的肉。其实本想跟她们问问那孩子的事，可话到嘴边又咽了下去。这帮长舌妇，定会好奇她为何问询。何况，又何必非要知晓孩子的事？她跟他，只打了个照面，闲话也没说上过一席。他要是饿了，就来这里吃两口，填饱肚子；他若是有了下家，不再来偷食，自当没有过这回事。老太太眯眼在炕上打起盹来。等睁开眼，天已大黑，蹒跚着去过堂屋看看炖的肉，明显是吃剩的。孩子吃了不少，看来很对他胃口呢。老太太竟有些隐隐的得意，方沉沉睡去。

次日早早就起来，栽了两垄韭菜。韭菜根是王静生送的，顺便捎了一粪箕子猪粪。这个远房外甥，跟她并不亲近，反倒有些罅隙。老太太也并不介怀，送了他一双自己绣的棉拖鞋。王静生接了，又闷闷地抽了一袋烟，这才趿拉着鞋转身离去。等外甥走了，老太太就坐到屋檐下晒太阳，晒着晒着有些恶心，想必是这几天受了风寒，随口吞了几粒药片，倒头睡起来。中间醒来几次，只觉得骨头酸软喉咙胀痛，喝了口热水又渐渐迷糊过去。其间闻得老鹅嘎嘎乱叫，想必是饿了来讨食，却没气力爬起来喂它。醒来时太阳已爬上屋檐，就拌了糠菜去喂，却发现老鹅没了。

这老鹅，跟了她十三年，是她从小区门口捡的。肯定是谁家的孩子从宠物市场买来，养得不耐烦随手扔掉了。城里的孩子，就是没耐性。她小心翼翼地把它揣兜里带回家。当初也只是小小一团鹅黄，睁了惊恐的眼动也不敢动，谁承想竟长成偌大一只呢？儿女们是极少来的，通常只有她和它，晨起去中山公园散步，中午吧唧吧唧嚼着青菜，听收音机里唱着老戏，傍晚呢，窝在沙发里打盹，半夜醒来时方将电视关掉，日复一日，年复一年。想说话了就和它唠叨两句，生气了就踹它两脚，它不记仇，依旧影子似的随着她，贴着她，腻着她。

老太太难免心慌起来，颠着老寒腿在院子四周搜寻一番，仍没得踪迹。猛然想起那孩子，心就咯噔了一下。该不会夜晚来时不见吃的，索性将它逮走炖了吧？

那晚，灶冷灯灭，她早早在过堂屋候了，大气也不敢喘一口。果不其然孩子仍是来了。当他在灶台上翻寻时，她冷不丁一把就攥了他胳膊。他胳膊如此干枯，挣了两挣竟没有脱开。老太太随手开了灯，这才不紧不慢地问道："我的鹅呢？"

这倒是她与他头一次如此近地说话。他比前些日子似乎更细瘦了，有那么片刻，她竟怀疑他会不会被过堂风给吹走。他的眼也是红肿的，嘴角生了水疱。老太太又问道："是不是你把鹅偷走了？"孩子点点头。她想也没想就从他后脑勺扇了一巴掌，"是不是把鹅给吃了？"她颤抖着声音问。孩子又是点点头。老太太"哎呀"一声，顺势从锅台拎了把刷锅的炊具，捋起他衣袖就抽打起来。抽着抽着便瞧得他胳膊上全是银圆大小的红斑，一圈连一圈，看得心里麻麻幽幽，索性撇了他，一屁股坐在灶台上，默默盯了他半晌，这才摆摆手说："你走吧，走吧。以后不要再来了。"孩子一愣，却并没有动。老太太听他嘟囔道："我奶奶死了……我杀了它祭祀……"老太太不再搭理他，转身回了屋子，和衣躺下。

这一躺就是两天。中间清醒时老太太想，该不会是大限已到吧？然而转念想想，死在这个叫麻湾的村里也没什么不好。这个村子，地上有棉花，地下有铁矿，也算是宝地了。迷迷瞪瞪间又觉得自己化了妆缓步走上那戏台，不成想环顾四周，琴师未来，台下一个人也无，竟怅然起来，旋尔又自嘲，都这把老骨头了，竟还怕没人来听自己唱戏……

等再次睁开眼，屋里的灯怎么就亮了。侧身朝门外望，先看到炕沿上摆着副碗筷，碗里尚冒着热气。老太太爬起来张看，却是碗疙瘩汤，香油花浮着，白鸡蛋卧着，鸡蛋旁是几粒剥好的新蒜。老太太心里热了下，小口小口着吸溜起来。大抵是饿得塌锅了，虽然缺盐少醋，竟觉得格外香甜。就想，会有谁来呢，若是静生或"刘三姐"，断不会悄没声儿地来了又走，看来，也只有那孩子了。定是他过来找食，见她卧床生病，这才煮了疙瘩汤。看她睡得香，又不忍叫醒，才将疙瘩汤放在炕沿上，睁眼就能看到。小小年岁，心眼倒是不少呢。虽然他将老鹅杀了，心里百般怨恨，可谁没办过蠢事呢？何况一个细脚伶仃、饥肠辘辘的孩子？她突然萌生起拜访他的念头。来了半月有余，她还没正式拜访过谁呢。老太太就拿了手电筒出了院子。

夜晚的村庄，和白日的村庄，气味是不一样的。白日的村庄是属于动物的：属于槽子边的黄牛、属于圈里的约克猪、属于栅栏里的奴羊、属于篱笆里的凤头鸡、属于墙头的野猫、属于麦秸垛的刺猬，属于草丛里的春蛇……那气味掺在灶坑里，掺在孩子的鼻涕里，掺在男人的尿液里，是重的、冲的、浓的、腥的、烟火气的。而夜晚的村庄则属于植物：属于韭菜、属于樱桃、属于桃花、属于榆钱，属于一切静默生长着的神灵，所以那味道是甜的、是淡的、是凛的、是澈的，是悄然入心入肺的……老太太走在夜里，骨头似乎也轻灵起来，平时十来分钟的路，只走了七八分钟。到了黄土冈才想起，那条斜坡太陡了，以她生锈的腿脚，白天攀爬上去已是不易，何况繁星漫天的夜晚？怏怏地在岗下站了会儿，蒲公英的甜涩又隐约着扑进鼻孔。

还好，病又隔了一夜就痊愈。上午，就接到了大儿子的电话。她没想到儿子会给她打电话。他说话向来简洁。他在电话里说，妈呀，你生日快到了，还记得吧？有个香港大公司的老板，做了你一辈子的戏迷，专门从香港飞过来，要给你隆重地庆祝一下，光赞助费就掏二十万。你过几天拾掇拾掇，赶快回省城吧。

大儿子五十多岁了。他秉承了他父亲的一切：暴躁、酗酒、打老婆。他早把她盘剥得只剩一具衰老的身体。每到发工资的日子，都会带兄弟来分钱，此后一月不见踪影。说她手头没攒下钱谁信呢？去年跌了一跤，路也走不了，孩子们谁都不吭声，也没带她到医院看治，如果不是几个戏曲学院的弟子出了手术费，她剩下的日子怕也只是瘫烂在床上。如今她好不容易偷偷跑到乡下，不承想还是被他找到。她轻声轻语地告诉他，她是不会回去的，她喜欢这个叫麻湾的村子，她要在这里老死。

"那你就死那儿吧!永远别回来!"儿子在电话里咆哮起来,"反正这辈子你的命比草还贱!有福也不会享!"

命比草贱……命比草贱……她的眼眶就湿了……

"老太太啊,发啥愣呢?"

她抬头,却是"刘三姐"推门进来。"刘三姐"手里捧着碗懒豆腐。

"我用黄菜叶跟豆腐渣熬的,闻闻,闻闻,比猪肉都香!""刘三姐"边说边咂摸着嘴,"趁热吃了吧,世界上最好吃的懒豆腐,就是我'刘三姐'做的。"

4

那天晚上,老太太炖的清水排骨汤。喝完了汤,天方擦黑。她觉得有点热,就脱了棉衣在院里给韭菜浇水。浇着浇着,耳畔便传来谁家的收音机声。有人正在唱《春闺梦》,是张氏与丈夫王恢互诉衷肠那一场。听声音不是王缺月就是赵恒秋。毕竟是晚辈,功夫还是有些稚嫩。听着听着,她不禁将水桶缓缓放下,轻声轻语唱将起来:

> 去时陌上花如锦,今日楼头柳又青。
> 可怜侬在深闺等,海棠开日我想到如今。
> 门环偶响疑投信,市语微华虑变生。

因何一去无音信，不管我家中这肠断的人。

她恍惚又站在偌大舞台之上，金丝绒帷幕拉开，司鼓开始打倒板头，倒板头打完，胡琴声一响，满场肃静无哗。一瞬间，她仿佛就成了张氏，对着夫君埋怨。虽是埋怨，却是娇憨的、惊喜的、委婉的、意犹未尽的。她窃笑、她颔首、她掩面、她莲步生灭……当她最后佯装拂袖时，她仿佛听到戏台下传来惊雷般的叫好声……

唯有墙边传来咕咚一声闷响，她才猛然梦醒，身子打个激灵，木木地朝墙边看去。

这一看竟忍不住笑出声来。却是那孩子从墙头跌了下来。看来没什么大碍，他慌里慌张地拍拍身上的灰尘，这才怯生生凝望着她。

"你怎么又来了？"老太太沉着脸道，"你偷吃了我的鹅，这回又想偷什么？"

"我……我……"男孩诺诺道，"我只是来瞧瞧，你的病好了没有。那天晚上，你的头比开水还热……"

老太太眯眼看他。他就支吾着说："我刚才在墙头听你唱戏……一不留神掉下来了，没吓到你吧……"

老太太这才走过去，摸了摸他的头，说："以后不用爬墙头了，奶奶给你开着门。"

就领男孩进屋，给他热了排骨和米饭，盛得鼓尖才递给他。孩子大口大口扒拉着，她就问："你爸妈呢？""全死了。""怎么回事？""病死的……""爷爷奶奶呢？""爷爷早死了，奶奶……

奶奶……"男孩哽咽着说，"奶奶前几天心肺病犯了……你那只鹅，我杀了做供品的……""还有亲人吗？""有个大伯……是个瘸子……"

男孩将碗筷放下，呆呆凝望着房梁。老太太说："人是铁饭是钢，一顿不吃饿得慌。先把排骨都吃了。"男孩快速地瞥了她一眼，又埋头闷闷吃起来。他饭量委实很好。他总共吃了三碗米饭，排骨也啃得精光。

"以后跟谁过呢？"她仿佛问自己，又仿佛问孩子，"这么小，比火旗高不多少……"

男孩就放下碗筷，径直往外走。老太太伸手拽他，他没动。老太太说："你喜欢吃糖吗？柜子上的铁盒里有。有大白兔的，还有金丝猴的。"

男孩说："我从来不吃零食。"

老太太撇撇嘴说："哪里有孩子不贪零食的？"

男孩黯然道："我爸妈活着的时候，也没给我买过零食。"

老太太叹息着说："以后奶奶给你买……"

男孩瞥她一眼，嘟着嘴转身走了。不一会儿，老太太听到屋外关门的声响。这次，他不是翻墙出去的。

随后几日，男孩都过来共进晚餐。家里好像还没如此喧闹过。老太太特意让王静生打集市买了张八仙桌。桌上通常是一凉一热。热的呢，是老北京菜，什么番茄腰柳啊，炸灌肠啊，砂锅狮子头啊，樱桃肉啊，都是最拿手的；凉的呢，无非是萝卜缨子、香葱、新韭，抑或小嫩菠菜，用海天酱油和酸酱细细拌了。两个人，就在炕上面对面坐了吃。孩子呢，通常只闷了头扒饭，很少动筷子夹菜。吃一阵偶然抬头，老太太便往他碗里夹一箸菜，嘴上唠叨着："十来岁的小子，吃穷老子。多吃，多吃。"孩子也夹了肉丁或腊肠，犹犹豫豫着往老太太碗里塞。老太太就笑。如果两人都不言语，屋内便只听得牙齿咀嚼食物的声响，不过声响又不同：老太太是细嚼慢咽，老牛反刍般半晌才动下嘴；孩子呢，则像猪崽抢槽子般呼噜呼噜，眨眼间一碗米饭就下了肚。老太太说："你慢些吃，吃得太快，胃哪能受得了呢？可要当心，年轻的时候是人找病，老了啊，就是病找人了。"孩子仍是大口大口地吞咽，仿佛没长耳朵般。那一日，孩子忽然放下手中的碗筷，郑重地对老太太说：

"我……我想求你个事……"

老太太故意说："那可不行，你给我什么好处呢？"

孩子眼神就黯淡下去，老太太这才说："好吧，我不要好处了，只要你拜我为师，学一出《红拂夜奔》就成。"

孩子仍垂着头，半晌才说："我估计活不过明年了。要是我死了，你把我跟我爸妈埋一块吧。"

这话从一个孩子的口里出来，老太太一时就找不出合适的话来应答。孩子又慢慢说道："坟就在冈上。我喜欢吃肉，到时候你给我坟头……放一块猪头肉就行了……纸钱呢，多烧些，我好给我爸妈买新衣裳……"说完了又继续埋头吃起来。老太太就强笑着说："你个兔崽子，小小年纪，竟想些不着边的事儿，就是死，我肯定也在你前头。"

老太太面上挂着笑,心下却不时犯愁。孩子为何要说这番话?不像是睁着眼说假话,难道是得了什么绝症?又想,一个父母双亡的孤儿,如何安顿为好?虽说有伯父,看来也是薄情寡义的人,不然怎会让孩子孤身独住?只是个十来岁的孩子啊,按常理,晚上还赖在娘被窝里暖脚的。便寻思着去找村里的干部,好歹找个人家寄养才安妥吧?实在不行送福利院,也比夜里孤零零守着土冈强,也比被孩子们整日欺负强,起码不至于吓破胆,只到晚上才敢出来。

那天,男孩夜间又来,老太太炖了半只芦花鸡。刚把鸡大腿撕下放孩子碗里,"刘三姐"夹着团棉花就来了。"刘三姐"脸上本来堆着笑,愣眼瞅到男孩,突然一声尖叫,吓得男孩兀自撒腿就跑。男孩跑了,"刘三姐"还抚胸长叹,竟是副失魂落魄样。老太太乜斜着她,冷冷问道:"抽羊角风了吗?"

"刘三姐"说:"我的天亲啊,你咋敢让这孩子跑你屋里头?"

老太太说:"他又不是十恶不赦的人,我干吗不敢让他来?"

"刘三姐"捶胸顿足地嚷嚷道:"他可是个瘟神哪!你不知道,他爹妈出去打工,被人骗去卖血,得了艾滋病,去年全死了!艾滋病啊!你老人家可知道这是啥病?你还敢跟他一块吃饭!不想活了你!"

老太太茫然地瞅着"刘三姐",说:"他爹他妈有病,跟孩子有什么关系?"

"刘三姐"急赤白脸地说:"咋没关系!他妈怀孕的时候就得病

了！这孩子生下就有艾滋病！"

老太太不再听她絮叨，开始收拾碗筷。"刘三姐"一把将碗筷夺过，顺势扔进垃圾桶，又匆忙提了垃圾桶快步出屋。显然，这个麻湾唯一的"女光棍"是被彻底吓着了。当然，麻湾唯一的"女光棍"被彻底吓着了，也就说明整个麻湾村被彻底吓着了。

5

老太太翌日起得晚。如若不是敲门声越发大起来，定会再睡个回笼觉。等她将门打开，倒不禁愣住。房北围站着七八个女人，有相识的，有不相识的，还有半生不熟的。见她迈门槛出来，都不约而同向后退了几步。老太太用手压了压发髻，她们又是碎步挪腾。很显然，她们都知道孩子的事了。看来"刘三姐"的舌头，也并不比她们的短多少。

那个清晨，这帮子妇女围圈住老太太，七嘴八舌问个没完。譬如，他何时开始到她这里蹭饭的；譬如，他吃过之后的碗筷，她是否用开水烫过？譬如，他有没有跟她讨要钱物；譬如，她以后是否还会叫他来吃饭？显然，他们最关心的还是末一个问题。

老太太目光漠然地越过她们，扫到了房前一棵梨树。梨树也是素白，不过却比樱桃多了分莹润。女人们仍喋喋不休，仿佛她们若不是如此这般盘问她，倒真是对她不起。她后来实在有些厌烦，就说，我筋骨有些受风，要去屋里好生静养一番，你们还是各自忙各自的去吧!

女人们怔怔地盯了她看。她连个招呼也没打就关门回屋。站在过头屋里,耳边还响动着她们嘈杂的议论声。

待到日悬中天,老太太又去了黄土冈。空中飞着乱柳絮和蒲公英,老太太不停打着喷嚏。这样行到冈下,又歇息片刻,这才一点一点向上爬。爬了没几步就腰酸腿疼,寻思寻思又径自下坡,仰头朝冈上望去。

男孩就站在冈上俯视着她。他只穿了那件漏眼的海魂衫,细瘦胳膊支棱着。他看她一眼,她看他一眼,谁都没有说话。老太太"哎"了声再去瞅他,他仍站在那儿,犹如刚从泥土里钻出的豌豆苗。他的瞳孔与眼白,倒如昼与夜般泾渭分明。

"你下来,"老太太朝男孩摆摆手,"以后别住这儿了,搬到奶奶那儿。"

男孩猛地摇摇头。

"别怕。七十三八十四,阎王不想小鬼至。我都这把年纪了,还有什么怕的?我都不怕,你还有什么怕的?"

男孩仍是摇摇头。

"你晚上想吃什么呀?奶奶给做砂锅白肉吧?"

男孩转身就跑了。冈上又空旷起来。

看来,这孩子是怕连累她,没准这次,恐是最后一次见到他了。老太太蔫头耷脑回了家,捂了棉被静躺。晌午刚过,王静生就来拜访了。王静生来了后并未言语,先是在炕沿上默默卷了支旱烟,咳嗽着抽完才去瞧他姨妈。他姨妈这才从被窝里钻出来，盘腿坐在炕席上。王静生说，关于她跟孩子的事，他听别人说了。别人呢，也没啥恶意。以前他跟父母住岗上，跟村人不怎么来往。去年他父母病死，剩他一个，都是她奶奶送粮送水。前几天他奶奶死了，还有个伯父。可这伯父是他奶奶的养子，打小就跟他父亲不和，又是个瘸子，看来指望不上。孩子的病不是好病，别人才不敢跟他往来，怨不得别人。老太太就别瞎掺和了，省得别人戳着脊梁骨说闲话。"姨啊，你这辈子，"王静生顿了顿说，"听到的闲话还少么？"

这倒是老太太搬到麻湾村以来，头一次听王静生讲这么多话。王静生说完，又卷了支旱烟抽起来。老太太这才转过身说："回去吧静生，我有分寸的。"

王静生就趿拉着鞋走了。

那晚，老太太做好了饭菜，孩子却没来。老太太看着桌子上的卤煮和油条，一口都吃不下。八仙桌就在炕上摆了一宿。半夜老太太睁开眼，盼着那饭菜已被孩子吞咽得精光，不过，油条仍硬邦邦躺在笸箩里，盛卤煮的碗已凝了一层油。叹息一声，却是怎么都睡不着了。

村长是头午来的。这是个有点驼背的中年人，面目红肿，穿双皱巴巴的皮鞋，一说话嘴里就喷薄出酒气。他先自报家门，而后一屁股坐到炕上。他说，他本来早该拜访拜访老太太，可他实在太忙了。他可能是世界上最忙的村长了。这不是他能干，而是他必须能干：谁让他们村地底下有铁矿呢？这个村子不起眼，却埋藏着大把大把的金钱。县里让他们年底前全部搬迁，可要让这帮庄稼人离开住了半辈子的窝，倒真是费力不讨好的事。他忙呀，比奥巴马还忙，这才没顾忌上那孩子。再说了，孩子有毒，人还是少接触为好。"他的事你就别操心了，"最后村长打着哈欠说，"我跟书记会解决好他的事。如果有问题，也只是时间上的问题。"

老太太"哦"了声。村长似乎很满意，又说："你要是有啥困难，尽管跟我说！我虽然不是骑马的架鹰的，可毕竟还是一村之长嘛。"

老太太笑了笑。

村长前脚走，老太太后脚就出了门。她手里端着个铝盆，盆里是五六个大馒头。出了院门，村长赫然就堵在门外。他皱着眉头瞥她一眼，又瞥了瞥馒头，铁青着脸说："真是个老古董。你没长耳朵吗？嗯？拿我说话当放屁吗？嗯？"

老太太没吭声，径自朝前走。村长一愣，随即吼道："站住！你给我站住！"老太太仍是走自己的。村长三步并作两步过来，一把扯住她衣襟，"你给我回去！回去！不是说了吗？没你的事！"

老太太站在那里，一声都没吭，只默然眺望着远处的土冈。

6

儿子是第二天上午到的麻湾。

他是坐夜车来的。省城离麻湾不过一千四百里，可除了火车还要倒三次长途汽车。他腋下夹个皮包，走起路犹如身后有恶鬼追赶一般。他连问带打听地找到王静生家，让王静生带他去找老太太。王静生让他连弟喝口水，也被断然拒绝了。看来他真是有十万火急的事。王静生领了他穿街过巷，到了老太太住处。铁门四敞着，院里栽着韭菜、菠菜和萝卜秧子，一群花腰小蜂在阳光下嗡嘤着飞。还有几棵樱桃树，花期已过，葳蕤枝叶上顶着几枚枯花蒂。他们悄悄进了屋。老太太正在炕上收拾皮箱，见了儿子，只是茫然地点了下头，然后继续把衣裳一件一件折叠好，再放进散发着樟脑味的箱子里。

儿子似乎就放了心，擦了擦额头的汗水说："哎，我真是白着急了，原来你已经准备回去了啊？"

老太太看他一眼，将皮箱拉链拉好。儿子埋怨道："你的手机也不开。不开你拿它干什么呀？我昨天找了你一天，都是关机。"又瞅一眼王静生说，"你们家也是，好歹安装个电话啊，有个大事小情的多不方便。是不是？"王静生就赔着笑脸点头称是，又说姨妈住这里的日子，自己照顾得不是很周全，还望见谅。两人又闲聊几句，儿子才对老太太说："你最近还好吧？这个礼拜日就是你寿日，香港的李老板星期六就飞过来，饭店呢，就定在凯撒大酒店。毕竟是李先生面子大，省电视台的还要全程录像呢。快回去吧，窝在这个兔子不拉屎的地方干吗？"

老太太将皮箱从炕上往下拎。拎了几次都没拎动，王静生赶忙伸手接过来。儿子继续唠叨道："破鞋烂衣裳的还要它干吗？给静生老婆好了。人家忙前忙后也不容易。"王静生连忙说，她老婆是个胖子，比母熊还肥，姨妈的衣裳肯定不合身。儿子说："算了算了，我们快走吧。出租车司机还在村头等着呢。我们直接打车去市里,好歹还能赶上下午的火车。"

三人就往门外走。王静生帮老太太提着皮箱。等出了大门,老太太把皮箱从他手里接过,抽出拉杆,拍了拍他的肩,就朝土岗那厢走去。王静生"咦"了声,忙扭头看他连弟。他连弟已然将他们拉开五六米,又狐疑地去看老太太,嘴里喊道:"姨妈!姨妈!走错了!"老太太没应答,王静生只得又朝他连弟喊:"彦春!彦春!彦春!"

儿子这才扭头,蹙着眉朝老太太喊:"妈!你糊涂了啊,出租车在村东呢!"见老太太不语,声音就又挑高些。他嗓门本来就粗大,这下倒真像是用喇叭喊话了:"回来!往这边走!回来!往这边走!"老太太大抵聋了,只顾弯着脊背迈着碎步拉着棕色皮箱一步一步朝前走。儿子大概在王静生跟前有点上火,他小跑着过去,一手按捺住皮箱,另一只手死死拽住她衣角,晃着她身体喊道:"妈!你傻了啊!这是去哪儿啊?!怎么连东南西北都分不清了!"

老太太这才回身默默注视着儿子。儿子虚胖的脸上全是汗水。儿子身后是王静生,王静生身后则是些街坊邻居,"刘三姐"也伸着脖子缩在人群里,几度想踏上前来,又都犹豫着退回去。他们若即若离地环在左右,仿佛是专门来看热闹的。老太太一把甩开儿子的手,继续拉着皮箱西行。儿子倒也不敢再造次,只得跟在母亲身后边走边絮叨:"人家可是给了赞助费的!不瞒你说,说是二十万,其实给了五十万!图个啥?不就图见你一面,听你唱两句《春闺梦》和《锁麟囊》？人家拿你当宝，你可不能把自己当宝，傲气值几个钱呢？"

如果有人从土冈上俯瞰，便会看到一行人以一种奇怪的姿势迤逦前行：最前面是位拖着皮箱、满脸皱纹的老太太，后面是两个神态疲惫焦虑的中年人，再后则是稀稀拉拉、端着胳膊嗑着瓜子的闲人。老太太走了好一阵才到岗下。她再次转过身看着儿子，看了会儿，方才叹息道："回去吧，你。听话啊。"儿子哭丧着嗓子喊道："那你呢？你这是去哪儿啊？"老太太伸手擦了擦他额头的汗，扔下皮箱径直朝坡上走去。

这条坡不长，但是陡，爬满了蒲公英和矢车菊。老太太曾在黄土冈下徘徊多次，却从未真正上去过一回。她深吸了口气，这才徐徐弯下腰身，晃晃悠悠往上爬，爬了没几步就有些气喘，冷不丁一个趔趄，险些就栽滚下来。众人在坡下不禁一阵尖叫，她听到儿子劈着嗓子喊道："妈！下来！快下来！这是唱的哪出戏啊？"她装作没有听见，只是将腰俯得更低，胸腹几乎就要贴上地面，手里抓住花草茎叶，身如脱水的弯狗虾般一拱一拱朝坡上蹭。当眼前蓦然出现一只瘦骨嶙峋的小手时，她不禁抬起脖子瞅了瞅。男孩就站在她上边。他还穿着那件海魂衫，小脸大抵有几天没洗了，灰头灰脑的。她就慢吞吞地说："没事儿，别管我！"嘴上这么说着，手还是颤颤巍巍伸过去。当孩子冰凉的小手紧攥住她榆树皮似的掌心时，老太太身上忽就有了气力，手脚在瞬息都热了起来。有那么片刻，老太太确信双腿其实就踏在棉花般洁净干燥的云朵里，每向上微微跨一小步，就离天空和星辰更近了半尺。

莫尔道嘎　徐则臣

那两年生意砸得厉害，见了鬼，下的力气越大赔得越狠。朋友说，别跟运气对着干，出去走走，没准回来百无禁忌了；趁车还在。朋友的意思是，别把车也搭进去。我就开着我的斯巴鲁越野出来了。放松地跑，当然要去大草原，我把油门一脚踩到底，就到了呼伦贝尔。九月的草原天大地大，江水长，秋草黄，一听到马头琴我就忧伤。我得把自己从失败的坏感觉里拽出来，鸿雁南飞，我一路向北。

从黑山头镇沿301省道往东北走，出了第一个加油站天就黑了。在加油站刚喝了一罐咖啡，觉得浑身都是力气，穿过额尔古纳市也没停下。照我的预期，加把劲儿，半夜到根河再住下。天很黑，整条路上看不见别的车开灯，就我一人在大草原上狂奔。这在七八月份的草原上是不可想象的，那时候旅游的人多如牛毛。现在呼伦贝尔冷起来，车里必须开着暖气才能把路一直跑下去。但黑暗和孤独慢慢侵占了斯巴鲁的空间，也可能是因为马头琴的音乐一直开着，我在忧伤之外感到了恐惧，就像被整个世界遗弃了。不管如何努力生意依然每况愈下时，我感受到的恐惧与此刻一模一样。我的后背开始发凉。仅有力气是跑不了长途夜路的。就是在这时候我遇到了老哈。路拐了一个缓慢的弯，在山坡的另一边他站在路边，旁边是他的摩托车，尾灯在闪。他高举交叉的两臂对我摆。

"借个火。"他站在我车灯的灯柱里，证明他只是求助。他把头盔和手套都取下，一身的户外行头，防风，保暖，穿一双山地靴。"撒了泡尿把打火机给弄丢了。"他抽烟的样子有点狠，憋坏了。"兄弟你要不来，今晚我能不能撑到图里河都难说。"他吐了一口浓烟，眼眯起来，"跑长途缺了这一口，等于进了洞房找不到新娘子。"

他自己先笑起来，因为脸黑，显得牙白。有点东北口音。五十多岁的样子，结实的大块头。

"去哪儿，兄弟？"他问。

"根河。"

"够跑一阵子的。"

我都想跟他一起去图里河了。但我说的是："是有点累。"

"累了就停下，"他说，"别跟自己较这个劲儿。你去加拉嘎，前头拐个弯就到。我认识牧羊的老包，他家的炕暖和。就说我老哈介绍的朋友。"

这是个话多的老哈。我们各抽了三根烟。上车之前老哈说，去过莫尔道嘎么？走多少冤枉路都值；镇上有家客栈叫"牧马人"，老板娘那叫一个好看。我们一起踩油门，他的摩托车比我快。他不喜欢跟别人一路跑。他在我的车灯柱里从摩托车座上抬起屁股，像支箭钻进了黑夜里。

一个半小时后，我已经躺到了老包家的热炕上。老哈说得没错，你能在老包的皱纹里至少找到两根羊毛。老包说："好好闷一觉，明早起来跟我放羊去。"

我跟老包放了三天羊。一大早出门，带上大饼、羊肉和一大保温罐奶茶，把四百只羊赶到他们家草场上。羊吃草，我们找个避风的山坡躺着晒太阳，有一搭没一搭说话和抽烟。话题自然离不开老哈。他们俩认识四年，每年九月老哈都会到老包的牧场上来。他喜欢心无挂碍地躺在草原上。他骑着摩托来，住上三五天，离开，下一次再见可能得明年，也可能过上个把星期他又来了。来了还是放牧，半天跟老包说上一句话。

"狗日的老哈，"老包说，"马骑得是真好。到底是个牧马人。"

我一下子来了精神。

"没跟你说？这老哈，在新巴尔虎左旗当过知青，放了三年马。"

我仔细想了一下昨天晚上见到的老哈，好像两条腿是有那么一点罗圈。这个张嘴一口东北味儿的青岛人，按老包的说法，算是活明白了。你能想象这老小子六十岁了么？退了休开始周游世界，就一辆摩托车，山南海北地跑。九月份准时到呼伦贝尔，比寒流来得还准。

"为啥九月？七八月草原那才叫美。"

"九月二十六号他得赶到莫尔道嘎。"

我笑起来。"为了牧马人客栈漂亮的老板娘？"

"那你得问狗日的老哈。"

不得不说，幕天席地的生活会改变一个人。天地间只有你和一群羊，你会觉得除了这群生灵，什么都可有可无。放过羊的人和没放过羊的人不是同一个人。老包说，他阿爸是放羊的，他阿爸的阿爸也是放羊，他阿爸的阿爸的阿爸也是放羊的。他躺在草原上看着这群羊，觉得他阿爸、他爷爷、他太爷爷都活在他的身体里，他们跟他一起放羊，他们跟他放的是同一群羊。羊的身体里也活着羊的祖先。我的悟性不够，但多少也感受到了一点跟听了马头琴那样的忧伤，只是这忧伤是饱满、明亮和喜悦的，而在车里听马头琴，那忧伤像只空荡荡的口袋，整个人都饥饿，肚子里全是恍惚的风。我跟老包说，生意的事问题不大了，可以离开了。

"回北京？"他问。

我想是吧。但出了老包家，我突然决定去莫尔道嘎。再跑几天，把整个人彻底"放空"，像下坡时给车挂一个空挡。

莫尔道嘎很有名，但莫尔道嘎的确不大，刚转到第三条街就看到老哈的摩托车停在一座三层小楼前。没错，牧马人客栈。办好入住手续我才向前台打听老哈住哪里，竟然就在我隔壁。我在老哈极具穿透力的呼噜声里也睡了过去，从加拉嘎到根河再到莫尔道嘎，我在斯巴鲁里坐了大半天了，腰都快断了。被敲门声吵醒时天已经黑了，老哈在门外喊：

"兄弟，一块儿喝两杯。"

"你咋知道我来了？"

"前台的丫头是我干闺女。"

因为经他引荐我才来莫尔道嘎，老哈坚决要到附近一个馆子里给我接风。现在是旅游淡季，整个客栈加我才住了八个人，"牧马人"的厨师请假回老家了，开不了伙。穿过大堂，前台的姑娘没叫他"干爹"，叫的是"哈叔"。

当然是吃羊肉、手把肉。老哈很讲究，肉热腾腾地上来时，不像我穷凶极恶地扑上去，而是从口袋里摸出一把小刀，慢悠悠地在一只瓷碗底下咔嗤咔嗤磨起来，磨完这面磨那面。要我看，那刀锋利得很，根本用不着磨。磨完了，我都吃下好几块肉了，他割下一块连骨肉，刀锋向内，慢条斯理地再割下条条块块的肉，用手捏着放进嘴里。"要吃肥的，"老哈说，"只挑瘦的那不叫吃羊肉。香不起来。"

我们喝蒙古王酒。劲儿大，过瘾。累了一天整上个二两老烧，神仙日子也不过如此。老哈用指头蘸上酒，敬过长生天才喝。他说多少年都这样，礼数不到心里不踏实。

"在家也这么用刀？"

"用。过去蒙古人出门做客都带自己的刀。"他把小刀举起来给我看，刀把上缀着一颗狼牙。刀和狼牙都有了一层厚腻的包浆。"在青岛我自己做手把肉。"

"说说放马时候的事呗。"

"老包又多嘴了？"

"他可没提老板娘。"

酒是个好东西，两杯下肚我就觉得跟老哈是亲兄弟和忘年交了。我举着羊肉开起了玩笑。老包的确什么都没说。

"嘿，"老哈打了一个嗝，"那时候真是他妈的年轻啊。"

故事肯定要开始了。我不吭声，勤快地给老哈添满酒。

"刚到新巴尔虎左旗那年，我十九岁，高中刚毕业。"老哈说，"都说当知青光荣嘛，我死活要去。临走时我妈隔着绿皮火车窗玻璃跟我说的最后一句话是：草原上夜里冷，千万别蹬被子啊。"

"啥时候遇到的老板娘？"

老哈没搭我的茬儿。随他去，真有事他肯定憋不住。他跟我讲起四十年前的知青生活。他的运气实在太好了，他们那个知青点只有两个人被挑去放马，他是其一。在整个牧区，最好的工作就是牧马，"自由。骑着高头大马，那真叫拉风，吆喝一声就下去四十里地，"老哈说，"马倌可以骑最好的马。好马跑起来速度就是快。那真是快。"老哈眯起眼，身体开始前后上下颠动，四两酒就可以把他送回新巴尔虎左旗的草原上。次之是放牧牛和羊。牛羊没那么快，但它们起码在动，一天下来总能像乌云或白云那样刮过一大片草地。知青们最不愿干的是当猪倌，臭烘烘的一群趴在那里，吃了睡，睡了吃，看着它们自己身上也跟着长肉。他们宁愿随屯田的牧民去开荒种庄稼。

"姑娘都喜欢马倌，嘿嘿。"老哈说。

我以为要入正题了，老哈话锋一转，说："那时候我做梦都想来莫尔道嘎。"

"年轻人有心事了。"我坏坏地笑，我猜某个姑娘，比如现在"牧马人"的老板娘，就是莫尔道嘎人。

"牧民们都说莫尔道嘎好，原始森林像海一样大。我一个青岛海边长大的，水见得多了，想看看树。他们不说我也要去。莫尔道嘎，听听这名字。头一回听我就喜欢上了。就冲着这名字我也得去看看。"

这我能理解。我也喜欢很多地名，耶路撒冷，伊斯坦布尔，阿姆斯特丹，圣彼得堡，不知道它们在哪里的时候，我就想去了。这辈子的愿望之一，就是把想去的地方都走一遍。"你来了？"我给老哈倒上酒。

老哈一口干掉。"倒满。请不下来假。兄弟，干了！"

二十世纪六十年代的呼伦贝尔草原，火车跑得很慢。老哈得头一天从驻地骑马到海拉尔，住一夜，赶第二天早上海拉尔去根河的火车。到根河停下，住一夜，再等根河去莫尔道嘎的火车。有可能还要住两夜，去莫尔道嘎的火车两天一班。等那慢悠悠的小火车晃到莫尔道嘎，三四天已经过去了。在那里转一圈打道回府，又三四天过去了。生产队里都忙着大生产，没那么多时间让他去搞闲情逸致。一个萝卜一个坑，他溜号就得别人顶上来，这个账没法算。

问题在于，想去莫尔道嘎的不仅是老哈，老哈的马倌搭档巴图也想去。巴图大老哈三岁,赤峰人,比老哈早一年来这个知青点。老哈叫他巴哥,但在生活和牧马上,巴图是他师傅。要去得两人一块去,老哈这个海边人有点晕草原,一个人出远门想想都犯怵。两个人坐火车去莫尔道嘎,理论上无论如何都行不通。

还有一种可能,骑马去。从知青点到莫尔道嘎直线距离不到三百公里,一匹好马悠着点跑,得两天,歇一天,再跑回来,又两天。五天也不短,还得确保天公作美,马也不出问题。但这是他们去莫尔道嘎的唯一可能。老哈和巴哥达成共识,等机会。

"等到机会了?"我问。

老哈说:"喝酒。"

一瓶"蒙古王"下去了。

老哈终于说:"等到了。"

他们跟生产队长做了个交易,每次把马群里最好的驯马给队长骑。这是个了不得的待遇。马倌要伺候的官人能数出一串子,谁需要马就得给谁提供,队长排在这条串子上差不多最下面,但凡有另外一个领导有要求了,最好的马就到不了队长手里。但县官不如现管,领导指示下来了,老哈和巴哥就借口"乌云"身体不适,把"赤兔"给了领导;领导一走,"乌云"就到了队长的屁股底下。条件当然只有一个:合适的时间让他们俩骑马去一趟莫尔道嘎。

老哈当知青的最后一个冬天,机会来了。前两天刚下过一场说大不大说小不小的雪,天不错,朗月当空,队长在他们俩宿舍里喝了半瓶酒,脑袋一热,舌头就大了,说:"只要你们敢现在出门,我就答应。"那会儿已经晚上九点,整个草原都睡着了。老哈和巴图一对眼,卷了简单的行李和吃食就出了门,胳膊底下夹着一套马具。"乌云"和"赤兔"都不能动,以备领导不时之需,他们俩骑了次一等的两匹马,巴图的是枣红色,老哈的是白马。呼伦贝尔大草原如同一个冰冷清澈的梦,他们俩上了马就往东北跑。月亮在星星就在,他们盯紧了星星跑。老哈说:"有种不真实感。"他们跑了差不多一个小时,巴图突然勒住马,说:

"那儿!"

老哈看见白银般的月光底下坐着一头狼,它缓慢地站起身,想从山包上退下去。老哈踢了一下马肚子,挥起套马杆:"追!"

月夜下两个人纵马逐狼的画面确实有种不真实感,但老哈知道这事假不了。躲在羊皮棉帽里的耳朵听得见马踏残雪的声音、月光打在枯草上的声音,甚至他胯下的白马出汗的声音,他感到草原从未如此辽阔,他听得见呼伦贝尔在马蹄下像布匹一样蔓延和展开的声音。那头狼几乎在和他们平行地跑。老哈听见巴图喊:"它吃得太多啦!"这从那头狼的体形和奔跑的速度就可以看出,它有点吃力。这是个好消息,它耗不了多久。

问题是,老哈也耗不了多久;准确地说,是老哈的马耗不了多久。这是匹好马,但年龄偏大,短跑显不出来,五十公里之后就有点使不上劲儿。他眼看着巴图的枣红马多出他半个身位、一个身位、两个身位,他们的距离越拉越大。月光底下枣红马像团黑红的火焰,巴图的套马杆平稳地与身体一起摆动。老哈希望那头狼最好能立马就跑不动，他套过马、套过牛、套过羊，没套过到狼。正在他希望破灭之际，狼艰难地停下了，老哈打马直奔过去。那狼突然对天长嗥，然后勾着脑袋，扭曲着身体，老哈明白复燃的希望再次破灭了。果然，狼在呕吐。它把身体的负担全吐了出来。在巴图的枣红马离它三十米时，那头狼又长嗥一声，四蹄悬在半空一般消失在一个山包之后。老哈喊："巴哥，追！追！"巴图显然也有此意，鞭子抽到了马屁股上。他们都舍不得，狼皮八块钱一张。八块钱在当时，是笔不小的财富。可以买书，买衣服，也许他们俩都想到了，可以给喜欢的姑娘买件礼物。

巴图追到山包的另一面，接着是老哈。等巴图追到另一个山包的对面时，老哈再跟过去，狼和巴图都不见了。他只能隐约听见孤零零的马蹄急骤地击打大地的细小声音。他骑着马在周围的几个山包间转圈子，两棵白杨树提醒了他，这地方有个羊场。

跟着星星走，二十分钟后，老哈看见了牧羊人的蒙古包。如他所料，迎接他的是牧羊人的女儿乌兰娜。她给他打了洗脚水，倒了热奶茶，铺好了热被窝。他冻坏了。他甚至都没想清楚乌兰娜若是穿上汉人的连衣裙会有多漂亮，就歪着头睡着了。

天快亮时，他觉得脚头一阵冷风，激灵一下，醒了。巴图疲惫地坐在床铺的另一头，掀开被子盖到了腿上。巴图的右脚露在被子外面，在微小的羊油灯下，包住脚的布全是黑红色的。

"怎么回事？"老哈问。

"没事，血止住了。"巴图笑了笑，指指外面。

老哈正好要起身去小便，昨晚乌兰娜倒的两大碗奶茶他全喝了。在蒙古包外木栅栏上，他看见挂着的一张狼皮，旁边还有一张，他凑近了看，还是狼皮。老哈抽了一口冷气。

那天晚上，巴图一个人穷追那头狼，在它筋疲力尽的时候套住了它。但就在他套那头狼的时候，不知道从哪里又窜出来一头母狼，完全是以玩命的方式向他扑过来。马受了惊，狂乱地跑，好处是把套到的那头狼给拖死了，坏处是，它不停地转圈子给新来的母狼提供了机会。母狼咬住了巴图的右脚，咬住了就不撒嘴。难以想象，那头母狼分寸把握得如此之好，一口下去竟然没碰到马镫。直到巴图抽出打狼棒击碎了它的脑壳，母狼也没有松口。

母狼咬断了巴图的脚筋。这是老哈后来才知道的。巴图当时也没意识到问题如此严重，他撬开母狼的牙齿，下马收拾两头狼尸时，只觉得走路不得劲儿，除了流血和疼，他没往深处想。用行李袋里的药粉止了血，撕一块衣服简单包扎了一下，就把死掉的两头狼往马背上捆。刚安静下来的枣红马哪里愿意，一直暴躁地踢踏，巴图没办法，只好在月光地里掏出刀子，现剥了狼皮。他把剥下来的狼皮皮毛向内卷成两团，枣红马才允许捆到它背上。

这个血性的故事让我们俩酒兴大发，一杯接一杯地干。除了有限的几次跟财神级顾客这么玩命地喝，我想不起来什么时候如此渴望过酒。然后老哈就沉默了，换了我开始说。

如果有人喝高了喜欢一声不吭，那老哈就是高了。那晚的后半段我肯定也高了；我一高就管不住自己的嘴。我跟老哈说，你知道吗老哥,我的生意砸了,一塌糊涂,一塌糊涂啊。后来说了啥我完全没印象,只迷迷糊糊记得我架着老哈,老哈也架着我,我的两条腿木木的,跟白桦树一样不打弯,我们俩像双头鸟一样跌跌撞撞回了客栈。竟然都顺利地躺到了自己的床上。

一觉睡到中午,头没疼,说明酒跟人一样醒得彻底。想到楼下找点东西吃,前台老哈的"干女儿"说,哈叔嘱咐了,我起来就带我到"她家"。

她家在马路对面,一楼。进了门看见老哈坐在客厅的沙发上,旁边是把老式藤椅,铺着一张熊皮。一个中年女人在收拾碗筷,一桌好菜。如果那女人再瘦一圈、年轻二十来岁,完全可以分毫不差地重叠进"干女儿"的身体里。一对漂亮的母女。老哈向女主人介绍我:

"这我小兄弟,小穆,北京来的。"

女主人大方地和我握手、问好,松开手后转向老哈,说:"叫嫂子。"

"你看——"老哈说。

"叫嫂子。"

"好,嫂子,嫂子。"老哈说,烟叼到嘴上又取下来塞进烟盒里。"我把穆兄弟请来,是想给咱巴哥热闹热闹,生日嘛。"

"谢谢你来给我们家老巴庆祝生日,"那女人给我斟上奶茶,"我叫乌兰娜。"

"我知道。"我可能不该这么回答,但进门第一眼看见她,我就知道她是乌兰娜。千真万确。那天晚上的蒙古包,牧羊人的女儿。

"你还知道什么?"乌兰娜的脸红了一下。她的皮肤很好。然后她转向老哈。

我赶紧说:"就这些。"

老哈也赶紧说:"就,这些。"他不敢确定昨天晚上究竟对我说了多少。

小乌兰娜已经在蛋糕上插好了蜡烛。"阿妈,我把阿爸推过来?"

老哈站起来。我也跟着站起来。乌兰娜坐着没动,似乎颇费了一番踌躇才点了点头。

三分钟后,小乌兰娜推着一个轮椅进来,寿星老巴图斜靠在轮椅背上。腿上搭着一条羊绒毯子,两只手放在毯子底下,因为看见毯子的抖动,我才注意他庄严的蒙古男人的脸。老巴图的脸不对称,右边的眉毛、眼角和嘴吊起来,用不同的节奏在一起微微地抖。老哈走过去,一只手搭在老巴图的肩膀上,说:

"巴哥。"

老巴图一动不动,两眼空空荡荡;除了抖,表情也是空的。

"他说不了话了。"乌兰娜说。

"去年不是好好的么?"老哈说。

"去年已经过去了。"乌兰娜从毯子底下拿出老巴图的手握着,说,"老巴,咱们过生日,好不好?还有新朋友小穆,他特地来咱们牧马人客栈。"

老巴图和刚才一样,脸上没有任何时间经过的痕迹。

接下来就剩下了程序。切蛋糕。唱生日歌。吃饭,典型的蒙古餐，有手把肉。老哈没有用自己的刀。乌兰娜一顿饭的三分之二时间都在喂老巴图，而喂进去的食物三分之二都漏了出来，幸好喂食之前给他戴上了一个巨大的围嘴。我们的话很少，大部分时间只能听到吃饭本身的声音。在四个人断断续续的对话里，我得到了如下信息：

老巴图的腿脚一直不好（从打狼的那夜开始），走路是瘸的；后来腿部肌肉萎缩，行动逐渐不便，只能深居简出；去年的某一天（肯定在老哈来给他过生日之后），摔了一跤，突然中风，或者突然中风才摔了一跤——总之，这就是现在的老巴图。

饭后，我们沉默着喝奶茶。老哈放下杯子蹲到收拾干净的老巴图面前，把手伸进毯子底下握着他的手。老哈说："巴哥，你还认识我吗？我是小哈啊！"

除了抖，老巴图有的只是一张庄严、空白的脸。老哈眼泪刷地就下来了。他站起来，急急地出了门。

回到客栈我们就退了房，去老包的牧场。老哈说，他有话想跟我们说，跟我和老包。他要当着我和老包的面说。我们原路返回，从莫尔道嘎到根河，然后回到加拉嘎老包家的牧场。我开车跟在老哈的摩托车后面，从半下午一直开到夜里。除了抽烟上厕所，我们一直在跑。老哈不敢停下，他说停下了可能就再也开不了口了。

如你所知，谎言总是没完没了，而真话通常只需要几句。

坐在老包家的火塘边，老哈一杯杯地喝奶茶，声音断断续续。

"……那天晚上，老巴只想专心赶路，是我想追那头狼的，我想给乌兰娜送个礼物……我喜欢她，我也知道她喜欢我……我是看见那头母狼才装作被落下的……我的确怕了……不过我的确也追不上老巴，他的马比我的快很多……可是，我可以一直跟着他们跑，只要找，总会找到他们，就算给老巴提个醒也好……狼太狡猾了……或者叫上乌兰娜的阿爸一起去找也行……我没有……凌晨老巴回来，很快就睡着了……我知道老巴没法再跟我一起去莫尔道嘎了，但我不想失掉这个机会，骑上马一个人出发了……上马前，我带上了一张狼皮……"

"一个人敢出门了？"老包抽着大烟斗问。

"还是怕。可我想，老巴一个人把两头狼都对付了，我不过是赶个路。"

"去了莫尔道嘎？"我说，"买的是啥礼物？"

"从一个二毛子手里买了条俄式围巾，很漂亮，稀罕。那会儿中苏关系已经决裂了。乌兰娜直接从蒙古包里给扔了出来。我就知道，我们没戏了。"

"然后呢？"

"知青返城。我离开了。真像是逃命。"

三个人都不吭声。木头在火塘里噼噼啪啪炸出很多火花。

"要有朋友去莫尔道嘎，"老哈说，"推荐一下牧马人客栈。乌兰娜不容易。"